幸福的模样

洛莹 著

陕西新华出版

太白文艺出版社·西安

图书在版编目（CIP）数据

幸福的模样 / 洛莹著. -- 西安 ： 太白文艺出版社，
2024. 8. -- ISBN 978-7-5513-2671-1

Ⅰ. I246.7

中国国家版本馆CIP数据核字第2024QC0895号

幸福的模样
XINGFU DE MUYANG

作 者	洛 莹	
责任编辑	赵甲思	
策 划	泥流文化传媒	
封面设计	清 欢	
版式设计	建明文化	
出版发行	太白文艺出版社	
经 销	新华书店	
印 刷	三河市华东印刷有限公司	
开 本	880mm×1230mm 1/32	
字 数	162 千字	
印 张	8.125	
版 次	2024 年 8 月第 1 版	
印 次	2024 年 8 月第 1 次印刷	
书 号	ISBN 978-7-5513-2671-1	
定 价	55.00 元	

目录
CONTENTS

幸福的模样

（上）

1 肖可馨

从升入高二开始，所有假期基本报销光了。会考结束后，往常一个完整的休息日也改成了半天。现在是暑假，没的指望，继续连轴转。老班说了，七、八月份交替时，可以休息四五天。

把自行车放进车棚，我背着书包上了三楼，站在三〇二门前，按响了门铃。

"快洗洗睡吧！困死了，我先去睡了啊！"是杨柳青开的门，她穿一件红色碎花真丝睡裙，一只手捂着打着哈欠的嘴巴，看我的眼神都是模糊的，说完转身回卧室去了。向明生也从沙发上站起来，说："小可，回来得这么晚，早点睡啊！"就紧跟着杨柳青去了。我轻轻"嗯"了一声，也不知他们听见没有，锁好门，换上拖鞋，走回自己房间。

我的房间据说是杨柳青设计的，粉色衣柜，粉色公主床，壁纸都是粉紫色的花朵。我不太讨厌，也没有表现出太大的欢喜。因为她永远是正确的，尤其在我面前，每次看到她得意炫耀的模样，我只在鼻子里哼哼两声，表示还行。其实也只是还行，因为房间里没有写字台、电脑桌什么的，晚上回来复习功课很不方便，我买了一张可以放在床上的长方形小折叠桌子，凑合使用。向越那个房间倒是有张桌子和一台电脑，需要上网查找资料时，我才过去临时用一下。

目前，我有一个独立卫生间。说是独立，主要是向越很少回来住，他的房间在中间，与两边的卫生间等距离，他回来了，这个卫生间被征用的可能性怎么也有百分之五十吧。

推开雕花玻璃门，进入眼帘的是一个莲花形状的洗脸池，梳妆镜两侧有两个粉色小柜子，洗漱用品都放在那里，洗脸池下方左右各有两层抽屉，放洁面湿巾、吹风机等杂物；马桶端坐在洗脸池对面的墙角；一个独立的玻璃罩洗澡间另占一隅，与洗脸池形成对角线。

站在梳妆镜前，看着镜子里那个一脸疲惫的人，哪里像花季少女？分明是苦大仇深的扫街大妈！

我拉开小抽屉，取出洁面湿巾擦拭面部。

镜子里出现苏胖胖肉嘟嘟的脸，她正冲我伸头努嘴做鬼脸，左手拇指和食指掐着两腮，一双逐渐张大的眼睛先是瞪大到极限，眼白泛着青光，接着快速眨巴几下，开始发表精辟谬论——这是她发现新事物时的标志性动作。"左撇子乖乖！"我心里悄悄喊了一声她的昵称，真不知明天去了学校，对于我今晚的事故她要怎么大惊小怪。什么事故？一会儿再说。先说说苏胖胖吧，她是个无事不知、无人不识的精灵，也是个叫人欢喜叫人烦恼的小怪。她曾问我用的是什么护肤品，我想逗逗她，说郁美净。她翻着白眼说撒谎，根本不是那味儿！这个鬼精灵！那些天杨柳青刚拿给我一套护肤品，我没有留心是什么牌子，便大概描述了一下包装，突然想起杨柳青说"兰"什么。她就是用这个标志性动作一口说出"兰蔻"的，真服了她了。兰蔻和普通护肤品有天壤之别吗？大概是我的皮肤反应比较迟钝，没有体会到。不过也好，兰蔻事件后，她就很少像以前那样嘚瑟：这个衣服什么牌子，那条裤子什么牌子，重要的是一双臭鞋也要脱下来显摆显摆。这里有必要说一下她的眼睛。刚入班时，她人如其名，是个大胖子，眼睛被肉肉挤占了空间，好似某旅游景区的"一线天"。仅一年时间，苏小姐狂甩十斤废油，脸小了一圈，给眼睛腾出些地方来，"一线天"成了"月牙泉"。蜕变之美带给她持续不断的动力，高二过年短暂的七天假期，她乘胜追击，割了双眼皮，又咬牙把吃巧克力的频次从一周两回降到一月两回，后来干脆戒了！现在的眼睛什么效果？按她的说法大概就是兰蔻和大宝的差别吧！她还追问我，你都用兰蔻了，衣服怎么还是杂牌啊？我噎了她一句，我喜欢！其实一切都是杨柳青代劳，她买什么，我用什么。从上高中开始，我就没怎么逛过街，偶有一两次，我看上的衣服，杨柳青光是摇头也就罢了，还总不忘斜瞟我一眼，眼神里尽是鄙视，再来一句"什么眼光啊！"叫我即刻为自己的眼光羞愧起来，甚至有点可耻地低下头。至于兰蔻，那是向明生送给杨柳青的礼物，据说在机场遇到买一送一的活动，朋友们都帮老婆买，他也买了。杨柳青收到礼物，笑意嫣然，并把"送一"的善行发扬光大到我这里来了。

杨柳青说我长的是短版鹅蛋脸，短就短在了额头，为这，她常常笑话我二指窄额，不知随了谁。她倒是夸我的头发和眉毛长得好，不像她那淡淡的柳叶眉，经常要用眉笔增色，后来有了绣眉技术，干脆去做了，从此告别描描画画的麻烦。杨柳青对我的眼睛也不够满意，说大小适中，只是目光不够深邃，还说我的眼睛小时候是里双，只有向下看时，才能露出双眼皮，现在长出来了，还算好的。鼻子倒是没有挨批，说高度适中，鼻型虽然偏宽一点，但和整个脸型十分和谐融洽。最令杨柳青满意的是我的耳朵，活脱脱就是她的翻版，她说这是元宝耳朵，遗传给我，是我的福气。杨柳青不喜欢我的嘴巴，说完全遗传了我爸的厚嘴唇，男孩还可以，女孩子长这样，不俏不秀。从小就听惯了她絮絮叨叨自以为是的评价，邻居们也说闺女长得没有妈妈好看，我便默默接受了这个事实。

这都不算什么！要紧的是，从小到大，从她的嘴里，我基本听不到自己有什么优点，即使考了全班第一名的好成绩，她也只是微微笑一下，说，继续保持，别骄傲！就把笑收回去了，好像那笑有多金贵似的。她确实不大爱笑，从我记事起，很少见她笑得前仰后合的样子。我觉得自己也是这样，这是不是也是遗传呢？

唉，不说别的了，瞧我脸上这几颗小痘子，嚣张得不像话，有两个已经顶上了白色脓包，难看死了！大家都说这是荷尔蒙作祟。杨柳青前天看见时，说她年轻时候没有出过青春痘。"你怎么就长上了，不符合遗传学呀！"阴阳怪气的腔调，好像这痘子是天外来物。我没搭理她，甚至觉得多看她一眼都是犯贱。哼！难道你不明白，没出过青春痘的青春就不是完整的青春？只能说明你荷尔蒙分泌不够旺盛，荷尔蒙分泌不够旺盛，说明你生命力……呃！打住！再怎么着，她也是我亲妈！唯一的、无人能替代的亲妈！接着说痘子吧。昨天中午在餐厅吃饭的时候，苏胖胖凑过来说，这东西千万不能挤，挤了容易留疤，兰蔻也救不了你！看着她光洁的皮肤，果真没有任何疤痕。为了美，她可算个狠人！我不行啊，从小就有这毛病，看见米粒大的小疹子也想挤一挤，何况这尖尖的大白顶子，多么叫人生厌，岂能手下留情？痛快！剩一个没有长出脓包的，试一下，火辣辣地疼。算了！好像李春帆说过，可以抹点红霉素软膏。再看额头，这里才是重点，紧贴右额发际的地方多出了一片创可贴，难看的狗皮膏药！杨柳青居然都没有仔细看我一眼，她看不见，向明生更不用提了，唉，这对……

擦完脸，看看腰伤，还好，被纱布包起来的伤口完好如初。

下了晚自习，刚出校门，迎面来了一辆三轮车，我急向右拐了一下，没想到自行车失去平衡，我被重重摔在了路上。悲催的是，这条路正在补修，路面上有好多碎石子，我的脸和腰被擦伤了。脸部因为手撑了一下，伤得不重。腰上这口子就有点深了，在诊所处理时，大夫说得缝三针。我闭着眼睛，似乎听见钢针穿透皮肤的声音，疼得真想叫"妈呀"！咬着牙没有叫出来，叫她她能听见吗？缝好伤口，大夫说一周内不能沾水。大热的天，不能冲澡，还不臭了呀？不管那么多了，先洗洗脚吧。趔趄着身子慢慢下蹲，终于够到了洗脚盆，伤口还是牵扯着痛了一下。盆里水放得很少，尽量不弯腰，只用两只脚互相搓了几下，把擦脚毛巾扔在地上踩一踩，返回自己房间。

拿出手机准备充电，它却闪着光在掌心振动了一下，是李春帆发来的短信：我到家了，你还好吧？

没什么好不好的，意料中的事，她和那个房东心眼俱盲，不闻不问。我加了个又哭又笑的表情。

别难过了！他们可能累了困了，没看见。你今天就别用功了，早点休息吧！李春帆加了个微笑的表情，又发过来一条，明天早上别骑车，我去接你。

李春帆，我同桌，也是我的男朋友。应该不算早恋吧，当今社会，连小学生都要谈恋爱呢，何况我们这些"成年人"！不过，我真不够十八岁。杨柳青从小对我期望过高，揠苗助长，我本就入学早，五年级暑假她又给我补课，让我跳级，直升初中，现在同班同学都比我大。李春帆大我三岁，大哥哥一样处处照顾我，我很享受这种感觉，刚才要不是他陪我去诊所，我的难过指数要达到百分之二百了。于是回两个字：好的。

把空调设置了半个小时后自动关机。终于躺下来了！天热，不习惯拉上厚厚的隔光窗帘。今天大概是农历十五吧？月亮这么圆这么亮！月光透过纱帘温柔地倾泻在床上，清爽、安谧，充满梦的诱惑。伤口还在隐隐作痛，空调发出隆隆的响声，唉，空调要是像月亮一样安静就好了。

"小可，生日快乐！"爸爸捧出大大的生日蛋糕，蛋糕上面堆满了我爱吃的草莓，中间是心形巧克力，上面插了一朵盛开的荷花。"爸爸帮我一起吹！"我撒起娇来。闭上眼睛，默默祈祷。许的什么愿？不是名牌大学，那样的愿望爸爸和杨柳青替我许了好多次了。我的愿望是……爸爸不见了，李春帆坐在对面，笑嘻嘻地看着我。"我爸呢？我爸呢？"李春帆只是笑，什么也不说。李春帆带着我跑向一望无际的大草原，成群的马正向远方驰骋，一匹马忽然折返回来，变成了爸爸的模样。"爸爸！"我高呼着，刚要跑过去，马又转身跑了……

感觉全身湿透了。睁开眼睛，月光斜斜地从窗台一角射进来，正照在床头，薄薄的夏被被踢在脚边。我轻轻抬起身子，挪了挪位置，索性不再盖被子。

我七岁那年的春夏之交，不知道因为什么事情，爸爸和杨柳青大吵一架，惊天动地的，杨柳青跑回姥姥家住了好一阵子，说要离婚。放学后我也到姥姥家寻求温暖。挨不住姥姥不断唠叨，端午节过后，她带着我回家了。三年后的一个冬天，他们又吵了一架，又提到离婚。从那以后，每逢节假日，我总爱往姥姥家跑，实在不想看他们挂满霜的脸。升初中那年，杨柳青托人把工作从乡下调进市里，我随她进了城。爸爸则远走他乡，在别处安了家。

杨柳青做什么工作？光荣的人民教师啊！我小学三年级到五年级，她当了我三年班主任。在学校，她是老师，回到家里，还是老师。和我说话，她大多使用祈使句，一发狠，就变成了命令。

肖军，我的爸爸，中学老师。和杨柳青一样，他们都喜欢教育人，俩人争论起来，唇枪舌剑的。爸爸一旦落了下风，就爱喊："我比你文凭高，比你大，你懂个甚！"要不就不说话，用沉默对抗。我比较喜欢爸爸，他不像杨柳青那么挑剔，也不像杨柳青那样严厉地训斥我。

杨柳青在市里凤飞小学任教，我在凤飞中学上初中，两个学校大门正对着。杨柳青在附近租了两间平房，我们成了临时的城市居民。杨柳青厨艺一般，只会做简单的面食，偶尔来个大米饭炒菜就算改善生活了。自从进了城，她经常和同事们讨论美食做法，回家就练习，厨艺日渐精进，为我紧张的学习生活增色添香不少。整个初中阶段，杨柳青对我的学习特别关照，科科作业亲自查看，三天两头和班主任、任课老师见面，聊我的学习，请老师们吃饭啥的，上心得不得了。功夫不负有心人，我如愿考上了市里的重点高中，杨柳青却不再像以往那样用力过猛了，她说她的任务完成一大半了，剩下的就靠我自觉了。还说，只要进了实验中学的门，只要继续保持刻苦努力的学风，上重点大学是十拿九稳的事，她相信学校的教学质量与管理保障，也相信我。她都这样说了，我还能咋样？何况我们的课程安排非常紧密，根本没有时间玩耍，和多数同学一样，我每天规规矩矩跟着大队伍的步伐前进。

杨柳青断断续续谈过几次恋爱，都以失败告终。这个杨柳青，也就那样，却眼高于顶，没几个男的是她看得上的。当然不是没有好的，可人家都有老婆不是？星期天在家的时候，偶尔听见她接电话，要和老同学见面吃饭啥的。我一律说好的，您忙您的，我做我的作业，互不干扰。据杨柳青交代，向明生是今年春节朋友的同事介绍认识的。六月份，向明生正式成为杨柳青的第二任老公。俩人还在蜜月期，我的存在可有可无，杨柳青尤其可恨，大概早把我忘脑后了。看她那么开心，我也只好认了。

上个星期天，恰逢我生日，要不是姥姥一大早打电话祝福我被杨柳青听见了，估计她根本想不起来。中午，他们匆匆忙忙带我去饭店撮了一顿。向越没在，说是和同学聚餐去了。向明生客客气气祝福，我客客气气道谢。杨柳青呢，左边送块排骨，右边剥个虾，即便是嘴里塞了食物，也不耽误她笑盈盈东照西顾。我觉得别扭，还不如头天晚上李春帆请我们吃的大排档痛快。饭后，他送我一个音乐盒，又请我和两个闺密去看电影。闺密是苏胖胖和郭冉冉。苏胖胖说用功和减肥是两件头等大事，两件事之间成正比。这个说法显然太绝对，我们嫌弃并抗议她吃得太少，她说"撑憨饿机灵"是至理名言。郭冉冉是个顶级瘦子，身高一六二，尺八小蛮腰，标准的瓜子脸，宽额头、大眼睛，眼尾向上高高吊起，鼻子高挺，上唇薄于下唇，下巴尖尖的。杨柳青说过，上唇薄的人大都很有口才。这话倒是不假，我们三个人中，数郭冉冉能言善辩。上个学期学校举行"育才杯"辩论大赛，她得了一等奖，成了学校的名人。郭冉冉是个猛干饭不添膘的家伙，这一点，我和苏胖胖都羡慕得要死。

苏胖胖送我的生日礼物是一只小狗熊，郭冉冉送的是手机壳。手机壳当场就换上了，背面是很漂亮的粉色心形图案。小狗熊像苏胖胖一样可爱，要不是天热，我就抱着它睡觉了。

我爸？每个学期都会来学校看我一两次。生日礼物年年有，今年人没来，只在信里夹了二百块钱。

意识再次模糊起来，我大概又睡着了。

2　杨柳青

暑假一开始，感觉有点无聊。

我知道自己醒了，闭眼睛眯着。向明生伸过一只胳膊来，把我的身体扳平了，整个人跟着凑上来。他就是这样，晚上回来，总说累，总喜欢在早上做事。我说你早上做了，上午能有精神工作？他说休息三五分钟就好了，中午再睡一觉，就补过来了。

向明生躺着。我拿湿毛巾抹了一把脸，没顾得上梳头，只把长长的卷发捋到一旁，准备早饭。可馨一日三餐都在学校解决，偶尔中午回来改善一下伙食，这叫我轻省许多。做了简单的鸡蛋糊糊，摊了土豆饼，我俩就着萝卜咸菜吃早餐。吃到一半，向明生突然说："真好看！""什么？"我没有反应过来。向明生说："我说你真好看！"我扑哧笑出声来："比高丽梅如何？"向明生黑下脸白了我一眼，低头继续吃饭。

向明生出门前，我们抱了抱，他才下楼去了。

我开始收拾屋子。

房子是三个月前重新装修的，空了两个月，向明生说可以住了，用的都是好材料，绝对不存在甲醛超标，大可放心。向明生是装修公司老板，我当然相信了。选择卧室壁纸花纹时，他征求过我的意见，可馨房间的家具色调也是我定下的，其余的都由向明生做主，他把家里弄得很豪华的样子。家具都是从厂家定制的，真皮沙发，端庄大气，茶几是仿玉石的，没四五个壮汉根本抬不动，下面铺了暗红底色牡丹花图案的地毯，家用电器一律选用最好的品牌和最新的款式。

我总觉得这个看似豪华的家里少了点什么，少了什么呢？对，书柜！添个书柜吧，以后可以买一些小说回来看，我的一些教学用书和两个孩子的书也都可以放进去，也给家里添几分雅致。向明生有点不耐烦，说俩孩子的书都在学校呢，等他们考上大学一走，课本都进废品收购站了。你有几本书可放？再说也没时间看，当摆设呢？我无语作罢。向明生与肖军完全不同，肖军是个冷面人，一有时间不是和同事朋友喝酒聊天，就是在电脑上打游戏、聊天啥的，结婚十几年，我俩黏糊的时间很少。向明生却是个黏人精。白天忙生意不着家，晚上回来，我必得亦步亦趋陪着。吃过晚饭，散步，或是靠在一起追剧，是夫妻共处交流的必修功课。有时遇上学校开会什么的，回家晚，还要在电脑上加班忙活，剩他一个人坐在电视机旁，他就会不耐烦，说回来这么晚，还有干不完的活儿，有什么事不能等明天去了学校再做？周六周日不用说，只要没什么特别的事情，他总是和我在一起的。会朋友、陪两边老人，包括逛商场买衣服，也全程陪同。这样算下来，看闲书的时间真是少之又少。

屋子收拾停当，准备小憩一会儿再做午饭。座机响了，是向明生，他说中午约了向越的班主任和几位任课老师吃饭，让准备五六个五百块钱的红包。十一点钟，他回来接我。还特意嘱咐，要我穿上刚买的新裙子。

放下电话，看了看手表，十点整。冲澡。

车子刚刚驶出小区大门，一个染了栗色短发的女人站在路边摆手。向明生下去，和她站在路边说话。女人是瘦瘦的高挑身材，穿一身小版短袖灰色西服套装，脸型小巧，单看五官很精致，却灰扑扑地颓丧，给人一种形体上的干，为人抓巧的感觉。他们简单说了几句话，向明生返回来，女人仍站在路边，等着我们的车子先过，那双眼睛却直直瞟向我。

"谁呀？"

"别管她！"向明生火气很大。我闭了嘴巴。

汽车拐了一个弯，我和向明生聊起了向越，说这孩子像他，浓眉大眼，一米八的个头儿，很帅啊。向明生嘴角向上微微扬了一下，算是勉强把刚才的事情忘了。

他扭头看看我，说："星期天俩孩子休息一上午，周六晚上，咱和可馨一块儿去我妈那儿吃饭。"

"应该的！向越一直跟奶奶住，只是周末偶尔回家一趟，从不住下，咱们过去也是一样的。等放了假，一定让他回来住。"我也看他一眼，很认真地说。他的侧脸比正脸更好看，方正、有型，尤其是嘴唇，有那么一点性感。

向明生嘴角撇出一丝笑意："是呀，他和可馨在一个学校念书，也不知见了面说不说话，两个人都有点内向呢。我妈说了几次叫可馨过去一块儿吃住，她都没同意。"

"这事急不得，"看着前面慢腾腾像虫爬一样的车子，我说，"妈是好心，可孩子认生，慢慢熟悉了就好了。"

"你还不知道我妈那意思？"向明生对我的态度不满意，"他俩以后要能成了，对咱俩绝对是好事。"

"那也只能慢慢引导！要是俩人不合拍，也不能强迫，这又不是旧社会，拉郎配啊？"我觉得向明生和他妈有点迂腐。

"也是，这都是后话。"向明生点点头，"现在要紧的，是赶紧让向越把成绩搞上来。刚上高一那年，他妈就走了，这孩子心事重，成绩一直在中游晃荡。他的入学成绩在他们班可是排名第三啊！明年就要高考了，真让人着急！"一提向越，他又烦躁起来。

"好了好了，今天不就是去解决这件事的吗？"我拍了拍他的肩膀，"可馨那里，还不知道是什么情况，也得去见见老师才好。"

"可馨那么懂事，不会有问题的。"向明生语气相当肯定。他一贯这样，自己认定的事情，就铁定是事实。

周六傍晚，我刚把剁好的饺子馅装到保鲜盒里，准备到婆婆那里包，电话响了，一定是向明生在楼下等我。却是向越！我愣了一下。

"阿姨，今天晚上我回家吃饭，完了就住下，不回金泽了。"向越的语气不像往日那样冷淡。

"晚上想吃什么？阿姨给你做。"我追问一句。

"您随便吧！"向越挂了电话。

随便？随便？吃饺子吧，这不现成嘛！我打定了主意。

手机响了，一个陌生电话，是谁呢？我和向明生走到一起后，换了手机号，除了熟悉的亲戚朋友，没人知道呀！

我的嘴巴半天没有合拢，居然是那天拦住我们车子的女人，她居然是高丽梅的妹妹高丽云，她居然要求明天和我见面！

街角公园，一棵柳树下的石凳上，我和这个有过一面之缘，又似乎有着千丝万缕关系的女人坐在了一起。

"听说姐姐你为人不错，我才试着把你约出来。"女人一副可怜兮兮的样子。

"姐姐不敢当！直奔主题吧，您找我有什么事？"我直截了当。

"我姐对不住明生哥，是她有错在先，她不该……不该跟别人走了那么长时间。"女人底气不足，声音越来越低。

"这些跟我没关系，我也不感兴趣。您到底想说什么？"我不喜欢绕弯子，再次追问。

"其实，明生哥也有错，他和我姐吵架，他动手了……我姐气急了，才会和那个男人好的。当然，这个男人……一直、一直喜欢我姐。"女人嗫嚅着，用手把前额垂下来的头发往后捋了捋继续说，"我知道说这些没用了，你们已经过成一家子了。只是，只是……"她仍旧吞吞吐吐。

"您说的这些我真不感兴趣！您找我到底为了什么？请直接说！我还有事，不然，我先回去了！"看了看手表，五点，向明生说五点半接我去俱乐部打球。我失去耐心，语气生硬、冰冷。不看僧面看佛面，要不是因为向越，我早抬脚走人了。

"我想，我想……我想跟你借点钱，不多，三五千的都行实在不行一两千也行。"女人犹豫着，终于鼓起了勇气，又担心自己没有足够的勇气说下去，赶火车似的脚跟脚连珠蹦，一股脑儿倒完了。

"你？跟我？借钱？为什么呢？"我疑惑地看着她。

"家里救急用！姐，要不是有难处，我怎么也不会向你张口。看在……看在向越的分儿上，帮帮我吧！"她真是着急了，本就不大的脸，眼睛、鼻子、嘴巴都向一块儿挤，几分姿色全被挤没了。"要是我姐姐在，她一定会帮我的。"她又加了一句。

"我出门没带钱包，回去再和你联系，好吗？"我站起身，打量着眼前这个看似可怜的女人，真不知她遇到了什么样的难处，竟然来向我张这个口。

"一分钱也不能给！她不是借，是骗！"向明生暴跳如雷。

"她一定有难处了！毕竟是向越的亲姨，要是你不愿意帮她，我也没多少钱给她，刚发了工资，给她一千块钱好了。"为了平息他的怒火，我说话语气很轻很轻。

"你知道个甚？她在网上赌博，输光了家产！为了还赌债，把房子都卖了！你可怜她一次，她就会有二、三、四……没完没了。拿了钱，不知悔改，还去赌！我给过她几次了，数目不小！上次她又拦在大门口装可怜，被我拒绝了。没想到居然找上你了，真是可恶！"向明生满脸鄙夷，然后是长长的一声叹息，"我们挣钱容易吗？竞争这么激烈，价格要低，质量要好，广告还得发出去，哪一样不是钱哪？天天还得动脑筋找活儿，辛辛苦苦赚俩钱，哪能填她那个无底洞！别乱发慈悲了，一分钱也不能给，你的工资也不行！不能惯她这个毛病！"他语气渐趋平和，却不容辩驳。

高丽云又打过两次电话，我终究没有接。

晚上陪客户吃饭，向明生喝多了，一进门就往沙发上躺，脸憋得通红，嘴里"哎"声不断。用热毛巾给他擦脸。他突然抓住我的手，血红的眼珠子暧昧迷离："你爱我吗？""你说呢？"我微微一笑。"问你呢！"他目光执着。"爱——爱着呢！"看他认真的模样，我略带戏谑，拖长了音调，调皮地用手指点了一下他的鼻子。"小可她爸呢？"他又问。"三岁小孩呀？"我脸色立变，白了他一眼，嗔怪中不失温柔。他起了鼾声。

虽是醉话，但我不想提肖军。一提，仿佛那道伤疤又被揭开一次。

"柳青，一个人淡笑什么呢？又是肖军来的信？"乡村小学办公室，李老师在打趣我。我赶紧把信塞进了办公桌抽屉。我有笑吗？下意识地摸了摸自己的嘴巴。

"一百公里的路，一周一封信，两周一回家，如胶似漆呀！"李老师大我一轮，是我和肖军的牵线人。任她调侃，我捂着嘴巴，却真真切切地笑起来。

"等肖军毕业，我们可要吃喜糖了。"四十多岁的张老师夹着一根烟进来，头发上沾了几片雪花，"听说他收拾好了房子……"

有了说话的伴儿，他们接下来的言语会更加放肆无忌，我红着脸，夹着课本匆匆逃出办公室。

第二年，我们走进了婚姻殿堂。新房很简陋，婚礼很简单，没有金银首饰，没有豪华电器，只有两颗对幸福充满憧憬的心。

一年后，女儿可馨降生。满月酒，朋友来访，寥寥几句，足以摧毁你精心营建的堡垒——"这房子太寒酸了！柳青，你不在乎，等孩子长大了，带同学来家里，会自卑的，对她的成长可不利哟！"

锅碗瓢盆、柴米油盐，浪漫的爱情无迹可寻，孩子成为生活的全部。在农村，盖一座新房子，也要十来万。结婚欠下的债务刚刚还完，一分钱存款都没有。教师行业，清水衙门，除了晋级调资，教学成绩奖金是唯一的额外收入。社会上正流行文凭热，为了不掉队，我们各自报考了拔高学历的在职函授学习班。

一次意外，我又怀孕了。按国家政策，留不得。做完流产手术，浑身酸软无力，七月的天气，盖了被子，躺在床上休息了半天。

"你怎么一直躺着？起来吧，我姐姐和外甥来了。"

"我实在没有力气，我需要休息。"

"流产手术没这么严重吧？你怎么这么娇弱！"

……

饭后。

"肖军，你看我是不是发烧呢？"

"睡吧，睡一觉就好了。我姐姐在呢，我得陪她，走不开呀！"

……

新房盖好了，两层小楼，因为缺钱，楼上进行了粗糙分隔，空空如也。就这样，又欠下大批新债务。孩子大了，课外兴趣班，早期英语入门……什么也不想让她落下。忙碌奔波，拼命想让学生考出好成绩，名声重要，学校给的奖金也很重要。

"咱们也安个电话吧，单位同事家里都有了。"肖军说。

"安装费、话费，哪样不是钱哪？债还没还完呢！"心里烦他，三十大几的人了，怎么这么不懂事！

三天后，安装电话的师傅来家里了。我无奈默认。

傍晚，煮面的汤在锅里熬得只剩下了一半，添上水，继续等。一个小时过去了，肖军还没有回家。BP机给他留言："几点回呀？锅里的汤都熬干了。"电话响了，肖军的声音："我不回去吃晚饭了。"挂了。我手握着话筒，半天回不过神儿来，不知道他当初安装电话的意图何在。

视力下降得厉害，得戴眼镜了。看看镜子里的自己，没有想象中那么难看，鼻梁却被压得很不舒服。难道这就是自己追求的所谓幸福？值得吗？每次学区统考，所带班级学科成绩总在第二至第五名间徘徊，考个第一真不容易！这一次期中考试总算拔得头筹，等奖金下来，可以给孩子交两个月的钢琴学费了。再看看自己用心血建造的新房子，朴素而温馨。尤其喜欢卧室的瓷砖，图案是大朵盛开的浅橘色芙蓉，明丽吉祥。安装了暖气的房间，没有了烟熏火燎，几日不打扫，也能保持洁净。想想在老院扫房子的脏与累，真是天上地下没法比。好吧，值了！今天是冬月最后一个休息日，难得的大好晴天。肖军加班。我突然心血来潮，想提前大扫除，今儿只收拾主卧和书房，剩下的下一个休息日再说。说干就干。整理书柜，一本书里掉出一封信。

肖军：

见字如面！

年假前，你说你回去试着透露信息给她，想让她有所察觉，自己做个决断。我知道这一定让你为难了。你一直在道德的边缘徘徊，想想我们的爱情之树能否开花结果，就在她的一念之间，这是多么可悲的事情！

你说过，她是在你空虚失意的时候，走进你的生活的。伯父的离世、女友的背叛给你带来双重打击，单纯的她带给你无限的欢乐，抚平了所有创伤。见过你带来的照片，她的确很美，我也不忍心伤害她。可现在你应该知道，大学三年，我一直在默默关注你，目睹你恋爱、失恋，本想那次暑假来了，和你表白心意，不承想，短短两个月假期，你已经与她热恋。

再次与你失之交臂，我真是痛心。

　　想来我们还是有些缘分的，不然也不会在最后一年成了同桌。一年的耳鬓厮磨，我对你的感情愈加强烈。我明白，你也是爱我的。不然，你也不会那般痛苦！所以，无论你做出什么样的选择，我都会尊重你的决定。

　　现在，你们要结婚了，我的痛苦你可以想象！但是，我仍旧默默祝福你！祝你幸福！

　　　　　　　　　　　　　　　樊

　　　　　　　1993 年 9 月 8 日

　　透露信息？我头都要炸了，开始拼命回想。是了，就是那次，他毕业前那个春节到我家做客，从文件包里拿出一本《红歌荟萃》送给我（那些年过"六一"给孩子们排演节目，流行以红歌作为舞蹈的背景音乐），回家时，他忘了带回自己的文件包……

　　第二天下午，我们发生了激烈的争吵。

　　"这些字条你怎么解释？"我眼睛红肿，义愤填膺。

　　"就是上课无聊，瞎聊天呢！"他不以为然。

　　"可字里行间都是情，都是爱！"我不依不饶。

　　"那段时间正好学习古代文学，诗词歌赋里讲爱情的内容很多呀！"他不承认任何事情。一场风波烟消云散。

　　却原来，原来是他在试探我的心意呢！早知道这样，不如当初让位给她！嫁给他我图什么呀？在婚姻城堡里沉浮多年，已经流干泪水的眼睛再次蓄满委屈。找！又一封信掉出来。"肖军启"三个字与上次从书里掉出那封信字体相同，信封上没有邮戳，一封没有邮寄的信，应该是当面交接的。我全身都在打战，竟然没有打开的勇气。抬起头，长长出了一口气，拍了拍自己的胸脯，让发狂的心静下来，仍旧忍不住在心里骂了肖军上百遍王八蛋。颤抖着双手，抽出信来，喘口气，闭了眼睛把它打开，是一阕词：

长相思

秋水薄，风恁凉。犹怨离离雁别阳，经年漏夜长。

烟渚上，柳惶惶。直看潇潇洒晚塘，相逢岁又黄。

玲

1998 年 10 月 30 日

不知道该如何表达自己的委屈与愤怒！把手里的信撕个粉碎，又把书柜里的书全部扔到地上，看还会有什么妖孽蹦出来。一张女人照片：一条浅粉色长裙，微微发黄的披肩长发拢向耳后，鼻梁上架了一副眼镜，高鼻梁，眼睛细长，眉毛黑亮；她站在河边一棵柳树下，望着前方，若有所思，夏日阳光在她身上洒下斑驳的光影，她的目光迷离……她在想什么呢？应该是在琢磨一首诗的用韵吧？我就要笑出来了，就要笑出来了……

这么多年，他总是对我各种挑剔，这也不好，那也不好！感受不到应有的体贴与关爱，即使在孕时，在病中。想不出他前后态度变化的原因，只以为是岁月烟火磨灭了所有的美好，只以为自己当初眼睛擦得不够亮，没有看清他本来就是个没有主见、只听从母亲和姐姐教唆的糊涂虫！不承想，他的心里一直住着另一个人！我所有的付出，所有的爱，他都视而不见，无所谓有，无所谓无，却统统因为一个没有娶回家的女人！

"哈哈，哈哈……"我终于笑出来，大声地，毫无保留地。肖军，当初你若娶了那个女人，今日疯魔的或许就是她了！

他认错了！难得的一次认错，唯一的一次认错，傻子都看得出有多么敷衍！我仍然感觉像吞了一只苍蝇，无法释怀。在他心里我算什么呢？生育机器？免费又倒贴的保姆？

冷战，说不清楚这是第几次了！结婚十多年，每一次闹矛盾，打破僵局的都是外客来访，或是一些不得不交流的事情做了和事佬。他从未有过一次想逗你开心的意思，永远像冬月野地里的刺槐树，高傲地伸展着参差遒劲的刺枝，寂静又黑暗。我每次都是在回味恋爱时的美好中自我安慰，自我疗愈。

这一次，这一次我怎么也过不了这道坎儿了！往日里受的委屈一一清晰浮现……僵持一段时间后，终究把手续办了。肖军，再见！

他可真幸运！我和可馨进城没多久，照片上那个女人的老公酒后猝死，半年不到，他们就联系上了，走到了一起。临走时，他说了一句人话，房子留给你和可馨。听说他们现在又生了一个孩子，应该很幸福吧？他会像闺密老公那样，为怀孕的老婆跑十几里夜路，只为找到解她嘴馋的食物吗？她生病或是劳累的时候，他会心疼她照顾她吗……呵呵呵！但愿他们的

"爱情"永存！我和可馨算什么？想起来都是错！说出来都是怨！

眼前这个男人，我爱他吗？不知道。人到中年，已经找不到当初见到肖军时那种剧烈心跳的感觉，但他给了我稳定的生活，相对优越的生活条件。日常生活中，他把他的生活习惯逐渐向我渗透。他做生意忙，总会提前打电话告诉我是否回家吃饭；哪里有美食，他会带我去尝鲜；他关心我的穿衣打扮，尽管有备受束缚之感，但相比肖军的不论你穿了什么看都不看的冷漠，还是受用一些；他告诉我遇事别着急，先思量，再做打算；他也爱发脾气，却会在云淡风轻之时，不止一次解释说自己就是急脾气，叫我千万别计较。和他在一起，有一种从未有过的愉悦与踏实。也许，这才是幸福应有的模样！

但是，在内心深处，连自己都探不到底的深处，仍旧隐隐有一丝不安，如细雨中飘忽而过的风，掀起雨的衣角一闪而过；似暮色笼罩下林中深处的鸟儿，忽而扑棱一下翅膀，打破时间的宁静。这样的幸福能持续多久？我没有把握！没有盖章的婚姻到底经得住多少风浪的考验？嗐，有又如何？不还是一拍两散？又何必杞人忧天？得过且过吧！

3 向越

这是我爸和这个女人结婚后，我第一次住回自己的房间。

房间里没有多大变化，不过是新换了蓝色的壁纸，家具也是浅蓝色的。可笑！十八岁的男人都喜欢蓝色吗？哦，不！

在他们眼里，我还是个青涩的男孩。他们哪里知道，我已经是个男人了！我女朋友叫张媛媛。像我们这样的，班上有好几对呢！

是张媛媛追的我。当初，我可没看上她，一个还没有长开的黄毛丫头，瘦瘦的，站在那里，头顶刚好与我下巴在一条线上。本来，我计划追学习音乐的刘丝雨，架不住张媛媛可劲儿追我，弄得刘丝雨好几次误会，给搅黄了。吵了几次，发现这个女孩挺特别，敢爱敢恨，不像丝雨那样骄矜。她所有业余时间都在追我，却丝毫不影响她在班里稳居前十的好成绩，不像有些女孩，一谈恋爱，整日神经兮兮，成绩一落千丈。我慢慢接受了她，并且爱上了她。她真的很特别，就连我们第一次发生性关系，都是她主动的。哦，这只波斯猫！此刻，真有点想她。

"向越，别玩游戏了，早点睡吧！"杨柳青隔着门轻声嘱咐道。

"嗯。"我懒洋洋地回答，手指依旧在键盘上灵活敲打。

我打心眼里排斥这个女人，这个叫杨柳青的女人。要不是她，也许我爸会慢慢原谅我妈，我们还是幸福的一家子。我甚至怀疑，是不是她之前就和我爸有说不清楚的关系，我爸才坚决要和我妈离婚的？呸呸呸！这是想哪儿去了。

通过一段时间的观察，我发现这个女人有点傻。我奶奶也说她是个实在人，让我好好和她相处。

周三老班找我谈话，一张嘴就说你爸和你妈来过了，他们……

我妈？再往后一听，原来是杨柳青。老班后面说什么，我一概没听，无非就是让我好好学习呗。关键是，老班认定杨柳青就是我妈，说明他根本不知道我家发生的事情。好事呀！哪怕我再不愿意，今后也得在老师和同学面前，把杨柳青当成自己的妈。况且，她跟我妈长得还有那么一点点像，即便是与我妈见过一两次面的初中同学，对她的印象恐怕也是模糊的，何不将错就错呢？

我妈跟别人走了。我恨她，这个狠心的女人，竟然抛下我爸和我跟另一个男人走了！大半年时间，我在班里不想多说一句话，恨与自卑盘踞在心里，整个人浑浑噩噩，灵魂都出窍了。我能做什么？电脑游戏成了最爱。在一次次冲杀的胜利中，我似乎找到了生命快乐的源泉，至于学习成绩，才管不了那么多呢！

去年寒假，老爸看着我的成绩单，竟然流泪了。奶奶说，没有走进大学校门是我爸这辈子最大的遗憾。他是我们老家第一个开小高炉的个体户，每天从早累到晚，回家满脸都是灰。挣了钱，赶紧在城里买了房，就是为了给我创造一个好的学习环境。奶奶一度想让我妈再给我生个弟弟或妹妹，他坚决不同意，说自己家里兄弟姊妹多，都没有好好上学，他只要我一个，一定要把我送进名牌大学。我这样晃荡下去，岂不是把他给坑了？

我有所悔悟，但游戏的魅力无穷大，完全戒掉做不到。周末，难得的半天假，前夜，总是要和几个同学约好战斗一番的。

相处归相处，对杨柳青，我还是有排斥心理，甚至想看她的笑话。前天，小姨打电话问我杨柳青的手机号码。我问她干啥，她说你别管，告诉我她的手机号就好了。平心而论，我当然跟小姨亲呀，把手机号码给了她，不知她们会有什么故事发生，等见了小姨再问。

我妈高丽梅，前两天给我打电话了，说她做生意挣了一点钱，过得挺好，就是天天想我想得睡不着。这话我只能信一半。要是真为我着想，当初怎么会跟别人走？现在想我，是良心发现，还是把我当成寂寞时的填充物？

住在隔壁那个叫肖可馨的，杨柳青的女儿，和我同年级，她文我理。每次见到她，总是一副心事重重的样子，在家里，就没见她露过笑脸。上周课间活动时，在操场上远远看见她站在跑道边上，身上的校服宽宽松松，有点大，一个男生正和她聊天，她倒是笑得很开心。估计那个能逗笑她的男生是她男朋友，他们好像是一个班的。她在二三三班，英语特别棒，年级竞赛中得了一等奖。英语却是我的催命符，一看见那些长成红果串的单词就烦啊！不知她的男朋友成绩怎么样，家住哪里。嗐，想这些干吗呢？跟我有啥关系？还是想想我的波斯猫吧！她的成绩在班级里一直很稳定，发挥好的话，清华北大都是有希望搏一搏的，985、211还不任她选？！就为这，我也得努把力了，否则高考落榜，她还不把我给甩了？

4　高丽云

他们都叫我骗子。骗子就骗子吧，这个世界，谁也好不到哪儿去。

上初二那年，一所私立音乐学校的老师来我们学校招生，同学们都说我身材好，适合跳舞。我的学习成绩总在及格线边缘徘徊，升学没啥指望，不如去学跳舞，又美又飒又挣钱。镇上新建了影剧院，经常有外地的歌舞团来演出，那些舞蹈演员穿三点式泳衣就上场了，台下的尖叫声，把音乐都盖过去了。大家说，那是现代都市文明！我一个乡下女孩怎敢奢望都市文明呢？能自己挣钱自己花就好了。每次和我妈要点零花钱，比登天还难。姐姐倒是挣钱了，可她的工资全部上交给我妈，一分不剩。

有什么办法呢，谁叫我爸是个病人呢？他在村子里一家私营煤矿上班，一次小塌方，捡回了半条命，人却废了，常年瘫痪在床。矿上赔了几万块钱，我妈赶紧盖了新房子，就等儿媳妇进门了。剩下的钱，她说谁也不能动！其实我和我姐知道，都是给我哥攒着呢！煤矿老板还算有良心，让我哥去矿上上班，岗位在井上；姐姐高中毕业，又托人把她安排在镇上的供销社当售货员。

终于说服我妈让我上音乐学校了！她把抠抠搜搜攒下的五百块钱交到我手上的时候，反复叮嘱我一定好好学习舞蹈，别学坏了，尤其不能像晚会上那些女孩子，穿成那样，丢脸。

和一个同级不同班的同学一起坐上火车，我们来到了"大都市"，其实就是一个地级市而已，对于没有出过门的乡下女孩来说，已经是刘姥姥进大观园了。"大观园"里有楼房，有干净宽敞的街道，数不清的小摊小贩比镇上赶会时都多，有穿着时髦的男男女女……不怕人笑话，第一次走出校门，两人走出两条街就找不到回学校的路了，只好求助警察叔叔。

音乐学校和普通中学截然不同。这里的学生个个穿着洋气，几个特爱臭美的女同学还烫了头发，整日描眉画眼，和街上的时髦青年没什么两样。

老乡在声乐班，我进了舞蹈班。平时各忙各的，星期天会聚到一起，去逛街、洗澡什么的。

短暂的形体训练课结束后，老师要求练习劈叉，我因韧带过紧，达不到要求，只能学习一些相对简单的舞蹈动作。一年后，跟着学校的演出团参加群舞表演，挣点小费，添补零花。面对昂贵的学杂费，还是得不断跟家里伸手，要一回，我妈骂一回："败家呀！"

一次上晚自习，教室里照例稀稀拉拉，人都不知跑哪里去了。我扔下乐理老师发的爬满小蝌蚪的纸张，去厕所，远远瞥见班主任宿舍的灯忽然亮了，不大一会儿，班长郑娟从里面出来了，我问她咋不上自习？她支支吾吾说班主任找她谈心了，刚结束，就去上自习！我纳闷，谈心怎么黑着灯谈呢？

刚走进厕所，苗丽丽正好出来，她问我："刚才看见好戏了？"

"啥好戏？"我一脸蒙。

"就是……就是……"她拿手在空中瞎比划，最后做了个炒菜的动作，"炒决片"，就嘻嘻哈哈跑出去了。"炒决片"是我们这一带特有的一种面食，前两天，隐约听到有人小声议论"炒决片"，以为他们说在外面吃饭呢，现在看来，没这么简单。但我仍然想不明白那是什么意思，直到有一天，班主任叫我去谈心。

他说看我家庭生活比较困难，想让我多参加演出，多挣些外快，问我可愿意。我当然说愿意呀！然后，我就看见他的眼睛里有团火，长长的火舌喷在我身上，我觉得浑身发热，想逃，可脚在地上生了根，动也动不了。班主任长得好帅呀，比张国荣分毫不差；他跳现代舞好酷啊，是我们班里所有女生的偶像呢！他起身锁了门，回头拉起我的手，摩挲着，摩挲着……我听见自己的心跳出了胸膛，不知跑向了哪里……屋里的灯灭了……

三年的学习时光很快结束了，一些成绩优秀的同学考入正规的艺术学校继续深造，虽说是中专，但毕了业会分配工作，总之是一条好的出路。我的那位学习声乐的老乡就是其中的幸运者。大部分像我一样成绩平平的同学则回了家乡，和一个落榜的中学生没什么区别。

回到家，迎面而来的是我妈的抱怨，说白花一大笔钱，甚也弄不成！不如再舍下这张老脸去找龚矿长，让他在矿上给我找个轻省的活儿干。

见识过大都市生活的我，怎么愿意去那种脏兮兮的地方受罪呢？我在我妈开的小卖铺里坐下来，卖油盐酱醋、针头线脑什么的。闲着没事，拨弄几下那把廉价的吉他。一件套头衫穿腻了，里外调个过儿，反过来穿着。这样新潮的"文艺范儿"怕是村子里头一份吧！也不是我要标新立异，艺校出来的女生哪个不个性十足？又有哪个同学手里没把吉他？不论将来的生活走向何处，唯有那些刻进骨子里的东西和这把不值钱的吉他能够证明自己是见过一些世面的，是不同于那些纯粹的乡下妞的，也是今后能够在泥土与油盐中寻得一方超然之地的筹码。我妈不高兴，骂我不务正业，说吉他能当饭吃？却丝毫不提她闺女把衣服反过来穿是因为没钱买第二件。有两次她发怒声讨，作势要把吉他摔了扔了。我噘嘴黑脸不理她。我太了解她了，就是嘴上瞎叨叨，任何东西只要进了这院子，就没有扔出去的理由！何况花了"大"价钱买来的稀罕物，她才舍不得呢！有几回我收拾了两个烂木箱和几件破旧衣裳往外扔，她急了，说指不定啥时候就用上了。现在，住了两年不到的新房子，里里外外已经乱成杂货铺了！

有两三个青年常来买东西，有时赖在窗口东拉西扯，我高兴了与他们随便搭两句话，若对方有过分的言语暗示，我就闭了嘴巴拨弄吉他，一个个见没戏，就知难而退了。其实我对自己的将来也没个具体打算，混日子呗。实在感觉闷得慌，就背着吉他坐上公交车去县城找同学玩。

一年以后，吉他为我带来了好运。

连续四五天，一个身穿卸了肩章军装的年轻男子总来我家买东西。晚上睡觉时，我妈七分喜气三分讨好地凑到我跟前问："云啊，那个龚和平是不是看上你了？村里人都这么说呢！"

"龚和平是谁呀？"我懒洋洋地问。

"就是那个天天来咱家买东西的人呀，他爸就是龚矿长呀！"我妈还有点急了。

"哦，那可是咱家的冤家对头！不然，我爸怎么能成那样呢？"我明白我妈的心意，可八字没一撇的事情，现在说为时过早。再说了，那个龚和平眼睛小，嘴巴大，满脸青春痘剑拔弩张的，一点都不好看。要不是那身军装给他添了一股军人的英气，兜里的钱助长了他的阔气，我都懒得多看他一眼。

"话可不能这么说！"我妈真急了，"说不定，这是天定的缘分哪！小云，你可别拿错了主意，嫁给龚和平，那是要啥有啥！煤老板哪，有钱！就是他们弟兄两个平分（龚和平有个大他十岁的哥哥），你这辈子也花不完！"

"好了好了，知道了。睡吧！"我装作没事人似的，心里也开始悄悄盘算，丑是丑了点，不过若真嫁了他，就再也不用过这种捉襟见肘的日子了。

龚和平果然出手了，他买了一把新吉他，要我教他。我只是懂个皮毛，教他入门却绰绰有余，何况他是"醉翁之意不在酒"！

十九岁的夏天过得很惬意。两个月时间，我们已经发展到接吻了。

龚和平他爸给我找了份临时工作，去镇幼儿园当代课教师，挣钱不多，百八十块的，交给我妈，够她买一家子的油盐酱醋了。自从姐姐出嫁，我妈几年没有收到固定月钱了，每次把钱交到她手上，她总是笑眯眯的。至于我，凡是花钱的事情，包括零花钱，龚和平全包了。

我人生的好多第一次都是龚和平给的，除了那个事以外。第一次坐桑塔纳小轿车，第一次去北京看故宫、登长城，第一次走进市里最豪华的饭店……他给我的太多了，我的生活里每天都是新鲜事物与灿烂笑脸。自从和他谈恋爱后，我变成了一只温驯的猫咪；我妈更像一只可亲的老花猫，整天乐呵呵的，时不时还哼个小曲儿。是呀！谁又能架得住一个人朝你家使劲砸钱呢！家里新添了功能最全的电子琴、双缸洗衣机、大彩电、踏板摩托车……就是我妈也添了好几身新衣，亲戚邻居免不了左右奉承，叫我们娘儿俩把坐上云端的感觉温习了一遍又一遍，整个身体都是轻飘飘的。高兴之余，烦恼也是有的，我妈大概夜里做梦都在担心别人抢了她准丈母娘的位置，见天儿催婚，就盼着我早日成为龚高氏才安心哪！

我心里始终有个结，不知该如何解。每次与龚和平接吻，快到高潮时，我就会紧张，生怕那一刻会到来。好在每次他都能及时刹车，还自责，说一定要等到洞房花烛夜，太草率了，对不住我。每次危险一过，我就想，这个兵哥哥当真有趣得很！而后又会隐隐担心，等那一天真的到来，如何应对？那件事真像一颗悬在我头顶的炸弹呵！

事实证明我的担心是多余的。

第二年冬天，我们步入婚姻的殿堂。我二十，他二十四。洞房花烛夜，我越紧张，他越认为这是初夜新娘纯洁与娇羞的表现……事毕，他说你们跳舞的，我知道，练习基本功，容易拉伤韧带……哦，我的天，幸福真的很容易！蜷在他宽厚的怀抱里，我把自己化成了一汪春水。

结婚生孩子，天经地义、顺理成章。他妈身体不大好，不想带孩子，我放弃了临时工作，在家做起全职太太。吉他拨弄不了了，只能在足觉的午后，用卡拉OK一体机播放一段世界名曲，夏赶阴凉冬撵阳，抱着孩子在偌大的院子里安享时光。

幸福最是高深莫测。

家里摆的全是尿布的时候，龚和平开始夜不归宿了。他不回家，婆婆就埋怨我没本事，冷敲热打地讥讽。我还得笑脸相迎，不然，龚和平回家，她就告状，说我的不是，龚和平待我会更冷淡。

"生一个不够！"龚和平说，"这么大的家业，怎么也得两个！"其实就是他不说，婆婆和妈哪个能饶过我？老大是个女孩，奶奶不疼姥姥不爱，一个横挑鼻子竖挑眼，一个絮絮叨叨要我争气。何况，生两胎在农村是标配。老大刚满一周岁，我狠心断了她的奶。我这块地真是长粮食，断奶第三个月，就开始呕吐了，不用说，又有了。神明保佑，希望这次一举得男。

老二果然是个漂亮的男孩：小小四方脸，明亮的眼睛大小适中，高鼻梁，一张小奶嘴别提多可爱了。婆婆见了，笑得合不拢嘴，拍着手说："我以为这辈子见不上孙子了呢！老天开眼了！"转身又对着我说："我就说嘛，当初让相面的给你看过，说是宜男相。好，好！云儿立了大功了！"说着把一张十万的存款单递到了我手中。此后，日日鸡鸭不断。这个月子坐得，和第一次相比，简直天壤之别。

女儿正在牙牙学语，偶尔冒出一句令人意想不到的话，引来全家人的开怀大笑。龚和平回家的日子多了起来，逗逗闺女，捏捏儿子脸蛋儿，一家人沉浸在欢乐祥和的幸福氛围中。

因为得了孙子，公公婆婆决定再摆一回满月酒（家乡风俗，一般只给老大摆满月酒）。我妈伺候我月子前十二天结束，回家时，我偷偷塞给她两万块钱，要她在孩子满月那天撑足面子。

我妈又给我败了兴。给孩子做的崭新被子上，我希望她用一百元的大票子缀成一个大大的"喜"字，她用了五十元的。想着礼钱她怎么也得上两千，她上了一千。

唉，这个狠心的妈呀，怎就不知道心疼你闺女呢？两万块钱，你留下一半也好，你可倒好，回给我都不到一万，全留给你儿子了。我平时没少接济你呀！女儿做满月给你一万，你就这样，马马虎虎过去也就算了，这次还这样！怎就不能随着大家水涨船高呢？婆家的人越发要把我看扁了！提起我那哥哥，没法说，简直就是我的克星！以前在矿上上班，拈轻怕重的，但勉强说得过去，自从成了龚和平的大舅哥，一天到晚狐假虎威起来，把"吃嘴懒老不动弹"演绎得淋漓尽致，还到处吹牛皮瞎指挥，几番搞出闹剧叫我难堪。最后，龚家给我留了个薄面，扔了一个闲职给他，白送一份工资，由着他吃喝闲逛去。

龚和平的大哥要重新装修房子，全家都要搬过来暂住一段时间。虽说刚出月子，我也得表表态，尽尽心。我上楼去收拾那些零零碎碎，方便他们搬过来住。

"你这是干什么？"婆婆正要上楼，看见我抱了一大堆旧衣物下来。

"妈，大哥他们不是要搬过来吗？这些旧东西，我收拾一下。"

"还不够一百天，操这些心干吗？都是些破烂货，该扔就扔！"她与我错过身子向上走时，又小声嘟囔了一句，"拿惯了笤帚丢不下簸箕！"鄙夷的语气没法说，把她的话用家乡俚语直白翻译一下就是"讨吃丢不下拐棍儿"！可怜我这颗热情善良鼓胀的心哪，被不明尖物生生猛戳一下，瘪成了一张薄纸。

两天后，老大一家四口住到了楼上。一日三餐，和我们在楼下一起吃。嫂子虽然生了两个女儿，却一副颐指气使的派头，婆婆不仅说话客气，还时常露出点巴结的意思。原因不难找，嫂子她爸是镇医院院长，嫂子也是正式工，在医院当收银员，老公公没有开矿前，人家是下嫁，尊卑规矩早就立下了。龚和平不在家的时候，我在她们面前就像个透明人，能不说话就不说话，说一句半句也轻声慢语的。背地里暗想，要不是生了儿子，在这个家里能不能待得下去都是问题。大侄女上小学，小侄女形影不离跟着奶奶，加上我闺女，把婆婆吵得够呛，心爱的孙子也只能放在口头上爱了。她带着小侄女出去串门，偌大一个家，只剩我们娘儿仨。遇上她回来晚了，我连饭都做不成，只好求助我妈，让她帮着照看女儿。

女儿到了上幼儿园的年龄。把她送进熟悉的校园，心里有一种说不出的滋味，和龚和平商量，我想继续上班。"我养不起你吗？在家好好看孩子！我妈身体不太好，你和她一起照顾家吧。"听听这话，一点希望也不给我留！

龚和平的爸爸、我的老公公在离家乡二十里外的一个小山村重新开了一个矿，这边由他大哥全权负责。新矿刚走上正轨，老人家检查出了冠心病，为了延长享受幸福生活的时光，他把新矿交给了龚和平负责，自己当起了甩手掌柜，却仍旧整日神龙见首不见尾，家里的常住客还是我们婆媳和两个孩子。

龚和平又有半个月没有回家了。一天，我妈来了，神神秘秘地把我拽回卧室，东瞅西看确定没旁人后，把门掩上，小声说："听别人说，龚和平在那边养了一个外地女人，两人整天混在一起，咱得当心哪，别让人家钻了空子！虽说你生了一儿一女，保不齐人家也怀上一个，要你让位怎么办？就是不离婚，将来也要分你的家产，到时候哭都来不及！赶紧想办法！去！去把那个女人撵走！"

瞧我妈，动不动就家产家产的，家产在哪儿呢？我都不知道。龚和平每月甩给我三五千，只有一次拿回来十万块，说是奖金，不知他是奖给自己的，还是专门奖给我的。倒是这个女人成天霸着我老公，让我年轻的身体独守空房，有点憋气；得知她的身份竟是个"小姐"，越发憋气！话又说回来，她要是个良家妇女，我照样憋气！这种事，不知道还好，只当他挣钱忙；知道了，真不能无动于衷。行动！

好久没出过门了。公交车在通向小村庄和矿上的岔路口停下了。不用问路，一条新开的土路上落满了煤屑，顺着它走上去，就是龚和平住的地方。

左侧一车宽的小道通往村庄，两座贴了白瓷砖的二层小楼房耸立在村口，给这片沉闷原始的山野注入现代化元素，这是龚和平父子给这个小村庄带来的变化吗？村子里传来几声狗吠，人的气息顺着小路流淌过来。

我背着儿子走向右边的大道。道路两旁是正在吐缨的玉米地，郁郁葱葱之上，有一层灰蒙蒙的粉末。来之前，我妈说要陪我去，我担心她那张关不住闸口的嘴说出不合适的话来，把事情搞得无法收场，坚持没有让她来。况且龚和平对她的印象并不好。

走了两三里地远，遥遥看见了煤矿办公区的大门，和路边的庄稼、树木一样，都落了一层煤灰。办公区的房子更黑些，这让我想到刚走出窑口的矿工和烧黑的铁锅底。

身后传来汽车喇叭声，让到路边，车子却停了下来，是龚和平的表弟。"嫂子，找我哥来了？"他下了车，帮我抱着孩子，"快上车吧！还有一段路呢！两条腿走得多累，还背着我大侄子。"

初秋的阳光还是热烈的，何况临近中午。我擦了一把脸上的汗，坐进了后座，表弟在副驾驶上逗着孩子玩，司机小王把舒缓的情歌调小了声音。

"哥，嫂子找你来了，快出来迎接吧！"表弟拿着大哥大给龚和平报信。也好，他若提前收敛些，说明还在乎这个家，我们也不必撕破脸。

"哥……"走进龚和平的房间，表弟和我都愣住了。龚和平和一个女人坐在沙发上，龚和平伸出的左手直接搭在她的左肩膀上。两人若无其事地盯着我们两个闯入者——不，是三个。表弟见情形不对，抱着孩子走了出去。

我打量着这间屋子，这哪里是办公室，分明是藏娇的金屋！四面墙上都贴了黄色花纹壁纸，一张两米长的老板桌靠窗放着，门口靠墙放着电冰箱，对面是精致的三人座黑皮沙发，上面铺了竹垫子，我的丈夫，此刻正和另一个女人以拥抱的姿势坐在那里！茶几上放着一大盘水果和两瓶已经打开的健力宝。房间正中挂着和床同宽的垂地红色丝线帘子，后面是一张宽大的席梦思床，隐约可见凌乱的被褥。

"红玉，吃过午饭咱进城去，你不是还要金项链吗？这次，必须买一条粗点的，把她们都比下去！"龚和平亲昵地盯着那个女人说，看都不看我一眼。

他居然这样，居然这样！"为什么？为什么？"如果刚进门时像挨了一棒，头发晕，现在，则像心被拉了一道口子，疼痛难忍。泪水在眼眶里打转，心中的愤怒终于冲破喉咙，却没有想象中的义愤填膺和理直气壮，用尽力气蹦出的音节像没有响的哑炮，沙哑而颤抖地跌落在凝固的空气里。

"为什么？"龚和平脸色陡变，"你问我为什么？你不打招呼就来，不就是想看个明白？那我就让你看个清楚呀！"说着，他扭头在那个女人脸上嗯了一口，女人竟然配合他回了一口。啊，天造地设的一对！

脑部缺氧！快要晕倒了！定定神，把魂儿拉回来！什么红玉白玉，白白污了好名字！愤怒从胸腔奔涌而出，我的面容已然扭曲，我的嘴巴无法言语，只想扑上去，狠狠扇她不知羞耻的嘴脸。

吃亏的当然是我。龚和平一把抓住我的衣领，像摔麻包一样把我重重摔在地上。"告诉你，别管老子的事情！"他指着我怒气相向，"有你吃，有你喝，回家好好看孩子去！老子怎么玩，是老子的事情！"

女人心软了，想伸手扶我起来。我厌恶地推开她，手撑地站了起来，只说了一句："你要这个家就好！"头也不回地走了出去。

别无选择，离婚不是上上选，离开他，扔下孩子，我就能找到幸福吗？不一定！他家的势力在我们这个小县城是数得着的，离了婚，待在家乡，不会有好日子过；远走他乡去流浪，作为两个年幼孩子的母亲是万万不能的。既然他说是"玩"，我又何必当真呢？

孩子们都上学了，为了打发无聊的日子，我去镇上的保险公司上班了。依靠龚和平的关系网，我干得风生水起，业绩一直保持本组第一。孩子在长大，龚和平也渐渐收了心，不像以前那样明目张胆胡闹了。他在村新区买了一套二层小别墅，交给我钥匙的时候刻意声明：只有我们一家四口去住。也就是说，我从此摆脱了婆婆的挑三拣四。这件事叫我开心了好久！

幸福在日子中来来去去，也许这才是生活的本来面目。

龚和平出事了。他准备投资房地产项目，跑到内蒙古考察去了，高速路上出了车祸。他真幽默，死了也不寂寞，和他同赴黄泉的还有一个女的，据说是他的合作伙伴。公公因为突如其来的打击，脆弱的心脏没能挺住，一下子过去了。

父子俩丧事刚办完，我的麻烦也来了。第二天，一群工人堵了我的家门，说龚和平欠了他们半年工资，必须尽快发放。带他们来的是龚和平最信任的表弟。龚和平公司的事情，从未让我插过手，我一窍不通，身边没有一个得力的人可以帮我打理这些事务，我只好交给他大哥全权处理，自己只求一个心静。最终，除了少量的私房钱，我一无所获。他大哥倒是说了句痛快话，孩子们的日常用度、上学费用，不用我操心，他会负责到底。

龚和平一死，我的事业坍塌得片瓦不留，我的一些分期付保费的客户纷纷要求退保，理由是没钱续费；有个别客户，差一两年就满期了，也说没钱续保。为了我和他们的共同利益，我自掏腰包给他们续保，因为是老关系户，连欠条都没让他们打。事实证明，我够傻的，我的钱大多打了水漂，他们压根没有准备还，即使我把返还红利送到他们手中，他们也丝毫没有归还我垫付保费的意思。

生活糟糕透顶，怎么也理不出头绪。瘫痪多年的亲爸赶趟似的，在冬日一个寒冷的夜里悄无声息地走了。处理完一切琐事，与孩子大伯商量，把他们送到了城里所谓的私立贵族学校，自己也在城里暂时安定下来，老家的房子托给我妈照看。顺便说一下我那不争气的哥哥，自从没了龚和平这个靠山，他好像有所收敛，我爸走后，他突然长大了似的，不再胡混，在镇上租了两间街面房，开了一家小超市，挣多挣少不说，总算不叫人那么闹心了。

我又能做什么呢？人生地不熟的。最后还是我姐托了姐夫，让他给我找个轻松点的活儿，毕竟我有些积蓄，挣俩小钱够零花就好。

不久，我进了姐夫一个朋友的公司当出纳员。没有租房子之前，暂时住在姐姐家里。

我一直喜欢我姐夫，他比龚和平帅多了，皮肤也白。龚和平活着时，我不敢越雷池一步，现在他死了，还有一个女的陪着一块儿死，他做鬼也风流啊！我为什么要给他守寡呢？

姐姐和朋友打完麻将，被拉去歌厅唱歌了，家里只有我和姐夫。姐夫喝多了，我给他倒了一杯蜂蜜水，学姐姐的样子用热毛巾给他擦脸和手，然后，解开他衣服的扣子，擦胸脯……

事后，姐夫说怎么是你？我说怎么不能是我？他说你姐姐知道了多不好。我说那有什么，她是我姐姐，不会有事的。我才不信他的鬼话呢！真醉到认不清人，哪能成事？得了龟卖俏（壳）！

可惜，没过多久姐姐出事了。我本想住在他家，替姐姐照顾着。没想到这个没良心的，把我当成仇人看待，坚决不允许我住进他家。最后，还跟姐姐离了婚。他朋友的公司我也没脸再去了。

我又一次成了无依无靠的浮萍。无奈之下，干起了老本行，去卖保险，也推销化妆品。晚上无聊，就去舞厅跳舞。因为那不值得炫耀的半拉子童子功，我在舞厅很有人气。一个月后，认识了一个外地来的小老板，长得还算说得过去，他说他一个人在这里做点小本生意，老婆孩子都在老家，问我是否愿意临时搭个伴。我半推半就，进了他的出租屋。

这个人在网上赌博。见他轻而易举赚了二十万，我也想试试身手。赚到二十万的时候，他劝我收手，说赌博就是见好就收，才能稳赚不赔。我不听，难道二十万是红线？我偏不信这个邪！我想赚更多的钱，在城里买一套大房子。结果很惨，房钱没赚到，老本也输光了，还欠了四十万赌债。我让我妈把老家的小别墅卖了，还了一部分，还差十几万。我乞求他们发发善心，不要让我还了，他们恶狠狠的话语叫我害怕。那个外地小老板告诉我房租还有两个月到期，之后就不见了踪影。

一想到龚和平死后，我遇到的那些人，除了无赖就是骗子，气就不打一处来。自从搬进这个地下室后，我酗酒、抽烟、麻痹神经，整整三天没见天日。第四天走出房门，开始四处借钱。他们能骗我，我为什么不能骗他们？

给杨柳青又打过两次电话，她没有接。算了，小气鬼！还不如越越呢，这孩子把攒下的一千块压岁钱给了我。大方，像我姐！孩子们都放暑假了，住在我妈家，我得回去看看他们。

5　向明生

有些女人真是不能碰，高丽云就是，三天两头跟我要钱。之前塞给她的也有两三万了，这个婊子作死呢，赌博输了钱，又跟我要，还有脸提她姐……

她姐姐是高丽梅。这个大傻瓜！真不知道怎么想的，脑袋里进水了？怎么做出那样的傻事？哎呀，头疼！想起这个高丽梅，我就头疼，脑袋嗡嗡响。可越想忘掉她，她就越往你脑袋里钻，前世的冤家！

高丽梅和我是高中同学。乡村中学，教学质量一般，何况在那个年代，班里一共才二十个人，同龄人大多小学毕业就回家务农了，我算是成绩比较好的了，一直上到高中。理想是有的，考上专科就行。高丽梅成绩也不错，可惜她爸出了事，没参加高考。我参加高考了，却离专科线还差几十分呢！怨不得谁，理想基本靠想，贪玩没用功是真。本想复读，家里还有一个弟弟、一个妹妹，台阶似的排着队呢。我爸说了，每人只给一次机会，考不上，就认命。咱是老大，没有撒娇耍横的资本，乖乖去上班挣钱。三妹为保险起见，初中毕业直接报考了中专，就她争气，端上了公家饭碗。

我在镇上的锁厂上了两年班，父母开始催婚。媳妇是现成的，我和高丽梅上学时就一直好着，瓜熟蒂落，美事一桩。

新婚蜜月耳鬓厮磨，开心的日子过了一年多，新的烦恼来了，父母亲戚邻居都喜欢盯着高丽梅的肚子看，说一年多了，怎就没动静呢？到了第三年，我妈绷不住了，逼着我俩跑了十里路去小北村有名的杜神医那里把脉。神医不仅会看病，据说还会看人，本事大着呢！有"小半仙"的美称。神医说好着呢，别着急，该有时就有了。哪天开了怀，生开了头，挡都挡不住。话是这样说，药还是给我俩各开了三服。耐心等。隔年正月，丽梅身体有了反应，十月生了一个大胖儿子出来。我的儿子必须上名牌大学！看到儿子的第一眼，我就跟高丽梅这样说。

我得拼命赚钱哪！我借钱买了一辆五成新的卡车，去矿上拉煤倒卖。高丽梅她爸是在矿上出的事，都是一个村子里的乡亲，我找到龚和荣，一番酒酣耳热，他嘱咐过磅的抬抬手，我挣钱就比别人快一些。后来，高丽云嫁给了龚和荣的弟弟龚和平，有了这层亲戚关系，龚家的方便之门开大了，我整平了三亩地，开了炭场，和二弟从矿上拉出煤炭存放，偶尔也收别人送的货，经过二次加工，把炭分成三六九等，倒卖给外省的钢铁厂。我家的存款迅速上升到六位数。出去逛了一圈，发现一些乡镇开起了私人小高炉，自己炼铁。又是一条挣钱的门路！踩点，请师傅。两个月后，村外西河边立起第一座小高炉。

儿子到了上学的年龄，我拿出全部积蓄在市里买了套六十平方米的楼房，把高丽梅和儿子送进了城。

儿子学习成绩好，次次考前三名。我忙活得更有劲儿了。

高丽梅手巧，织得一手好毛衣。除了我们一家三口的，她给我爸妈弟妹都织过，她的父母兄妹更不用说了，全包，甚至把手伸到了龚和平和他的两个孩子身上，一年四季，手不离毛线。我开玩笑说你开个毛衣编织厂好了。她还当真了，说在一家编织小作坊见过毛衣编织机，省时又省力！估计郑州有卖的，买几台就干起来了。我说你省省吧，看把你累着！你真去干那个，谁管儿子呢？有我一人挣钱就够了，你的任务是把儿子培养好！她这才偃旗息鼓。

细想想，那会儿男耕女织的日子，也过得有滋有味。

后来，后来怎么了？

国家搞环保，小高炉关掉了，龚家的煤矿也保不住了。大家都在想别的出路。

和高丽梅商量后，在商场租了三米柜台，开始倒腾服装，利润不能和开炭场、小高炉比，但不管大钱小钱，都得去挣，不能坐吃山空，把人坐懒了。一家三口守在一起过日子，其乐融融，也挺好的。

平平淡淡过了三年，新的商机出现了，房地产渐趋红火。我没有跟风冒大险，而是开了一家装修公司。公司走上正轨后，我让高丽梅把服装生意停了，来公司当会计。后来因为会计上岗得有会计证，我就雇了个专业的。高丽梅彻底解放了，每天除了给孩子做饭，就是和一些女人打麻将、逛街。孩子上初中后，小房子换成了大房子，我为她买了一辆几万块钱的小轿车。

日子红红火火，一片绚烂。就连她妹妹，嫁给煤老板龚和平的高丽云，也羡慕不已。我一直想不明白，龚和平当初为什么不在市里买房子呢？事实证明，城市的教育环境优越，孩子回到老家，说一口普通话，谈吐气质比同龄孩子高出几个档次。虽然现在高丽云也把孩子送进了城里的学校，但她终归没能在城里安家。

为了拉到大客户，我每日在酒桌上宴饮，去歌厅唱歌，到洗脚城洗脚，有时一天去两次，经常醉醺醺回家。在外人看来，也算是事业有成的老板了。

一些年轻姑娘、小媳妇暗送秋波，我有点心猿意马。小姑娘爱大叔，怕麻烦，不敢招惹。小媳妇就不同了！有了第一次，就有第二次，渐渐刹不住车了。第一次出轨，有点不好意思，觉得对不住老婆。哥们儿都说我傻，说三从四德从来都是为女人量身定制的，新社会也一样。我说那些陪我们玩的媳妇怎么不三从四德呀？因为她们老公无能呀！这个无能有两方面，一是身体无能，更多的是钱无能。我说就没有第三种？上过两年大中专的张亮是我们公认的才子，他若有所思地吭哧了半天，说："第三种不是无能，大概是平等，各玩各的！"我说："那也叫无能吧，可以把三种情况归结为'爱无能'。"话音刚落，黎建中和罗建军就仰头大笑起来，还一个劲儿地夸我，说明生明生，生得明白，总结得好！他们两个，名字像哥儿俩，连脾性都相似。酒在兴头上，被兄弟们一夸，飘乎乎的感觉太美好！

张亮无动于衷的嘴脸叫人扫兴！我推推他，说："大才子，我说的有没有道理？"他却一本正经起来："什么是'爱无能'？那是对异性毫无兴趣，更没感情可言！中年夫妻，只是没了激情，各寻各的开心，但是，并不影响感情！"说完夹一筷子羊肉放自个儿碗里，拨拉了两下，专心吃起来，不再看我们。

我悻悻地，还是朝张亮竖起了大拇指，说："高！"黎建中忽然明白了什么似的，朝着张亮说："难不成你和嫂子就是这样的'爱高能'？"说完，看了看我和罗建军，哈哈大笑起来。我和罗建军也跟着讪笑起来。面对兄弟几个的放肆，张亮保持沉默，居然与平时受到吹捧时一样，既无所谓，又给人一种高高在上的感觉，酒精不能激起他情绪上的任何波澜。邪行！这人邪行！若事实果然如此，我承认，我没有这样的胸襟。想起高丽梅，我收起了笑声。最近，她有点冷漠！正是如狼似虎的年纪，怎么就那么清心寡欲？不会是背着我……不可能！自己老婆什么脾性，我还是清楚的。继续推杯换盏，莺莺燕燕，啥都忘了。

生意场上不乏巾帼英雄，她们和男人一样拼杀，刚柔并济，独当一面。她们浑身散发着独特的魅力，更能吸引男人的眼球。每次遇到这些"女强人"，在欣赏的同时，总会想她们和自己的老公到底是哪种关系呢？

高丽梅买了太多的新衣服，职业套装、连衣裙、休闲牛仔，她一米六三的身高，胖瘦适度，啥衣服穿在她身上都像是量身定制的一般。她人才也好呀！小区门房老张说，咱这小院里，就数明生老婆长得俊，那俊里透着一股良善劲儿，让人一眼看上去，就感觉舒服。听老张这么一说，我仔细观察过一回，发现我老婆真是风韵犹存。高丽梅是鹅蛋脸，人到中年了，两腮依然红润，一头浓密黑发，被她剪成了蓬松的蘑菇头；上眼皮末梢有些松弛，一双大眼睛仍旧光芒四射，眼角的细小皱纹只有在大笑时才能露出一点端倪；她的嘴唇丰润，唇色自然微红，整张脸看上去清新自然，温婉可人。

这夸老婆，夸得有点出格了。唉，也许她丑点，就不会有后来的事情了。

那个周末，向越和我们一起吃过晚饭，撒欢儿似的一溜烟跑了，说和同学约好了去看电影。我问高丽梅："咱好久没那个了，你是不是在外边找上别人了？"她面色平静，语气却难得犀利一回，说："你以为我和你一样啊？""这话说的，什么意思啊？"倒是我急了。"我知道你在外边不容易，不过，什么事情都得有个度，你自己把握好就好。"她明显话里有话。

这一夜，老夫老妻难得温存了一回，都觉得哪里有点不对劲儿，也都没有说什么。

日子就这么不咸不淡地过去了。转眼间，儿子上了初三，又一转眼，中考了。

高丽云就是在我儿子中考前的那个春天上了我的床，到现在也不知道高丽梅知不知道这件事。

儿子中考完不久，我们吵了一架。

一天，公司的小庞神神秘秘地跟我说，某天晚上看见高丽梅和一个男人在"蓝月湾"吃饭。他绘声绘色地为我描述了一个极为暧昧的画面：一个小隔间里，两人面对面，灯光柔和朦胧，高丽梅双手举着红酒杯缓缓晃动，面带微笑，正在倾听；男人清瘦，毛寸发型，双肘撑着桌面，手指交叉相握，正说着什么。"饭店的窗帘是浅色的线帘，所以看得比较清楚。"最后，小庞补充了一句。

"嗯，知道了。"我不动声色。

应该是高丽梅的初中同学陆军民。陆军民是他们班的班长，后来考上中专，现在在某乡镇当副镇长，有点文学情怀，经常在报纸上发表一些豆腐块，全是官样文章，没啥意思。他们前年同学聚会的照片，我见过。他们居然发展到单独吃饭了？谁知接下来会发生什么，不能掉以轻心！

回到家，我问高丽梅最近都忙些什么，她有些不耐烦，说能忙什么，逛街、打麻将、喝茶、聊天、吃饭、做美容，去歌厅听她们唱歌。

高丽梅五音不全，这是事实，在歌厅，她永远是观众。

"和谁吃饭了？一个男人？"我阴阳怪气起来。

"你说什么？"她倦怠的脸色马上显出无辜与反感。

"陆军民。"我不想再绕弯了。

"他呀，偶然碰见了，他说好久不见，一起吃个饭，就去吃了。你那天不是在陪客户嘛！而且，我吃完饭就回来了呀，孩子每天晚上要吃夜宵，你又不是不知道。有什么不妥吗？"她的解释一清二楚，语气却明显冷漠了。

"和一个男人单独吃饭，你知道这意味着什么吗？以后别这样了！"我还是有些醋意。

"就是吃个饭，能有什么？你想多了。"她不以为然。

"怎么不请别人，单请你啊？你知道什么，他们都是别有用心的！"我有些激动了。

"什么用心？不过是偶然遇到了。我们谈论的都是孩子上学的事情，值得你这样大做文章吗？"她转身去阳台上收衣服。

以前吵架，我声音一高，她就会坐到我身边，轻声细语地解释。今天的语气和态度有点反常，尤其是最后一句，语调升高，令我不爽。她越是这样，是不是越说明内心有鬼？想到这一层，我火气噌噌蹿了三米高："我大做文章？你好好想想，你整天吃吃要要，不够幸福吗？还想怎样？给我戴绿帽子？"

"太狭隘了，不可理喻！"声线陡然低下去，低到自言自语的程度，她双手叠着衣服，一副与我无话可说的样子。

她爱搭不理的样子又一次激怒了我，正要发作，楼上传来高跟鞋走路的声音。我强压怒火，压低声音说："什么是理？是不是说到你心里去了？"我紧盯着她，试图从她躲闪的眼神中窥出点蛛丝马迹。

"你自己一天到晚做些什么，以为我不知道啊？我就是吃了个饭，值得你盘三问四吗？"她仍旧不看我，一副冷冰冰的样子，居然揭我的短，转移重心！

"我是男人！男人和女人怎么能一样呢？"我强压的怒火再次被点燃，心里却在想，没有就没有，和平时一样，说个软话就好了，怎么就犟上了呢？

"霸道！不讲理！越来越不讲理！"事态没有朝着我期待的方向发展！她不但语气加重，还狠狠瞪了我一眼，才拿着叠好的衣服走向衣帽间。

一股邪火冲上脑门，我冲上前去，扬起的巴掌落在了她脸上。她惊愕委屈的眼神，我至今还记得……

儿子考上了市里最好的高中。接到入学通知的那天，我请了几个哥们儿在梦都大厦的"全聚德"为儿子庆祝。我向高丽梅表示感谢，感谢她把儿子培养得这么优秀。红酒加白酒，高丽梅喝下去不少，有了醉意。大家都高兴，我和儿子也没有阻拦。

第二天，高丽梅留下一封信走了。她说她累了，需要休息一下，一切等她回来再说。我打她电话，关机。

一开始，我没敢声张，说她去旅游度假了。背地里，去找了高丽梅的闺密李红梅。为什么找李红梅？一是因为她和我沾亲，这胳膊肘总是要向里拐的吧？二嘛，她也给我投递过暧昧的眼神，碍于亲戚情面，当时我没理她，但据我判断，她要是对我还有意思，现在找她问话，肯定会实话实说。果然，她说高丽梅可能跟茶店的林煜走了。她说她不能确定，只是因为那个茶店最近换了老板，才这样猜测的。

"肯定是！他们在一起多长时间了？"我怒不可遏。

"这种事，谁知道呢？我们去喝茶，只是感觉他看她的眼神有点特别。"李红梅还是猜测的语气。

"肯定是！肯定是！为什么以前从来没听你说过？"我几乎要发疯了，愤怒的拳头在李红梅眼前晃了晃，重重落在了咖啡桌上。李红梅仓皇逃了出去。我想我那张因暴怒而扭曲的脸，一定丑陋至极。

我告诉儿子，他妈旅游完，顺便在南方考察一下，我们准备投资一项生意。儿子没吭声。看着他阴郁的脸，我不能确定，如果高丽梅在眼前，我是不是还会举起愤怒的拳头。

这个傻货！竟然走了小半年才回来！见了儿子，她哭成了泪人。我也很难受，但是恨超越了一切！我必须让她为自己的行为付出代价！不容解释，甚至不想听她多说半句话，斩钉截铁地传达命令：离婚！似乎只有这样，在这场婚姻中我才占有主动权，才能维护一个男人的尊严！

她现在生活得如何？不想去想。

一年中，我强打精神，打理生意。每天提醒自己不能倒下，儿子还要靠我呢。生意却不如之前那么顺。这一年，我爸因病去世了，我把我妈从老家接过来，让她和儿子做个伴。

我不想回家，家里到处是高丽梅的影子。我去找那些小媳妇玩耍。她们中间居然有想离婚嫁给我的，怎么可能呢？我只是玩玩。

朋友介绍我认识了杨柳青，作为结婚对象，工作、相貌她都是上上人选，我很满意，她对我也有好感。只是高丽梅造成的心理阴影还未完全散去，我对女人的判断失去信心。一天中午，我把她带回家，让我妈给把把关。我妈说，人实在，能处。那就处着。干柴烈火，一个月不到，我们就在一起了。

为了把高丽梅留下的痕迹清理干净，需要重新装修房子。我妈说她和越越去住原来那个小房子，给我们留出单独相处的空间。

旧房子租给一个外地小老板了，他挺讲究，把家里重新装修过。我退了他三年租金，并表达了歉意。

杨柳青也算是个温柔的女人，我却总觉得她温柔的眼神后面隐藏着一些什么东西，是凛然，还是倔强？总之是我摸不透的一个点。天知道，高丽梅留给我的后遗症多会儿能完全根除，我不能完全信任杨柳青，和她说好试婚，没有领结婚证，对外却统一口径，说结婚了。

我妈说得对，如果向越和肖可馨以后能成一对小夫妻，我们的婚姻关系就牢不可破了。那样，我们应该会有个幸福的晚年！

6　高丽梅

当初选择与林煜在一起，是因为寂寞？爱？还是对向明生的报复？我也说不清楚，或许三者皆有吧。

以前出门旅游，总是羡慕生活在南方的人，目之所及，山清水秀，就连街道也是那样干净清爽。不像自己家乡，煤矿、高炉、火力发电厂、钢铁厂到处都是，冒出的烟灰能把天染成一块灰色的抹布；一件白衬衫上身半天，领子上就有一道淡淡的黑印；晚上洗脸，能洗下一层灰。难怪南方人皮肤好，在干净湿润的空气里浸着，男人女人看上去都水灵灵的。海滨城市更是充满浪漫气息！面朝大海，心中必是春暖花开的豁达与美好。曾经和向明生开玩笑说，再过几年，攒点钱，选个环境优美的南方小镇，或是海滨城市，买一套小房子，一家三口来度假，想着都美！神仙日子！

愿望太过美好，神仙也不会成全。向明生变了，挣了钱，开始莺莺燕燕。男人骨子里都是这个样子吧！开始自己不开心，想和他理论，但两人一天几乎见不着面，等他晚上回家，不是喝醉了，就是很累的样子，倒头就睡，要是多问一句，他一定会搬出挣钱辛苦的理由搪塞，倒显得自己不近情理了。况且，他还算好，无论多晚，总会回家，不像那个龚和平，明目张胆欺负妹妹。所以，我只是偶尔敲打敲打，叫他知道顾家就好了。

看似无忧无虑的幸福日子，我总觉得缺少了点什么。是的，我是个女人，我需要感情的滋养！

林煜是南方人，身板却比方人厚实。接触多了，便瞥到他眼神里的点点火星。

之前，除了向明生和家里亲戚，与其他男人说话，我从来不看他们的眼睛，尤其当知道他们可能心怀"不轨"时，更会刻意避过，总是担心引起误会，带来不必要的麻烦。面对林煜，却是不同的感觉。他应该不缺女人，我暗自判断，但我并不排斥他别有深意的探询，反而喜欢这种暧昧。我一度陷入矛盾中。理智告诉我应该避一避，否则他迟早会发掘出我藏在内心深处的那个怪物。有了这层担心，再去他店里喝茶聊天时，我常在去与不去之间纠结。有两次李红梅叫我，我狠下心，以家里有事为由拒绝了，开车跑回了老家。和母亲零碎聊着天，却总是心不在焉，总想起林煜那双厚墩墩的手，想起他谦和迷离的笑容。嗐，想不通，大老远，一个人跑到这里来干什么，这儿的钱更好挣？据他说，好像在老家哪个公司还有不少股份，生活应该也是不错的。难道像北方人羡慕南方人一样，南方人也想来北方闯一闯逛一逛？这样一个空气污浊的小城有什么好？想不通，却又总是想。问过他两回，他总是打哈哈说，因为生意上的事情来过两次，就喜欢上了小城的悠闲和小城人的纯朴，不像大都市那样生活节奏匆忙，处处精于算计，所以决定留下来住一段时间。到底住多久呢？三年？五年？把后半辈子扔在这里大概不可能，叶落总要归根哪！

如何和他走到那一步的呢？

向明生说想接手一个办公楼装修的活儿，需要给某领导送点见面礼。领导不好烟酒，爱风雅，吟诗作画、烹茶论道，一身儒者风度。买幅字画吧，我们不懂，弄不好，叫人反感，好事变成坏事。我俩商量，还是买点陈年老茶，包装盒里面塞张卡，面子里子都有了。我自然想到林煜，托他弄点珍贵的陈年老茶。林煜回老家一趟，带来一件九一年的老班章，打电话叫我去取。

去时还艳阳高照，进店三分钟不到，狂风大作，太阳一下子没了踪影，树叶、纸屑，各色包装袋、塑料袋卷地而起，漫街飞舞，眼看一个系着口的红色塑料袋鼓着肚皮就要闯进店里，我们俩几乎同时冲过去关门……玉米粒大的雨点从天而降，狠狠砸在地上，噗嗤有声，接着，一个炸雷紧随闪电在头顶炸响，惊得我打了一个哆嗦，向后退了两步。林煜关好门，把地下的插头插紧，密集的雨点已呈倾盆之势，斜打在六角水泥砖上，溅起朵朵水花。

"好大的雨！"林煜转过身来对我说。

"好大的雨。"我惊魂未定，话还没有说完，便朝里面的座椅走去，生怕下一个炸雷从门缝里钻进来，自己再次露出窘态。

"这雨下得，估计一时半会儿没人来了。今天咱俩换换，你主我客，你烹我品怎么样？"他径直走到我身边，指向对面那个位置，"请移步到对面，好吗？"那是他平时表演茶道时的主位，正对着门。

平时看他冲茶，提落之间，从容有度，利落优雅，早想一试身手。只是与他不够熟，又对着一群茶友，不好意思提出来，以免显得自己轻浮。也好，今天就试试。再有响雷，背后有屏风，对面有他，安全感还是蛮足的。

"好吧！"我站起来，绕过桌子向对面走去，不料他在我背上拍了两下，手掌温热敦厚，极具肉质感，我心中轻轻一颤。等着水开的间隙，夹了一小块茶饼放入紫砂壶中，看向对面的他，却没有看他的眼睛，只把目光从他的下巴扫到与桌齐的衬衫上，然后原路扫上去。

又一个炸雷在正前方劈下来，我哆嗦了一下，放在桌子上的双手也不自主向中间靠拢。

"你怕雷。"他精准捕捉到了我的窘态。

我尴尬地笑了笑，尽量让自己放松："感谢你，给我们带回那么好的茶。"我的目光越过他的头顶，扫向街道上空，依旧雨势汹汹，梧桐树被打得垂头丧气，却因为洗去了灰尘，透出明晃晃的绿来。

"也就是你，换作别人，我不一定给。"言语比往日更温柔，暧昧风一样蔓延。

"这话怎么说？"我感觉到他在搜寻我的目光，便故作镇静地把视线收回，勇敢地看向他。只一秒，便垂下了眼帘。是的，多一秒，就有可能发生什么。"水开了！"我的声音提高了三个音阶，仿佛一下子抓到了救命稻草，转身，提水壶，注满茶壶，盖上盖子。

"你不觉得人与人之间是有磁场的吗？有的人生来就与你相斥，再怎么接近，总觉得彼此有隔膜；有的人只见过一两面，却不觉得生疏，反而有一种久别重逢的亲近感。"他两手搭在扶手上，身子向后靠了靠。

"哦。"我说不上来是满意还是失望，提到嗓子眼的紧张感瞬间消失，整个身子放松下来。第一遍水是洗茶的，学着他平日的模样，滗出茶水冲洗了杯子，又把茶壶注满。

将淡红色的茶汤倾倒在公道杯里，莹润透亮，不像人的眼睛，光芒后面总有所遮蔽与隐藏。

"我喜欢你。"

"啊？"刚刚松弛下来的神经又一次绷紧，没有料到林煜会如此直接。是欢喜还是错乱？难道他早把我看穿了——我喜欢在他暧昧的眼神中获得精神上的满足。

"五年前，我的妻子在一场车祸中丧生，当时，我正在另一个女人的床上……多年的夫妻，以为自己早不爱她了，可当噩耗传来的时候，突然发现，我的情感世界坍塌了。孩子在北京上大学，我成了一只无家可归的孤雁……办完她的后事，我便来了这里。"

林煜的眼里闪烁着泪光，我竟然有想为他擦拭的冲动。等等，刚刚他说喜欢我，转瞬又为逝去的妻子伤心？跳跃太大了！我觉得有点尴尬，便把他话中的另一条丝线拉出来探个究竟："那个女人呢？你们……"

"不过是彼此寻求新鲜与刺激罢了。她有自己的家庭，事情发生后，她电话问候了一声，我不再联系她，就一别两宽了。"

风收敛了锋芒，雨丝毫没有停的迹象，街道上的雨水已汇聚成一条浑浊的河流，向地势略低的西边滚滚流去。

"到现在你仍然放不下你的妻子，我也有自己的家庭。你刚才……那话是什么意思？"我变被动为主动，平静地看向他，他的眼泪却已收回去了。

"矛盾吗？我不觉得。我怀念自己的妻子是真的，喜欢你也是真的。正因为都是真的，所以才告诉你。四五十岁的人了，这样心动的感觉还能有几次？不说出来，会后悔的。况且，如果真心喜欢一个人，就应该把自己的事情向她说明白，不是吗？"他端起杯子一饮而尽，"你不要有什么心理负担，我只是想告诉你我对你的感觉、我的心里话，你拒绝也好，认为我荒唐也罢，只是不要辜负了你自己。我知道你的丈夫，现在正如十年前的我一样荒唐。如果你觉得痛苦，还爱着他，就努力争取；如果……"

雷声再次响起，威力大减，翻滚着卷向西南方向。

端着茶杯的手还是轻轻哆嗦了一下。我还爱着向明生吗？说不清楚。两个月前，那个彼此勉强的夜晚，我没有体会到丝毫快感，脑子里尽是他与那些花儿朵儿在一起的画面。如果他改过，我会不会快乐呢？不清楚。但我知道自己没有去制止他的任何想法。我想我需要的是一种细致入微、相知相惜的精神层面上的交流。想到这儿，我低头转动着手里的茶杯，泪水已在眼里打转。

林煜站起来，绕过桌子。我抬起头，努力想把泪水憋回去，门外雨线模糊不清，雨声迫急。他从背后抱住了我的双肩。

温热的气息吞吐在左耳边，超敏锐的嗅觉传递给大脑一股微甜的清香气息，不是皂液，不是茶香，是从血液里散发出，穿过肌肉组织，从无数细小毛孔，渗透在皮肤上的味道，夹杂着肉质的厚重感。这种味道令我眩晕。它不同于平日里那些我无意间嗅到的微辣、微酸，带着烟草味、酒糟味，甚至霸道的狐臭的交合味道。我战栗着，感觉到两颗心脏有力的搏动，雷声、雨声都是上个世纪的事情了。我不知道自己是如何转过身去投入他的怀抱的，只知道此刻需要一双有力的臂膀承载自己的寂寞、委屈与无处宣泄的爱……他裹挟着我的嘴唇，我的身体，我剧烈的心跳，绕到屏风后面……我没有想他与别的女人在一起的画面，仿佛他从来都没有过任何女人，我也没有过任何男人，我们生来就是一体的。

向明生偶尔夜不归宿，我装作没事人一样。

看着向越的成绩单，向明生笑成了一朵花，他说，要好好犒赏我们娘儿俩。去南方买房子的钱是没有赚够，但全家出国旅游一次还是挺容易满足的。我们决定去俄罗斯。向明生没有去，他说，上次那位领导又把城东一栋新办公楼的装修交给了他，他得亲自盯着，把活儿干好。

林煜说，他想把向明生的名额补上。我坚决不同意。我儿子在啊！他若看出什么端倪，怎么得了？半个月出行归来，他说他度日如年。

"你又不缺女人，难道没有一个想你的？"我表示怀疑，调侃道。

"想不到你也是这样的人！难道我们也是逢场作戏吗？"他竟然生气了。

"你想怎样？我有家、有儿子，总不能为了你抛夫弃子吧？"

其实在俄罗斯的每一天，我无时无刻不在想念林煜，想今后两人该如何相处下去。看着开心的向越，我没有找到答案，只能得过且过，甚至不敢想象，向明生若是知道了这件事情会有什么反应，向越会如何看我。几次聊天中，李红梅带着嘴角那抹淡淡的笑容看看林煜，又瞟向我，仿佛看穿一切的表情令我不敢有任何闪失。她虽与我是从小到大的闺密，却不能保证她在知晓事情真相时向着我，不说防火防盗防闺密，向明生毕竟和她有血亲关系——她妈和向明生他妈虽是表姐妹，可处得比亲姐妹还亲，隔三岔五，老姐俩总要坐到一起唠一唠。

　　他不再说话，只向我伸出双手。

　　孩子在家，单独约会的时间不再那么随意，彼此忍受着煎熬。七月底，母亲打电话来，叫向越回乡下住几天。老家有个水库，水位很深，夏天常有人去游泳，意外也经常发生。我千叮咛万嘱咐，叫向越千万不要去那里游泳。把他送回去，我得闲了。

　　向明生打电话说有应酬，不回来吃晚饭了。我和林煜约好，叫他早点关门，我八点钟过去。

　　冲完澡，身上凉爽了许多。下了楼，西山的太阳已接近地平线，地上热气还未散尽，我缓步来到小区附近的秀园，绕着湖边散步。小提琴演奏的《梁祝》从水边的音箱里传出，岸边垂柳婆娑，湖中微波荡漾，几只归巢的鸟斜掠过水面，湖心小岛开着葱郁的太阳花……我却莫名想起圣彼得堡的夏宫，其名气、历史与建筑的巍峨壮丽是小城这个普通公园所无法比拟的，但水木花草的赏心悦目却是一致的，此景犹如一位羞涩的少女，宁静中蕴含无限浪漫的遐思。什么是幸福？当是良辰美景下的岁月静好吧！我甚至幻想，如果这悠扬的小提琴声不是来自音箱，而是出自岸边一位长裙飘飘的少女或是一位俊朗的少年之手，该是一幅多么完美的画面！那个少年若是向越……我是不是应该鼓励他去学习音乐，或者学习绘画呢？幻想罢了！他即将面临三年紧张的高中生活，时间与精力绝对不允许，能考个好大学，是一家人唯一也是最大的愿望。

　　与陆军民就是在这样的浪漫气氛中相遇的。落日的余晖染红了西天，湖水闪烁着点点金光，他独自一人甩手大踏步迎面走来。

"我女儿的中考成绩也达到重点中学的分数线了，说不定俩人还能分到一个班，像我们一样做了同学呢！"他哈哈大笑，我也笑着回应。

"应该为这样的巧合庆祝一下，一起去吃个晚饭怎么样？"即将消失在地平线上的红光掠过他的笑脸，温馨而祥和。

想到和林煜八点钟的约会，我准备拒绝。

"那个学校的教导主任和我关系不错，分班的时候应该可以照顾一下，争取分到'省级教学能手'李老师的班里。"我还没有想好拒绝的理由，他已经将可能的预期袒露。

"这样的话，真要沾您的光了！我请！我请！"尽管是预期，他的热情依然令我感动，如此美意怎能拒绝？

晚餐吃到八点半，我有点坐不住了，但陆军民聊兴正浓，我只好给林煜发了条短信，告诉他临时有事，去不了了。

隔天，向明生和我大吵一架，还动了手。我只有泪，没有哭声，开始后怕：吃顿饭他便这样，若是知道我和林煜的事情，该怎样呢？难以想象！假如我及时收手，假如他永远不知道这个事情，我就能开心吗？不，不会的！那段时间我感觉自己越来越依恋林煜了，他对我好像也是这样的感觉吧？湖边那般宁静美好的时光根本不属于我！我隐秘安稳的欢乐日子要去哪里找寻呢？

跟林煜商量，他说不如变被动为主动，索性出去走走，把问题留给时间，离也好，和也罢，总比大打出手、闹得沸沸扬扬体面些。他说如果我愿意，他可以许我一个安稳幸福的后半生。

我不敢接受他所说的幸福的后半生，我舍不得孩子，向明生不可能让我带走向越，向越更不可能离开向明生跟着我和一个陌生男人走。

幸福和痛苦是一对孪生姐妹，总是相伴而来。它们也是一个人的左右手，左手握着蜜糖，右手必抓着荆棘。纠结数日，终于等到向越的重点中学录取通知书，怀着对他的歉疚与难以割舍的爱，以逃避狂风暴雨为由，我和林煜奔赴了一场甜蜜又辛酸的爱情之旅。

一个月后，耐不住对孩子的思念，几次想要回家，却又不敢想象向明生那张暴怒的脸。一直拖到腊月，不顾林煜的劝阻挽留，拒绝了他的同行，终于踏上回家的路。暴风雨终究会到来！但愿时间可以缓冲一下它的暴烈程度。

向明生意外地平静，板着冰冷僵硬的脸，把拟好的离婚协议书递过来。几个月时间，他瘦了不少。向越是沉默的，鄙夷的目光里藏着深沉的痛苦。显然，他知道了一切。我觉得自己无比无耻，无比罪恶，泪水把离婚协议书打湿了，向明生又拿出一份，他不算绝情，同意我拿走一张十万块钱的存折。从此我与这个家再无瓜葛！我继续哭，我妈和我哥在一旁痛骂我，说我脑袋进水了，造孽呢！妹妹也埋怨我，嫂嫂的话更难听。正月初二，我踏上了南下的快车。

幸亏妹妹在中间周旋，向越上高二以后，终于肯接我的电话了。除了给他汇一些零花钱，母子间的情分也只能靠电话传递了。关于杨柳青的存在，也是通过妹妹知道的。我爱林煜，我没有嫉妒她，只希望她能真心待他们父子。

林煜没有完成他的承诺。办完离婚手续回到他身边，他那读研究生的儿子正陪他过春节，临走时放下话，说你们有多相爱我无权干涉，但希望你们考虑我的感受和意见，我想我爸爸百年之后，在地下见到我的妈妈，是了无牵绊，没有多余烦恼的。

"多余"，泪水一下子流出来，我是多余的！我夺门而出，住进了酒店。第二天，林煜找到我，说与儿子谈妥了，之前的房子留给儿子做个念想。他不能给我婚姻，但可以以我俩的名义在余杭买一套新房子作为我们的家。我还有选择的余地吗？青春不多，自己也有对儿子的牵挂，有与他一样的处境，还能再为难他什么呢？

（下）

1　肖可馨

杨柳青失恋了，不，确切地说，是第二次婚姻失败了。我也失恋了。母女连心，倒霉都是脚跟脚。

也有喜人的事情，我考上了省城大学，已经是大三的学生了，而且每年都拿奖学金。别龇牙！我没有那么大的理想，什么清华、北大，从来不想，本人还是很有自知之明的。杨柳青虽不满意，但也不想我去吃复读的苦，勉强接受了现实。她最近也有喜事，如愿评上了高级职称。

我怎么失恋的？说来话长。

高考结束那年，也就是大前年暑假，我和李春帆在一家地摊上吃麻辣烫，被杨柳青和向明生撞见了。双方目光相遇的那一刻，我惊呆了，像一只受惊的小鹿，心脏剧烈跳动，恨不能拔腿跑掉。杨柳青的反应比我更强烈，眼睛瞪大了一倍，嘴巴微张着，持续愣了几秒钟，好像坐在对面的不是她女儿，而是个怪物！

我尴尬地放下碗筷，站了起来。

李春帆背对他们坐着，见我表情突变，一时间也愣住了，扭头一看，很快识趣地站起来转向他们俩，毕恭毕敬的。

"可馨，这家的麻辣烫好吃吗？"向明生先说的话。

"挺好吃的，叔叔，要不您和我妈一起尝尝？"我赶紧接着。向明生比杨柳青，甚至比我爸也大几岁，但杨柳青说，叫伯伯把人叫老了，不如叫叔叔好听。于是，我一直管"房东"叫叔叔。

杨柳青把眼睛嘴巴收回原来的位置，黑着一张脸。在她的价值观里，谈恋爱至少得等到上大学，她一直以为我就应该这样，也必须这样，不然就不是她女儿了。我判断，她的大脑当时严重短路，看到自己失职失算的严重后果，一定恨不能把日子全部倒回来重过一遍。

他们走了，没出三步远，就听到向明生说："你说可馨根本不会谈恋爱，你看看，两个人在一起吃饭，不是谈恋爱是干吗？"

晚上，一场审讯在所难免。说实话，我只是背地里蔑视杨柳青，真正面对她的时候，还是弱弱的。

"不就是一起吃个饭吗？能说明什么？不是你们想的那样！"面对坦白、抗拒都不会从宽的结果，我选择抵赖，这样大家面子上都好过，反正她也不能每天跟踪我。

看得出来，杨柳青是强压着怒火在跟我说话，她说不管你说什么，不管你们发展到什么程度了，必须止步！不得有进一步的发展！等你上了大学，好男孩多的是。那个孩子什么来历，我们一概不知。即使要发展，也得等我们了解清楚他的家庭情况再说。而且，你看他的面相，两眉间距离太近，这样的人心胸不够开阔，脾气也不会太好。你跟他不会幸福的！

这就是她的经验判断，是一个母亲对女儿的忠告。说实话，我不相信她说的什么"面相"，她要是会看相，当初怎么会跟我爸结婚？他们不也是一周一小吵，一月一大吵，吵得我直往姥姥家跑？她要是会看相，怎么会看不出……算了，不说了。

暑假里，考虑到有杨柳青监督，我和李春帆见面的机会少了，只能发信息。越是不能见面，反而越使我们想念彼此，更坚定了在一起的决心。

大学开学后，在杨柳青视线无法企及的地方，我们的恋爱关系正式确立了。哦，对了，李春帆也在省城，他就读的学校距离我们学校两公里远，是师大。两年了，省城的大街小巷，包括邻近市县的旅游景区，到处都留下了我们爱情的足迹。

跟李春帆谈恋爱，除了过节时他给我买礼物，平时花钱我们都是AA制。比如去旅游，他买车票，我就买门票；吃饭也是，他买午餐，我买晚餐；看电影，上次他买的票和零食，下次我就主动买单。这是我们之间的默契。他的家境普通，父母在乡下，没有固定收入，每月的生活费比我少几百，好在他一直坚持勤工俭学，有一些收入。和向明生在一起后，杨柳青花钱大方许多，身上的衣服也多了一些名牌，对我开销状况的控制却没有放松，基本在一般家庭的正常范围内，但只要我开口，多给三五百也并不为难。现在看来，她的做法是正确的，她与向明生分开前后生活发生的变化，对我没有太大影响。

在我和李春帆自认为冲破枷锁，可以无所顾忌、全身心投入这场恋爱中时，内部矛盾却逐渐露出端倪。

去年劳动节假期前一个周末，我们说好去看电影，票都买好了，晚上七点半的场，他在网上买的。下午四点半，班主任突然通知班委开会，我不确定有什么事情，便发信息给李春帆，说五点钟再联系。

会议很快结束了，事情却很麻烦。学院要求各系在五四青年节举办一些竞赛活动，有英语辩论赛、马拉松比赛、健美操和交谊舞比赛。班主任说，每个班委成员至少得报两项。我的英语成绩虽说不错，但我不擅长辩论，交谊舞不会跳，也不感兴趣，就报了马拉松和健美操。班主任把健美操比赛的组织工作交给了我和另一名班委。

时间很紧，必须马上组织同学们报名，确定参赛人员，确定参赛曲目，然后投入排练。

忙碌中，我忘了给李春帆发信息，甚至没有听见信息铃声，直到他打电话过来，我才匆匆向他说明情况，告诉他不光今天的电影看不成，两个周末都要报销了。再见面，只能等到节后了。

他竟然发火了，说自己在学校大门口傻等了二十多分钟，我怎么想不起来给他打个电话，说我的心里根本没有他！没来得及解释什么，那边同学喊话说老师找我呢！我挂断了电话，匆匆返回教室。

参赛人员确定好了，在网上选曲目、学动作，边琢磨边排练。周一照常上课，排练只能晚上进行。在前后十天的时间里，我吃饭、做梦都在琢磨动作。

整整十天，李春帆没有给我发信息、打电话，我也没有时间去想他。比赛前一天，打电话问他是否有时间来我们学校看比赛。他说他要参加系里的马拉松比赛，时间冲突，来不了。

五四过后的一个周末，我拿着手机，想发条信息给他，说我们重新看一场电影，把上次的补回来。编辑好的信息突然放弃了发送，我想等等，等他联系我。

没有等到。

我失眠了！回想和李春帆在一起的点点滴滴，从上高中到现在，他总是温柔的，对我的关怀和照顾也是无微不至的，像上次那样发脾气还是第一次。那么，今天下午到现在，他在干什么？像我上次那样忙？或者是还在记恨我呢？

第二天，他来了。没有任何解释，像什么也没发生过一样，俩人重归于好了。

郭冉冉在北京一所艺术学院上学，学服装设计。她约我和苏胖胖暑假到北京聚聚，顺便带我们逛逛皇城。长这么大，还没有去过北京，内心无比向往。李春帆说也要去。去就去吧，反正他在我的闺密圈里早就是光明正大的拖油瓶、大灯泡了。

苏胖胖改名了。高考前夕，她说上大学顶着这么一个乳名似的名字太没面子了。我说其实叫着挺顺口。她撇撇嘴，说上高中掉了三十斤肉，感觉不要太好了！上了大学，崭新的生活崭新的自我，要找个帅帅的男朋友谈恋爱，不能让他知道自己不堪回首的曾经，所以必须和过去彻底告别，不能留下蛛丝马迹。她跑到派出所改名苏晓晓。她说在家里已经通知所有成员一律改口，不然，她将对他们视而不见。"别的同学不管，你和郭冉冉，必须！立刻！马上！改口！"她摆出一副嚣张的模样。

我和郭冉冉对视，一个努嘴，一个撇嘴，郭冉冉拿手在空中比划了一圈："你还不如直接叫苏小小呢！"

"你们懂什么！"她叉腰仰头，神气十足，"区别就在这个'晓'字上，此'晓'非彼'小'，此'晓晓'非彼'小小'！此……"

"苏晓晓！苏晓晓！苏晓晓……"我们捂住耳朵不再听她之乎者也，齐声大喊。苏晓晓横空出世！苏胖胖什么怪物？不存在！

经费明显不足，不得不向杨柳青张口了。说实话，我不想骗她，其实也不算是骗她，除了没有说李春帆也去，其他的都是事实。杨柳青给我转了一千块钱。哈，足够了！

登长城，逛鸟巢，游故宫，吃烤鸭。没觉得有什么特别，在电视里都见过了，烤鸭和炸酱面倒是比老家的"全聚德"做得更地道。其实，来北京也算了了一种情结，身为中国人，这一生不来一趟北京总是有所遗憾的。何况是这样的太平盛世。是的，盛世太平。这是杨柳青说的，她说她年逾不惑才来了北京一趟，我比她幸福多了，早了二十年。

杨柳青年轻时候在家乡小城上的师范学校。四十岁之前，就是市区范围内也没转过几个地方。在省城进修那会儿，她都没舍得四处逛一逛，整天待在学校，课程一完就打道回府。她一走，我就常住姥姥家了。她毕业那年我虚岁六岁，有一些模糊的记忆，记得姥姥叫我对着电话喊妈妈，唱儿歌给她听。她来北京也是向明生带她来的。

我确定自己比她幸福多了。北京我还会再来N次，绝对的，不说别的，单是郭冉冉在这里不停召唤，我们就一定会再来。郭冉冉说了，她毕业不回老家，就在北京混了，就是住地下室，也要把根扎在北京。

和李春帆的矛盾与分歧就是在北京正式爆发的。晚上住宿，我和苏晓晓去郭冉冉宿舍里蹭住，她的两个舍友已经回家了，我们正好可以一起聊聊知心话。李春帆在学校附近一家小客栈订了房间。晚饭过后，他悄悄问我可不可以和他一起住客栈。我没同意。一来是我没有思想准备；二来，当着两个闺密的面，这不是明摆着叫人抓我把柄吗？遭到拒绝后他有些丧气，说班里好几对都在校外租房子住，公开成双成对了，我们这样哪里叫谈恋爱？

"我们不也公开成双成对了吗？难道非得那样才是谈恋爱？"听他这么一说，我倒有些反感了，心里悄悄嘀咕，论周岁我才十九啊！

回到宿舍，郭冉冉问："可馨，你们现在还纯洁着呢？"

"不然呢？"我反问她，"难道你和大宝越界了？"郭冉冉上大学后，和原来的男朋友天南地北分着，分着分着就彻底分开了。她现在的男朋友是邻校一个学动漫的，比她高一个年级，是个有北京户口的福建人。

"这有什么稀奇？咱都成年人了，又不是小孩子，想想，在高中就有多少对偷吃禁果了。我们这样的，"她瞟了我们两眼，拉长了后面一句话的尾音，"都算晚熟——"她的目光最终定格在晓晓身上，继续说道，"早都落后两个世纪了。胖……"不小心秃噜出口的字被强咽了回去，并即刻做出更正，"晓晓你说是不是？"她并不着急对方回应，扭头帮我们分配起床铺来。

"我——不——知——道！"苏晓晓配合郭冉冉似的，拖长了每一个字的尾音，然后双手合十，故作虔诚地说，"我的男朋友还在找我的路上呢！"大学几年，她原来的标志性动作不见了，举手投足调皮犹在，却多出几分文静。

"你也别太挑了，差不多就行了，还真要找个大帅哥？能镇得住吗？小心被人挖了墙脚，伤心失恋的，我们可够不着安慰你！"郭冉冉的嘴巴还是这么厉害。有时候，我总会产生一种幻觉，感觉她和杨柳青更像母女。

关了灯，大家聊得最多的还是上高中时的事情。关于未来，虽有畅想，却是我们无法把握的。在理想与现实之间行走，谁知道前面是一条通途大道，还是崎岖山路呢？

玩了三天，准备离开的时候，郭冉冉的男朋友现身了，和郭冉冉个头差不多，戴副眼镜，瘦长脸，前额头发有点长，直接与眼镜接壤，整体看上去很干净。他俩送我们三个出了学校大门，一直到地铁站口才返回了。

假期里，和李春帆不咸不淡地约会过几次，彼此有了敏感点，有些不自在，我始终没有让他冲破那道防线。

秋季开学后近一个月时间，俩人见面频次明显减少。月底，李春帆发信息告诉我，他和苏晓晓谈恋爱了，说她比我更爱他。

我把眼睛哭肿了。从高二开始，四年多了，虽有过小吵小闹，但每次和好，感情反而比以前更牢固了，我从来没有想过他会离开我。现在，说断就断了，我有点蒙，他和苏晓晓什么时候暗通款曲的，我怎么一点都没有察觉到？苏晓晓要找的大帅哥就是李春帆吗？

苏晓晓给我发了一条信息，我看都没看就删了，而且把她和李春帆的一切联系方式都删除了。眼不见心不烦！

我发信息给郭冉冉：请求安慰！请求安慰！请求安慰！

郭冉冉很快打电话过来，说我的傻妹妹，谈了四年恋爱，居然真是AA制？之前你这样说我还以为开玩笑呢！这下可好，轻而易举被人拐走了！你要多花他点钱，他怎么舍得说走就走？也好，两不相欠，了无牵挂！妹妹，打起精神来！他有什么好？当初我就觉得你是低就了！他走了才好，咱把眼光放高一点、远一点，找个高富帅，才财齐全的，叫他自惭形秽！

十一月份，伤口刚结成一层薄薄的痂，同校不同系的一个男生向我表白，我木木地看着他，没有接受。自从和李春帆断了以后，我看谁都不顺眼，哪怕是全校女生公认的帅哥。我把所有精力放在功课上，年底拿了二等奖学金，比去年晋了一级，功夫算没白费。

寒假回家，一个陌生号码打来电话，接起来一听，李春帆？！正准备挂，李春帆急忙说："可馨别挂！我们见个面，好好谈谈吧！我们在一起四五年了，这事是我做得不对，我对不住你！我不奢求你原谅，只是希望我们不要成为仇人，好吗？"

谁和你是仇人？我不认识你！这样不好吗？心里还是有点发狠，想着才把你从脑子里踢出去，又来招惹我做什么呢？眼睛盯着那个"挂断"愣了几秒钟，终究没有按下去。

街角小公园，李春帆身穿一件深蓝色羽绒服，本色牛仔裤，白色运动鞋，背对着一条长凳站着，目光盯着前面的梅园：十几棵一人半高的李子梅裸露着铁色的枝杈，光秃秃地伸展着，像一个个伸着手的乞丐，向灰色的天空乞讨阳光，又或者是乞求一场雪？李春帆似乎看得很出神，一只耳朵却插着耳机，不知在听什么。

我轻轻走过去，在离他一米远的地方站定。

他拔下耳机，转过身来，没有说话，从衣兜里掏出一封信递给我。

已经无话可说，又何必相见？我接过信，转身要走。

"就在这儿看好吗？反正没有其他人在。"他看着我，态度恳切。

信很短，却看得我泪流满面。

可馨：

　　你一定在埋怨我，随手将四年的感情抛弃。这事是我做得荒唐，过于急躁了。去年，我的两个舍友都搬出去和女朋友同居了。课下，他们时常奚落我，说谈了四年的女朋友还没有拿下，是不是发育不正常，要不就是我根本没有女朋友，吹嘘欺骗他们的。那天我们在小饭馆喝了点酒，我一时赌气，跟他们说，暑假前后肯定拿下，还跟他们打赌，国庆节我们三对一起去绵山，在那个山壁上的宾馆住一晚。

　　结果呢，你说你没有准备好，我也不知道你什么时候能准备好。在北京，那天中午在南锣鼓巷，你和郭冉冉返回去找她忘在饰品店柜台上的小包包，苏晓晓说穿着高跟鞋太累，想歇一歇，叫我陪着她。

　　我们坐在街口的凳子上，说起了你。她说她羡慕你，有我一路陪着，真幸福。我问她怎么不找个男朋友陪着，她说，没有遇到比我好的。你知道这话意味着什么吗？还有她那眼神，看得我都不好意思了。她还说，女生要是真爱一个男生，是愿意为他做一切牺牲的。后来，你们回来了，谈话也就断了。

　　回到老家，我们几次见面，都因为彼此间有了隔阂而不自在。苏晓晓又约过我几次，我们就……

　　开学后的一个周末，她专门从槐林市跑来找我，于是，我就把她介绍给我的舍友，国庆节，我们一起去了绵山。

和她在一起的日子，我一刻也没有忘记过你，我知道，自己爱的一直都是你。现在，我不奢求你原谅。自己做的事情自己承担后果。但是，请你不要记恨我。毕竟，我们真的爱过，一起度过那么多美好的时光。

春帆

"你们好好的吧！也许她比我更适合你。"除了祝福，还能说什么呢？还是得转身，还是要离去。

他从背后拉住了我的手，却已不复以往的温度。

回头！回头？不……不！自尊拖着身体向前，理智告诉自己，必须离开，马上！否则心底的脆弱将无底线暴露，直至把自己出卖……

四年的时光轻轻淌过，回不去了，回不去了！

握着的手终究松了，放了。我不确定他是否会像电视剧里男女主人公分手时那样，望着我的背影怅然若失，还是默默转身，泪流满面？不！不会的！一封道歉信，对他来说，是一种解脱！以后的日子，他再无牵绊了吧！

没有准备好，一是觉得自己年龄还小，确实没有心理准备，想若真要那样，至少也得等到我二十岁生日以后吧？很奇怪，我的内心一直认为二十岁才是一个女孩真正成人的年龄。二是因为杨柳青，早早谈恋爱已经令她错愕，再有其他事情，她还不得神经错乱呀！毕竟现在，我可以依赖的至亲只有她了。也许，这些没有说出口的话，才是罪魁祸首？可是你就那么迫不及待，那么经不起诱惑吗？往后几十年……叫人如何想象？

在家没几天，发现杨柳青和向明生有点不对劲，不像往常那样黏糊了，我并没有多想，他们的世界我不想懂，何况自己也刚刚失恋。

正月初九那天，我爸带着他七岁的儿子来看我。面对这个同父异母的弟弟，看着那张渴望姐弟情深的老脸，我能说什么呢？他有新宝贝，杨柳青顾不上我，谈恋爱遭背叛……我是有多倒霉呢！

拖着行李箱走进校园的我难免落寞。这学期仍旧把主要精力放在学习上，积极准备考研。

五一假期，杨柳青给我发了条信息，说她从向明生家里搬出来了，用老家房子的拆迁款在小城西南的城中村买了一套小产权的二手房，六十平方米，足够我们娘儿俩住下了。她说她最近全力以赴准备评职称的事情，很忙。她没有讲他们分手的原因，她和向明生的点点滴滴却在我的眼前闪现，忽而觉得向明生这个人也还是不错的，俩人到底哪里出了问题？又觉得她也很可怜，隔着屏幕都想抱抱她。

2　杨柳青

这个班级是去年秋天接手的。

第一天走进教室，发现一张课桌突兀地立在教室前面，后面的课桌参差纷乱，孩子们表情各异地望着我。这不是一个纪律很好的班级！这是我的初步判断。

坐在最前面的学生叫余少江，他抬抬手就能触到讲桌。问过姓名之后，我用开玩笑的口吻说，你这么独领风骚，不怕惹人妒忌吗？示意他往后退一下，回到队伍里去。没等他反应过来，其他同学七嘴八舌喊上了，这是郭老师（上任班主任）给他的特殊照顾，他一个人坐一排！原来如此！我还以为是他捣蛋，故意把自己的课桌凸显出来的。看来余少江是个"大刺头"，至少是个"顽劣分子"。"新官上任三把火"，虚荣心作祟，第二天整顿班级纪律，我把余少江编入了正规军。

余少江又没有完成作业！

余少江昨天没有做值日就回家了！

余少江把阿妮的衣服划了一道口子！

余少江把墨水洒在李萱课桌上了！

……

第三天一进教室，同学们七嘴八舌，列数了余少江七八条罪状。小组长赵佳怡做最后申诉："我不愿意和余少江同桌了。"

"哪位同学愿意和余少江同学同桌呢？"

教室里静悄悄的。目光所及之处，一颗颗小脑袋低垂着，生怕被点名，从此陷入泥沼。

课间，余少江进了我的办公室。他个子在班里不是最矮的，瘦，单眼皮，小鼻子，鼻孔下有两道浅浅的鼻涕渍，肤色苍白，脸上有几道浅浅的泥印；身上套一件深蓝格子衬衫，领子随意敞开着，一个衣角塞在裤子里，一个在外面自由翻卷；裤子也是深蓝色的，看得出好多天没有洗了，膝盖处空荡荡地鼓出一大块，裤脚向上吊着；一双棕色仿皮凉鞋里藏着一双和脸一样苍白、带着泥印的瘦脚。

他并不局促，一双脏兮兮的手自然下垂，头略略低下去，不像坏事干尽的样子，却似受了点小委屈，一副无辜又无所谓的表情。

我迅速扫了他一眼，没有说话，照着班长写的学生座位表，继续在崭新的作业本上填写学生姓名。他偷偷瞄了我两眼，不自然地把目光投向别处，先是对面墙上的名人名言，然后转向另一位老师的办公桌，又很快收回来看向我。我仍旧不说话，他逐渐不安起来，又一次垂下眼帘。

"先去卫生间把手脸洗干净。"我发话了。

他趿着鞋子无精打采地向外走去。

他没有再回来。

上课铃声响过。我站在教室门口看了一下，科学老师在黑板上书写课题，坐在第一排的余少江，脸洗干净了，正低头抠指甲玩。

下午放学后，余少江又站在我的办公桌前。

"你喜欢一个人坐，还是喜欢和同学坐在一起？"

"和同学一起。"他低着头，很小声地回答。

"为什么做出那么多伤害同学的事情？"

沉默。

"为什么没有值日就回家了？"

"忘了。"

"作业呢？"

又是沉默。

"给值日小组的每位同学说声谢谢，是他们帮你做了。下次，一定不能忘！"

"嗯。"

"被你划破衣服、泼了墨水的同学怎么办？"

"说对不起。"

"阿妮的衣服不是一句对不起就可以解决的，你一定好好跟她道歉，态度要诚恳！如果她不原谅你，就得叫家长来商量赔偿了。"

"嗯。"

"明天把你的作业单独交给老师，上课前送到我的办公室。"

"嗯。"

"回家吧！"

我跟在他身后下楼。他步子跨得稍大些，一步一步走得很认真，头始终平视前方，看上去很端庄。

多数班级已放学，校园里难得安静。夕阳斜照，遍地金黄，三两个结伴迟归的学生背着书包，脸上洋溢着灿烂的微笑。我拐向停车棚，刚推了电动车出来，看见余少江手里挥舞着脱下的衬衫，在院子里蹦了两个高儿，朝大门口奔去。

第二天，办公桌上没有余少江的作业本。

第二节是语文课。一进教室，我径直朝他走去。

作业写是写了。十二个词语，二十八个字，乍一看，没什么问题。仔细一瞧，只有五个字是正确的。其余的不是多了一笔，就是少了两笔。

下课后回办公室查了一下上学期期末考试成绩单，余少江，语文十八分，数学二十三分。

课间活动，余少江没有去做操，一个人坐在教室里把作业重新写了一遍。只错了两个字，智力没有问题。我拨通了他家长的电话。

中等个儿，方圆脸，下巴略短，眼睛微鼓，也瘦，但很健壮。男人身上带着一些痞气，站或是坐，都给人不踏实的感觉，仿佛随时会跳起来，或是走两步，甚至发怒、走人。

他说话很大声，表情丰富，身体配合着嘴巴俯仰，似乎这样可以充分表达自己的真诚与无奈。

这是一个单亲家庭。余少江，他，还有一个七十多岁的奶奶一起生活。奶奶身体不大好，只能照顾孙子吃喝，其他的无法兼顾，作业更别提，只要看见孙子坐在那里，摊着书本就满意，至于做不做、怎么做，一概不知。

"我没有办法呀！一个男人，总得出去挣钱，不然一家子喝西北风去？"男人摊着两手，做无可奈何状。

"晚上尽量早回家，你在，作业质量肯定会有所不同。相比爷爷奶奶，孩子更需要父母的关心与爱护。"我尽量劝说。

"自然自然，能早回一定早回。"男人的承诺底气不足，言不由衷。他在并不开阔的地板上来回走了两步，又说，"郭老师最了解我家的情况了，咱也只能尽量不是？没妈的孩子……唉！不瞒老师说，我又找过一个，带了个六岁的闺女，待少江也不好，只一味跟我要钱花。一次不给，就带着闺女回娘家了。叫回来两次，还是那样。后来想想，算了，人家就不想真心跟咱过呢！强扭的瓜不甜！索性把她撵走了。"说完，他双手往前一推，像是刚刚把人送走一样。

"就这样吧！"不想听他继续唠叨，"孩子是您的，当老师的只是尽心尽职而已。学习是一方面，和其他同学相处也同样重要。您应该把孩子的穿着收拾得干净一些，这样，其他孩子也不会……"我在思忖自己的措辞。

"理解理解！一定一定！谢谢，谢谢杨老师！"一番心领神会的言语，一副老油条的样子。在他心里，或许就是想把孩子送到学校，先混大再说。他无力改变自己的现状，也无心在孩子身上花费更多心思。说白了，顺其自然，混日子而已。

"今天就这样吧！谢谢您能来！"桌上摊了大堆作业，我不想再浪费时间。

余少江换了一身崭新的衣裳，脸也洗得干干净净。连续三天，作业也比之前认真多了。我抓紧机会表扬了他。看得出，孩子很受用。

不管家长能坚持多久，总比一潭死水强一些。这是我的工作信条之一。

期中测验，余少江语文得了三十八分，已经是很大的进步了！又是一通表扬。

往后的时间里，还是有同学告余少江的状，他还会经常性地敷衍式完成作业，忘掉值日，情节恶劣时，只得把他的课桌重新摆到前面来。他有权利坐在这个教室，别的孩子也有权利不跟他同桌。我的工作像拉皮筋，松松紧紧、紧紧松松，四五十个孩子，每个人有每个人的特点，每个人都希望多分得老师一些爱和关注，我做不到面面俱到、人人平等，也做不到对谁特殊关爱。这只是我的一份工作，生活的一部分。还有好多事情等着我去完成，去应对。

职称搁置了两年没有评审，十二月份上级来了通知，年前各学校把教师的职称情况上报。消息灵通的老师说，估计要评职称了。果然，元月五日，通知正式下达，我们学校有六个指标。僧多粥少，符合条件的老师都在争先恐后地参评。

自己也在评选范围之内，紧张、忐忑，甚至焦灼也是有的。辛辛苦苦二十多年，大半辈子过去了，还有什么可期盼的？一个高级职称是对你工作的认可，是至高的荣誉，当然，工资也有大幅度的增长。谁能看淡？谁能轻言放弃？

学校按每个符合条件老师的年龄、教龄、工作岗位、成绩与荣誉综合打分。六个名额，上级三轮评审下来淘汰百分之三十，最后取得资格的只有四个。被淘汰的老师浪费了指标，至少等三年才可再次参评。

荣誉是有的，只是没有省里的，区里市里的是有的，有年龄、教龄提分，在六个人中，还是有几分把握的。

排名第四。需要上交一沓厚厚的材料：近三年的教学计划、总结、教案、教研学习笔记与心得体会、参加公开课教案与心得、班主任工作计划与工作记录、辅导青年教师材料与记录；三篇以上教育教学方面的论文；教学经验材料和各种各样的考核表。还要上交一沓厚厚的证件：教师资格证、中小学教师继续教育证书、全国专业技术人员计算机应用能力考试成绩单、普通话等级证书、专业技术人员职业资格证书、毕业证、成人教育毕业证、教育系统荣誉证书、论文获奖证书等等。

准备这些材料的时候，很难不叫人想起黄宏在小品《开锁》里的一句经典台词：我就不信这么多证件不能证明我的身份！我们又何尝不是？就差拿出生证了。还好，我们是可以证明自己身份的。

材料审核过关，开始着手准备考试。教育政策法规、教师水平能力测试……所有的课余时间都拼上了，不需要太长的记忆周期，保持到考试结束就好。卷纸填满了，保守估计七八十分没问题。然后是讲课，日常工作而已，没有什么担心。

三关走完，已是五月下旬，等待结果的时间里，还是难免生出"万一……"的忐忑。

尽量不去想它，也由不得多想，马上过"六一"了，每个班级都在准备节目。有的大张旗鼓请外援，先声夺人；有的悄无声息准备，意在一鸣惊人。舞蹈？小品？合唱？焦头烂额。最终确定，排演一个现成的课本剧。剧很简单，几个孩子的表演能力也极强，服装道具成了关键。还好，几个热心的家长帮忙完成了一个漂亮的屏风，大致步骤是这样的：把一个装电冰箱的巨大纸箱劈开，去掉上下盖子，四折的屏风模子便有了；

第二步是裱糊；最后请人按尺寸画好梅、兰、竹、菊图，分别糊在屏风上。

一位家长说有某婚庆公司老板的电话，那里好像有古装出租。

周末跑去看个究竟。店不大，也不在闹市区，估计衣服的租金不会太贵，这是我的初步判断。里面光线昏暗，店里平时不大开门？或者这里仅是存放古装的地方？带着疑问跟着店主在两排高大的衣架前逐一翻看，都是婚礼喜服之类，并不适合我们的剧情。我不住地摇头，初进门时的喜悦与希望一点点消失，直到点滴不剩。最后老板把我带进右侧一间长约三米、宽只有两米的小隔间，在这里竟然发现了几件可用的衣物，只是尺寸大了些。他说，多准备些别针就好了。

赶在学校彩排的前一天，终于把所需用品准备就绪。暗自庆幸，一切看似繁乱，却又忙中有序，甚至有些意外的惊喜。终于可以睡个安稳觉了。

这个小家虽然旧了些，终归是自己的家。简单吃完晚饭，躺在沙发上，电视都懒得打开。是的，我根本不想听到任何声音，我太享受这样安静的时刻了。

在单位，耳朵里始终充斥着各种声音。上课时孩子们朗读课文，回答问题，还会举手告某个人的状。下了课，校园里到处是孩子们的呼喊声，在办公室坐一会儿，会突然跑进来一个学生，说某某丢东西了，某某和某某吵架了，某某……本班的、外班的，层出不穷。没有课，在办公室批阅作业或是备课的时候，也总会被其他同事请来的家长的声音打断，或是教研组长代发各科室的通知，比如上级领导要来学校调研；教导处要开展公开课、示范课等教研活动，或进行常规检查；政教处要开展学雷锋活动，植树活动，祭奠革命先烈活动……就是放学了也不得安静，播放着儿歌的喇叭一直响十多分钟，直到所有师生离开校园。上下班的路上，别提了，更是噪声的世界。

唯有此刻，躺在自己家里，安静是私密的，完全属于自己的。当然，也会被突然响起的电话铃声打扰，若是学生家长打来的，说自己的孩子还没有回家的话，可能就要心急如焚地返回学校去了解情况，不停接打电话，四处寻找。

对于突然响起的敲门声，一般是置之不理的。在这个小城里，除了可馨，我没有其他亲人，谁会无缘无故敲门呢？有时候也会好奇，从猫眼里看个究竟，多数情况门外空空如也，或者偶有上下楼的身影，说明敲门之人纯属手欠指痒，无目的地骚扰；有时候也会站着一个陌生人，一问，多是推销人员，不等他（她）说完，一句"不用了，谢谢"就把门闭上了。

此刻，没有电话声，没有敲门声，窗外的光一点点褪去，房间内，夜色渐浓，世界安静得近乎虚幻。真好！不思不想，让紧绷的神经最大限度放松，放松，然后闭上眼睛，进入一个只属于自己的冥想王国：大团大团的鲜花盛放在暗夜的天空，香气四处弥散……

隔壁或是楼上？我不能确定声音是从哪一家传来的。女人在控诉，声音里带着愤怒的哭号和激动的颤抖，男人只在女人喘息的空当插上几句，话语不多，却是寸土不让。接着便是激烈的短兵相接，先是男一句女一句，渐渐成男女混声，互不示弱。一阵争吵，胜负难分，便听到椅子板凳砰然倒地的声音，男声消失了，剩下女人的号啕大哭与无人理会的诉说。

我听不清任何一句的确切内容，凭经验判断，女人是战争的失败者。住到这里一个多月，已经听到三次这样的吵架了，每次都从女人哭诉开始，以女人的哭诉结束。我庆幸这声音不是来自对门，不然，分贝应该会有所增大。像这样最好，模模糊糊，若细听，就有；不想听，也打扰不到你。这是相对安全的距离。

在婚姻里，对于吵架，我是心存畏惧的。和肖军一起的十二年，大概已经耗尽了所有气力。向明生怒气相向时，我毫无斗志，选择沉默。当我向他申诉，想要婉转地表达一些信息时，他怀疑的眼神，让我再一次闭嘴。当他说我会因为钱财跟别人走时，我终究还是带着情绪还嘴了，眼前闪过余少江父亲喋喋不休的模样，忽而心生厌恶，失去了进一步分辩的欲望。我们这种感情基础薄弱，没有共同的孩子作为维系关系纽带的二婚，彼此间本就信任度不高；他在经济方面占尽优势，过多的分辩，只会换来轻视。话又说回来，人到中年，试问有几个女人还有二十岁时为了爱情不顾一切选择一穷二白的勇气？第一次婚姻不幸已是前车之鉴，命运给了第二次选择的机会，重蹈覆辙，类于白痴！

是幸福来得太突然，还是因为没有领那张纸？让我时常对这段婚姻产生一种不真实感，从而不安。看到那个女人发给向明生的暧昧信息，我几乎说不清是因为爱而嫉妒，还是因为长期缺乏安全感。总之我觉得自己的婚姻受到威胁，必须有所行动。我非常诚恳地给她回了一条信息，请她远离向明生，不要破坏我们本就不太牢靠的婚姻关系。相比年轻时候与肖军的生气对质，及至后来的热吵冷战，这种处理问题的方式，自以为已经是很大的进步了，也许这就是岁月赐予的成长。一波未平，一波又起，那一刻，听着他刻薄轻视的言语，再无多余的力量与他在是非旋涡里纠缠，累！离开吧，给自己留一点自尊。他若珍惜，自会想明白；若早有他想，自己何必自讨苦吃？

再一次回归单身。这一次更彻底，可馨不在家，即使毕业回来，也面临谈婚论嫁，剩下我，终将孤独终老。忽然意识到这一点，并不觉得悲哀。我开始相信命运，相信自己是一个不会在婚姻里得到幸福的人。两次婚姻，每一次都全力以赴，每一次都伤痕累累，若不是工作的支撑，完全有理由怀疑自己是个智商低下、情商全无的傻瓜。

躺在完全属于自己的狭小空间里，让黑暗无限扩张，扩张到无限遥远，便会看见一个巨大的深谷，深入地心深处，农人几许，炊烟几许……

起风了，风声渐紧。起身关闭窗户，一股潮湿的灰尘气味扑面而来，远处已有闪电的光亮。

雨点很快噼里啪啦落下来，而后如密集的鼓点般叮咚起来。把室内所有的窗帘拉住，打开卧室台灯，拿起一本没有看完的小说。这样的雨夜，蜷在床上进入别人的故事是最好的消遣，说是一种享受也未尝不可。

3　向越

周二中午，接到杨柳青的电话，她问我南京天气怎么样，要我多吃水果多喝水，说春天容易花粉过敏，注意别犯了鼻炎。

能有几分真心呢？完全是例行公事。我嗯嗯答应着，我爸又插了两句差不多的话，我才算真正感觉到一点温暖。这样的电话他们一两周就会打一次，千篇一律，没什么新意。

他俩感情一直不错。高考结束后，我爸甚至和我说过，以后必须娶了肖可馨，两家人变成真正的一家人，密不可分。他嘱咐我，趁着假期，多和肖可馨接触，联络感情，上了大学，也要多联系才好。他哪里知道，我有张媛媛，肖可馨身边也有自己的男朋友呢！我们两对在高中校园内外撞见过，彼此心照不宣。都是心有所属之人，怎么能说散就散，说好就好呢？一切看缘分吧！再说了，要是我真和肖可馨好了，我妈就永远回不来了。我妈到底怎么想的？唉，头疼！算了，不去管他们了。爱咋咋，一切顺其自然吧！

当天晚上，张媛媛来电话了，又提到考研的事情，问我究竟如何打算。

说实话，我根本没有想过这个事情。周末和她在QQ上聊，不过是顺嘴应了一声，说想想再说。没想到她是认真的，追得这样紧！当年报志愿，她分数高，报了上海的一所名校，我比她少了三十多分，就近去了南京。其实，我爸想让我往北走，去大连或者哈尔滨啥的，我说那些学校没有自己喜欢的专业。去南京一是因为离张媛媛近；二来，离余杭也不远，我潜意识里，还是想离我妈近一点。虽然我讨厌她身边的那个男人，可随着时间的推移，对她的想念超越了恨。三年里见过三四次，都是在放假前夕，她特地赶来，在酒店订了房间，我陪她住了两日。见了面，她总问我钱够不够花，然后塞给我一沓钞票。她带我逛商场，买名牌运动衫，甚至暗示想带我去余杭玩。我坚决不去，我爸知道了会伤心也会发怒的，这是我不愿看到的；况且，我和张媛媛去过一次，市区景点也都看过了。我和我妈每次只待两天，她问我有没有女朋友，说大学正是谈恋爱的时候。我告诉她张媛媛的事了。她说好，先当朋友处着，恋爱也是成长过程中必需的经历。与我妈几次短暂相聚，发现她跟以前有所不同，举手投足间更有气质，说话似乎也有深度了。

张媛媛又在催促，问我到底咋想的。我实话告诉她，我不想考研，想早点就业。

"你还是这么懒惰！上了研究生，更容易就业，可以选择的机会也更多。你要是不考研究生，我现在就可以'鄙视'你！等我考上了，我们之间的差距越来越大，分手是迟早的事情！"她发飙了！

"分就分！"话说到这个份儿上，我没多想，冲口而出。吓唬谁呢，有什么了不起！

"我是说你为什么不能想得远一些呢？"她忽然软了下来，竟然带了哭腔，"是我不对，我把玩笑开得严重了！"一阵短暂的抽泣声后，她继续说道，"你明知道我是将你的军，还说这样绝情的话！难道你还愿意回到那个五线小城市待一辈子？考研吧，来上海，不行，我们一起去北京也行。我再也不想和你分开了！"

我无语了，或者说被感动了。我真的很懒惰？嗐，考就考！要是真因为这事分手了，还不叫同学笑话死？

"刚才逗你玩呢，别哭了，都是我不好！"

唉，这个电话接的，甜蜜又苦涩，从此我的生活又被套上了新的枷锁。

"周末我们见个面吧！你来？还是……"张媛媛停止了抽泣，马上开心起来。

"你来吧！每次都是我去，南京你只来过两次。"

"不如我们换个地方见面吧！周五请上一天假，咱去福城，顺便逛逛风景区。"张媛媛总有新点子。

"好！"挂断电话，不想考研的事情，开始想她。

周三中午，我妈给我打电话，说她周末到福城一个茶山收购茶叶，问我可有兴趣一起去看看。说实话，我很想去，但是不知道她是否和那个男人在一块儿，就说不去了，准备考研，复习功课呢。

"哦……考研是好事，妈妈支持！钱够花吗？我给你打点过去！"不难想象我妈既开心又失落的样子。当天下午，我的卡上多出两千块钱。

周四中午，接到小姨的电话。她说她找到了新工作，收入还不错，只是债主催得紧，问我能不能再给她匀出一点钱来。她边哭边说："我也是被逼得没有办法了，越越，你就恨小姨吧！小姨也是被那帮人给坑了！"

每次都是这套说辞，有什么办法呢？她是我小姨。

我答应给她打一千块钱过去。上大学这几年，我妈给我的零花钱，除了谈恋爱，有一半给了她。

"就知道越越肯帮我！放心，小姨也会帮你的。"和张媛媛一样，哭过后，马上是笑脸。我仿佛看见她缩在一个角落里，半弓着背，手握电话，躲躲藏藏的样子。那些追债的人不是在追债，是在逼命啊！她每借到一笔钱，不论多少，都会很开心，那是救命的钱！话又说回来，她能帮我什么呢？但愿她早点还完赌债，大家都能过安生日子。

周六，我已经和张媛媛徜徉在福城的步行街上了。我们住宿，一般都是在网上搜寻一些口碑好又便宜的小宾馆。昨晚就住在步行街附近一家叫"华美"的客栈。客栈在一条窄巷子里，车是开不进去的，但是房间很干净。

张媛媛把头发新染了一小绺绿色和一小绺白色，看着有点扎眼。还好，在这样的大都市，没有多少回头率。若是回到老家，估计要炸街。昨天刚一见面我就说她了，说你真想成妖啊？红的黄的搞烦了，弄个绿、白色。难看！

"本想给你个惊喜，你不是喜欢《银魂》里的小玉吗？嘁，假喜欢！"她抱着我撒娇。

路过一家理发店，她果断进去还了原。

她做着头发也不忘冲我做鬼脸，一张娃娃脸越发显得淘气可爱，与她学霸的身份有些不符。她一直都是这样一个古灵精怪、无所不为的小女孩模样，那一刻，我有带着她一起去茶山找我妈的冲动。冲动还没变成行动，奶奶来电话了。

奶奶说的每句话都离不开蛋儿呀、孩儿呀这些至亲至爱的称呼，仿佛我还在她跟前，她一伸手，就能摸到我的头、我的手；我也似乎看见了她笑眯眯的脸，要不就是她把头探在窗外等我回家的样子。我上大学后，奶奶该孤单了吧？她总说没事，觉得无聊了，就去街上转一转，或者逛超市，我爸和杨柳青星期天常过去陪她一起吃饭，还有我的叔叔姑姑也常去看她，每天过得都很开心。她还是最想我，盼着我放假回家。

挂了电话，突然想和张媛媛谈谈我爸妈和杨柳青的事。不行，还是不能说，怎么说我妈的事呢？张媛媛会怎么看她？

我去过张媛媛家，她的父母待我很客气，对我们的事情没有特别反对，也没有特别赞成。看得出，他们把我们看成普通朋友，或许觉得我们还在读书，还有变数。

张媛媛提出过要去我家看看，我告诉她我爸知道我们的事情了，他不同意，所以不能去。张媛媛不服气，想要个理由。哪有什么理由？不同意就是不同意。在成人眼里，上学期间谈的恋爱都是"玩"，是预习。"你爸妈不也是不咸不淡的吗？真要谈婚论嫁了再去也不迟！"我胡乱搪塞过去。这成了张媛媛的一个"痛"点。"我哪点配不上你？"她总是反问。她哪里知道我奶奶跟我爸那点小心思呢？

"你是北方人吧？"一进店门，理发师冲我笑了，"你刚才在门口打电话，我听出来了，和昨天晚上一个做头发的大姐口音一模一样。她说她老家是北方泽城的。"

"是吗？真巧。"我有点好奇，是怎样一位老乡呢？

"她说她是上茶山买茶的，头发长了，修剪了一下。住在对面的'皇家酒店'。"

买茶？难道是我妈？！不可能！怎么会这么巧？还是问了一句："她一个人吗？"

"和她老公一起，她老公是余杭人。"理发师已经取下了张媛媛身上的粉色围衣，"说也奇怪，看年纪她嫁到余杭也有二十来年了吧，怎么口音一点没变呢？"

"哦！"匆忙答应一声，我们出了店门。

"下午我们去逛逛怡畅园，晚上住那边！"搂着张媛媛的肩膀，我装作很随意地提议。

"我正想去呢！咱俩蛮有默契的。"她笑了。

短暂愉快的旅程很快结束了，周一，我们已经坐在各自的课堂上。周二，接到了我妈寄来的快递，一大包福城的特产，都是零食，刚到宿舍，就被一帮吃货瓜分了。

剩下的日子不再清闲，为考研开始做各种准备。与张媛媛聊天，也多是说功课的事情。我们约好五一假期她来南京。

四月三十日晚上她来了，说只能住一晚，明天就得回，"五四"系里有一场辩论赛，她是第二辩手，得回去温习资料。我说你学霸怕什么？再住一晚也影响不了什么。她说不行，得有团队精神，大家要在一起讨论呢。

接下来，又是奇怪的一周，连续三个电话，一天一个。

五月二日晚上，我爸来电话了，例行公事般嘱咐我吃好喝好，好好学习，又问我要不要考研，说他朋友的儿子在准备考研。我说再说吧。之所以不想跟他说实话，是怕他像他朋友一样，把还没影的事情先吹出去。等考完再告诉他也不迟。他不满意我的不上进，又劝。我说考虑考虑。

三日中午，小姨来电话了，这次没有要钱，却告诉我一个特大新闻，说杨柳青从我家搬出去了，让我赶紧和我妈联系，叫她早点回来。她说她已经告诉我妈了，我妈还在犹豫，我再说说，她保准能回来。我当然想叫我妈回来，可杨柳青走了我爸就能原谅我妈吗？我妈就百分百愿意回来吗？

五日晚上，奶奶来电话了，同样关心我的学习和吃饭问题，又说盼着我放假回家，要给我做最爱吃的红烧排骨。最后加了一句，你和你妈最近有联系吗？

我想，我应该为我们这个家做点什么了。如小姨所说，大人的感情是一方面，随着时间推移，发生变化也不是不可能。至少，我有权利表明自己的态度。

4　高丽云

为了还赌债，我活得像只丧家狗，不，连狗都不如！所有亲戚朋友都借遍了，现在，一个个躲瘟神一样躲着我。要是真有传说中的隐身草，我恨不能拿了它去偷去抢！唉，傻透了，有了隐身草，还用还赌债吗？那些索命鬼就找不到我了。

去年夏天，在租的院子里，看着那两个男人朝我走来，我惊恐地退向身后的房间，这是主家原本用来做饭的不足六平方米的小屋，退无可退，靠着房门，我无力地闭上了眼睛。

这次，他们更狠，直接把我往里推，随手闭门后竟亮出了刀子，明晃晃地放在我的脖根，吓得我直打哆嗦。他们搜出我仅有的两千块钱，警告我，要是再躲再藏，乱换手机号码，明年某日就是我的忌日。我请求他们宽恕，保证今后月月还钱。

干保险和推销都不稳定，那些认识的人全都不买我的账，钱不好挣。找不到体面又挣钱的工作，只能在超市、小饭馆打工。每干一家，过不了俩月，老板和那些背地里嚼舌根的人就知道了我的底细，他们都拿鼻孔看人、眼睛出气。有些老板不客气，直接把我辞了，哪怕昨天晚上我刚上过他的床。狼心狗肺的东西！

向明生更可恶，甩给我五千块钱以后，再也不让我登门了，电话也不接。还有那个杨柳青，整天名牌衣服穿着，却是个不出血的狠婆娘，一分钱没帮过我。关键时候还是我姐，给我汇过来两万块钱，连越越前后也给过我好几千了。

就差七万了。说实话，我一分钱也不想给那些恶棍，可是有什么办法呢？谁让自己陷进去了呢？

倒霉鬼也有转运的时候。

去年九月初的一天早上，我接到了一个奇怪的电话。对方是个女的，她说认识我，也知道我的难处，并说愿意帮我一把。她请我在"红磨坊"吃午饭，说是边吃边聊。我已经很久没有在这样高档的餐馆吃过饭了，偶尔碰到个还算大方的男人请我到普通小饭店吃碗炖肉饸饹、点两个家常菜已经是一件奢侈的事情了。

天气不错，秋老虎还很咬人。找出一件连衣裙换上，裙子是我姐的，我比她瘦一些，把裙子拿到裁缝铺修改过。向明生准备重新装修家的时候，叫我过去把她的衣服都拿走。欠上赌债这几年，我基本没有添过新衣服，现在穿的稍微好一些的都是我姐留下的。大牌子的衣服就是好，多少年都不过时。

女人还年轻，三十多岁吧，反正看上去比我小很多。留一头蓬松的棕色短卷发，白白净净的脖子露着；吊梢眉，深眼窝，眼睛不大也不小，双眼皮像割过似的，层次分明，黑漆漆的睫毛是刷过睫毛膏的，密密地卷翘着；小巧的鼻子，鼻头微翘；口红是浅粉色的，嘴角微微上扬；个子不算高，穿着五六厘米高的高跟鞋才到我鼻根。一套荷色包臀裙很是得体，原本娇俏的身形愈发妩媚了。

我刚走到饭店门口，她就迎过来热情招呼，好像很久不见的老朋友。

上楼。这是一个最多容纳四个人的小包间，坐两个人也不显浪费。

她把菜单交给我，说已经点了几样，不知道我的口味，让我看看有没有自己爱吃的。她点了老火皮冻、苦菊干丝、酱香鲫鱼、私房坛子牛肉、香辣虾煲。硬菜不少，我不好意思再点了，她一再推让，我就点了一盘私家一品蔬，纯素菜。

菜很快上来了，她从包里拿出一小瓶红酒，说是家里的好酒，顺便带出一个红包递过来，让我解燃眉之急。

我捏了捏，怎么也有五千块。酒还没有下肚，我就感动得哽咽起来，这几年谁还像她这样把我当个人看待？我也是懂得规矩的，端起酒杯敬她，说如果有需要帮忙的地方，一定全力以赴。

吃着喝着聊着，感情迅速升温，开始以姐妹相称。她喊我姐姐，我叫她妹妹。她说她知道我姐的事情，问想不想让我姐回来，他们一家团圆。我说当然想啊！可是太难了！我姐是自己走掉的。她说我不信你姐不想自己儿子！人家那边的孩子能真正接受她？够呛！爱情是两个人的事情，可家庭是一大堆人的事情。她不一定比之前幸福，爱情磨久了，都是刀子，俩人隔段时间偶尔见面，彼此永远牵挂，才是情人的最佳相处模式。我说妹妹你真有才，我姐当然想越越了，每次打电话都要问我越越好不好，每次都是唉声叹气的。

"那就好！我们姐俩一起做做好事，帮他们破镜重圆怎么样？"她挺了挺腰，举起了酒杯。

我眼睛一亮，赶忙举杯："妹妹真是大好人！又是帮我又帮我姐，叫我怎么感谢你才好呢？"

"自然有你帮我的！"放下杯子，她直直地看向我，目光里尽是温柔，"你喜欢过一个人吗？非常喜欢，喜欢到不可救药？"

我有点蒙，脑子里开始搜索，我到底真正喜欢过谁？音乐学校的班主任，还是那个凉薄的姐夫？

没等我想明白，她接着说："我有，一个非常非常喜欢的人，可是他有老婆，我自己也有老公、孩子，怎么办呢？"

"那就只能喜欢喜欢了，老婆老公还是老婆老公啊。不然怎么着？离婚再婚？也不是……不可以……啊……"想到了我姐，语气突然弱了下来。

她突然发火了，说："本来一切好好的，可是那个男人突然换了老婆！换了老婆没什么，关键是我发给那个男的信息，被他现任老婆看见了。她给我发了一大堆文字，请求我离开那个男人，不要再与他来往！"

"你傻呀！以后别发信息不就好了？"我嘴上这样说，心里想，聪明人也有糊涂的时候。

"总得联系见面呀！我戒烟戒酒，就是戒不掉这个男人。"说罢，她两只眼睛盯着我看了几秒钟，伸手去包里取出一根细细的女士香烟，向我示意。我摆摆手，抽烟也就刚住进地下室头几天的事情，我并不习惯，没有成瘾。她把手里的烟点着，用力吸了一口，扭头朝着窗户缓缓呼了出来。

烟是出不去的，这样的小房间，窗户是一人高的落地窗，无法打开。那烟便又袅袅地盘旋在我们头顶，慢慢飘散开来，最后消失在无形中，有一部分不动声色地通过半截藕粉色门帘游离到走廊里去了。

她转过头来，轻轻弹掉烟灰，继续说道："后来我很少发信息给他，他倒是主动打过两次电话，但俩人见面的频次明显减少了，一个月都见不了一次。我给他的一个好朋友打去电话，让帮着问问，就是回个电话，能听听他的声音也是好的。谁知这个无情的男人打电话过来说他忙，又嘱咐我千万别再发短信打电话给他，就挂了。"她把举着烟的右手放下来，幽幽地看着香烟燃烧，很颓丧的样子。"我怎么也不信他会如此绝情！在一个大雨滂沱的午后，喝下半瓶白酒，伤心之余又给那个男人发过一条信息，告诉他我想他。没想到，这个狠心的，竟把我拉进了黑名单，信息根本发不过去。原本说好两家合作的项目也泡汤了。"她把烟摁灭在烟灰缸里，凄楚地看着我，

"情路财路都受损，这账我该找谁算？"

"找那个男人啊！"找谁算？想你白做了这么多年生意，这么简单的事情还用想？

"姐姐你愿意帮我不？"她几乎是哀求的语气。

"当然愿意！"我想都没想，冲口而出！这么多年，尽是我求着人家了，有谁用如此哀怨又充满渴望的眼睛看过我？我似乎想明白了点什么，却又有点迷糊，问她："那个男人是谁？怎么帮？"

她左手端起杯子把那口猩红的液体一饮而尽，绕过桌子坐到我身边，讲起了悄悄话。我不住地点头。

她坐回去，把瓶子里剩下的酒平均倒在两个杯子里，说："姐姐果然痛快，为了我们的幸福，干杯！"

黎建中，中等个子枣核脸，尖顶板寸头，下巴颏稍圆那么一点点，细眼睛，高颧骨。人没有发福。不属于帅哥范畴，只能说是挺精神一个男人。

为了和这个男人偶遇，我每天傍晚到龙王山公园走路。和他打过两次照面，他身边总有相跟的人。在我的记忆中，他以前对我印象蛮好的，现在嘛，就不确定了，听天由命吧！向越考上实验中学那年，向明生请客，我姐叫我一起去，那天他喝多了，一个劲儿夸我和我姐是一对姊妹花。还说起多年前给向越办开锁宴我们第一次见面的情景，他因为多看了我两眼，叫错了点，输了两杯酒。

又是个阴天，灰蒙蒙的天空不知道什么时候就会掉下雨滴来，犹豫了一下，我还是去了公园。

铅灰色的云层压顶，没有风。从左侧逆行是下坡，走右侧步道是上坡，中间一条三角形绿化带插入山的深处，绵延成望不见尽头的绿色海洋。站在三角形的尖角处四下里望望，几乎看不见什么人，仿佛整座山里只有我一个。有点小紧张！身旁的花草树木也像出虚汗似的，强撑着湿漉漉无精打采的身体。

我犹豫着，慢慢走向右边山坡，站在相对的制高点向公园门口张望，一个身穿深蓝色运动短衫的男人进了园子，直朝着右侧步道走了过来，是黎建中。

索性坐地上把鞋带重新系一遍等他，愈来愈近，等他走过去几步远，我起身追上去，跟在他身后保持一米远的距离。

路上再没有旁人，山里寂静得很，若叫我一个人走，真有点发怵。我急急跟着他，生怕自己落下。他大概也意识到了，渐渐放慢了脚步。

走到与他错肩的位置，我说幸好有你，不然我真有点害怕。他扭过头来看了看，没有说话，步子又慢了半拍。

山路走了不到一千米，我们沿原路返回了，雨点落下来的时候，进了一家钟点房。

见过两次之后，我告诉了他我的全部。他说他都知道，只要再不沾赌就好了。他甩给我三千块钱。没想到，这人心肠还挺好，我心甘情愿做了他的情人。

李红梅，我姐曾经的闺密，我跟她借过一千块钱，后来再打电话过去，她总是说忙，就挂了。这一次，我只说还钱。她说不用了，却和我约好了见面的时间地点。

俩人落座于街角小公园的长凳上，背后大片的月季花开得正艳。一阵风把花香送入鼻孔，深深吸上一口，享受秋天最后的芬芳。地面上，一层薄薄的黄绿色柳叶在风中小心挪动着，不知它们最后的归宿在哪里。

李红梅有些发福，打扮很时髦：齐肩烫发，没有刘海儿，露出光亮饱满的额头；阔腿黑裤，掐腰红色丝绸小褂，富态而不失俏丽。我递给她五百块钱，说剩下的再想办法。她说她不缺这几个钱，我要救急，还是给我用好了。推来搡去，我把钱塞进她包里，感谢的话说了一大堆。我们开始聊，聊各自的孩子，聊我姐、向越、向明生，最后聊到杨柳青。李红梅说我姐和向明生都是很好的人，她也不明白好人为什么不能长久地在一块儿，是向明生过于霸道还是我姐犯了糊涂，这是我们讨论不清楚的事情。

"你和杨柳青熟吗？"说到我姐和向明生各自的现状，我把话题自然而然引到杨柳青身上。

"不熟，只是在罗建军家见过一次，小范围内老乡聚会，向明生带着她去了，看上去挺和善。听表姨说她人还不错。"

"抠门！"我没有再说话，心里暗暗抱怨了一句。

余莲花，罗建军的老婆，虔诚的素食主义者，宝善寺居士，大善人，据说家里飞进蚊子、苍蝇，她都不会拍死它们，只是赶出屋去。每月初一、十五，必到寺庙里叩拜、做义工。除此之外，与常人没有什么区别。

宝善寺就在龙王山入口五十米处。

农历九月十五一大早，我提着二斤苹果上了山。

八点半，法师开始做佛事。跟在长长的队伍后面，我双手合十，跪在蒲团上，听师父诵经，等问事的人祷告。十点钟，跟着队伍从正院开始，绕着寺庙内外转了一周，在大殿前入口处接受法师点下的甘露，最后进入大殿供奉果品，虔诚叩拜。

诸事完毕，已是中午十一点半。下院厨房门口支起的两口大铁锅冒着腾腾的热气，一群义工正在案板前忙活。参与祷告的人若没什么急事，都会留下来吃一碗免费的素斋，那是佛赐下的福祉，在佛的眼皮底下吃进肚子，就寓示着把佛赐的吉祥好运妥妥接住了。

临近十二点的时候，一个声音洪亮的胖女人喊了一声"开饭了"。人群骚动起来，大家从各自小憩的廊下屋角走出来，到两个竹筐中分别取了碗筷，朝着冒热气的铁锅拥去，又很快四散到各个角落。

我把盛了饸饹面的粗瓷碗朝一个身穿黑灰色佛袍的人递过去。她抬头瞥了一眼，认出了我，笑盈盈舀了一大勺金瓜菜稳稳放入碗中。我也冲她一笑。

吃过饭，我主动帮义工们收拾碗筷。洗刷完毕，余莲花请我去厨房后的小偏室休息。我没有还她钱。当初借钱找的是罗建军，他数都没有数，胡乱塞给我一把，急匆匆上车走了。如果我没有记错的话，应该是两千三。我不确定余莲花是不是知道这件事情，但是我赌博输钱卖房子的事，老家的人大概无人不晓。她问我最近怎么样，灾难是否过去了，又劝我以后多来寺里拜拜佛、做做义工，邪魔就不会缠身，生活也会越来越顺。我满口答应，一副真心忏悔的样子。其实我不敢说，这两年我又赌过两次，不甘心哪！可总是赢少输多，上次逼债的人差点剁掉我一根手指。悔不当初，现在是真不敢沾了。

从十月到腊月，初一、十五早晨我都准时上山，加入祈祷的队伍中。午饭后和余莲花相跟着下山，我们的关系越来越亲密了。

腊月里，通过余莲花，我认识了一个六十多岁的女人，李姓，丧偶，跟着儿子一起住，也是一位居士。秋天时因为崴了脚，一直没有上山，现在好了，就按时来了。她问我做什么工作，我说是幼儿园老师。其实不能算骗她，罗建军与某私立幼儿园园长说好了，叫我过了年去当舞蹈老师。我说话的时候，余莲花抿着嘴笑，虽说是过了年的事，她大概也不会认为我在撒谎。

李居士说她儿媳妇也是老师，和我年龄差不多，在凤飞小学，双休，早晚常来山里散步，或者在寺庙下边的场地上和几个人踢毽子，她们踢得可好了！她夸自己儿媳妇的样子骄傲极了，一边说，一边比划。我们互相留了联系方式。

过了年，柳树吐出嫩芽的时候，我在幼儿园入了职，同时也加入了宝善寺高高的台阶之下踢毽子的队伍中。

接下来的事情一切进展顺利！别的事情暂且不提，重要的是我有了一份体面的工作，有了固定工资和黎建中的帮衬，前途一片光明！

生活是个魔术师，你打翻了盘子、砸坏了东西会受罚；

但当你真正濒临深渊、走投无路的时候，柳暗花明的惊喜就在转角。

5 向明生

躺在沙发上，看杨柳青像只欢快的鸽子，跳着舞步在客厅和厨房间穿梭，她欢快的情绪很快感染了我，也随着她的旋律哼唱起来："它不摇也不动，永远挺立在山顶……"

送向越和肖可馨入学之后，我和杨柳青去东南沿海大都市逛了一圈。回来的路上，杨柳青说我们将迎来人生最幸福的一段时光。果然，暂时性的解放，全然的二人世界，我们双双出席朋友聚会，去俱乐部打球，星期天开车到附近景点看景散心。生活太美好了，竟感觉有点不真实。

年前那段时间，天气出奇地冷。杨柳青说最近老是肚子不舒服，不知道是不是节育环出了问题。她去医院把环取了，回家躺了两天，果然就好了。但麻烦也随之而来，来年四月，她怀孕了。我们俩都不想要这个孩子。毕竟人都不年轻了，再养个孩子是很麻烦的事情。我说做了吧。杨柳青有些懊恼，她唉声叹气一脸委屈，说做了也受罪，生还是受罪，为什么受罪的总是女人呢？看着她脆弱的样子，我不知道该说什么才好。

之前，朋友老何劝过我，要和杨柳青生个孩子。我是坚决不赞成的。老何也是个离了婚的人，他和原来的老婆十年前就井水不犯河水地凑合过日子，他们各有各的情人。后来干脆不凑合了，各自和情人成了家。老何的情人是个没有结婚的大龄姑娘，婚后俩人很快生下一个孩子，现在，他的闺女刚上幼儿园。我说你儿子都大学毕业了，再养个小的，不觉得别扭啊？接送孩子上下学，开家长会，参加各种各样的亲子活动，一折腾又是十多年，你这瘦弱的小身板受得住吗？老何笑得很甜蜜，还一个劲儿怂恿我说，你们赶紧生一个就知道了，乐趣无穷，想不年轻都难哪！

杨柳青见过老何去幼儿园接孩子，回家一进门就问我那个孩子是不是他的孙子。我扑哧一下乐了，把老何的故事讲给她听，故意问她是不是也考虑生一个。她当时就急了，说我们可不要孩子啊！像老何这样，孩子的同学老师见了，都以为他是孩子的爷爷呢！孩子大人都尴尬。我调侃说我们看着比老何年轻多了。她却板起了脸，一本正经地说："那不一定，怀胎十月，再长个两三年上幼儿园，差不多四年时间，四年以后，我们还会是现在这个样子吗？男人变化不大，女人可就不一样了，谁知道等我生了孩子，累成老妈子，你的心还在不在这个家。"她仰头看着我，竟嘟起了嘴巴，像个孩子。我想逗她一下，坏笑着说："我可真不敢向你保证。"她也笑了，瞅我一眼说："你个大坏蛋！"转身进了厨房。

高丽梅从来没有用过这样的眼神、这样的口吻跟我说过话。她总是很端庄，很贤惠，很有主见，像个正宫娘娘。这是杨柳青比她可爱的地方。不过，我还是会偶尔想起她，却又有些捉摸不透她。几年前，向越刚上初三那会儿，一次在黎建中家打麻将，她找我拿家里钥匙，一进门，就看见一个女人趴在我肩膀上，只是一愣，一句多余的话没有说，拿了钥匙转身走人。那个女人叫尤倩倩，一个我刚认识一个多月的妹子。高丽梅走后，我自己都觉得不好意思，埋怨尤倩倩太放肆，想回家后高丽梅肯定得和我闹，就做好了顽抗到底的准备。结果却出乎意料，高丽梅只问了她是谁，说以后注意点自己的形象，话里、脸上一点火星都没有。后来我常常想，这事要是搁在杨柳青身上，会是什么反应？

杨柳青到底把孩子打掉了。刚过清明，家里停暖气不久，屋外太阳暖融融的，屋里越发显得有些阴冷，她盖了被子在床上躺着。

下午，我妈来了，她一个劲儿埋怨我俩不懂事，说你们也不跟我商量一下就做下傻事，有你们后悔的一天。杨柳青靠着床背坐起来，垂着头，不作声。

高压锅里炖的排骨散发出的香气，穿过厨房客厅，飘飘忽忽进入敞着门的卧室。我妈坐在床边，摩挲着杨柳青的手说，算了，已经做掉了，再说什么也不管用了。眼下要紧的是要养好身子，小月子也是月子，千万不可着凉水，年龄不饶人。好好歇着吧，我去看看排骨炖好了没有。她叹了口气，转身去了厨房。

杨柳青弱弱地看着我，说这算不算杀人犯呀？我说当然不是！我无聊地站在床和衣柜之间，正想找些安慰的话来对她讲时，手机响了，是尤倩倩的信息：哥呀，好多天不见，想你了。我赶紧删掉了。

杨柳青正拿起床头一本书翻看，听见手机响，头也没抬，问了一句："谁的信息呀？"

"黎建中叫我去公园走路呢！"我一副满不在乎的样子。

"去吧去吧，锻炼身体是正事。"杨柳青摆摆手，"我这没什么，休息几天就好了。"

"有没有啥特别想吃的？回来我给你打包一份现成的。"换好衣裳，我靠着门框问她。

"不用了，这不有炖的排骨汤吗？你也别总跟他们在外面吃，一会儿回来一起吃吧。"她继续翻着那本书。

和杨柳青在一起的前两年，我和尤倩倩来往，从未露出痕迹。可那句老话说得好：常在河边走，哪有不湿鞋？转眼"五一"到了，午睡起来，我去冲澡，尤倩倩发来一条信息，被杨柳青发现了。因为下午有份合同要签，我穿好衣服准备出门，杨柳青怪怪地看着我，问我准备去哪里。我说签合同啊，中午不是跟你说过吗？她没有像往常一样过来拥抱我，只说了一句，早点回来！后来，就开始对我进行不定时的电话跟踪。每次都要仔细问我在哪里，几点回家。逢着星期天我有应酬，她就说一个人在家无聊，要是方便，她去找我。有时候问得我心烦，就冲她发火。

她发给尤倩倩的信息，尤倩倩叫我看过，看她说得那么恳切，我竟然有些小感动，同时也心虚，高丽梅走了，我俩要是再因为这事闹矛盾，不好说也不好听。为了家庭稳定，我嘱咐尤倩倩以后别发短信，方便的时候我自会跟她联系。

杨柳青放暑假了，我陪她去桂林旅游。青山绿水，"刘三姐"动人的歌喉，都没能放松杨柳青对我的手机铃声的警惕，这边一响，她就紧张地盯着我和手机，好像尤倩倩藏在手机里一样。见她狐疑的目光和紧张兮兮的模样，我不由得心烦，想发火，又压下去，接听电话时索性按下免提键，心想，让你听个明明白白。

在银子岩山洞里兜兜转转，各种奇石、怪石在灯光映照下美轮美奂，叫人叹为观止。有两次，我们各自在自己喜欢的石头前看得入神，被来往的人群冲散，每次重逢，我都能看见她目光里的焦急与重逢的喜悦。

洞口有个小伙子在兜售一分钟快照，我请他帮我俩拍个合影，小伙子夸了杨柳青一句，说阿姨看上去好年轻。我突然就失落了，说不照了，光线不太好！说她年轻，就是说我显老了？六七岁的年龄差距，差别有那么大吗？

"这儿光线挺好的，是最佳照相位置了！"到手的生意丢了，小伙子急了，说他和同伴是大学生，两人利用暑假出来勤工俭学，赚点生活费。说着，把旁边站着的女孩一把拉过来。

杨柳青拉着我的胳膊站好，笑着说："照！"

照片出来，她果然窈窈窕窕，笑靥如花，我却绷着脸。有人夸自己老婆年轻是件光荣的事情，怎么还会吃醋呢？可我就是有点不舒服。

回宾馆的路上，手机很安静，没有再响，杨柳青也始终一副雀跃的样子。陌生人的一句夸奖就能让她如此开心？我的小阴影还在，遇到一辆停着的轿车，凑到反光镜前看看自己的脸，不老！多说一句好听的话都不会，小伙子铁定赚不了几个钱。杨柳青忽然停下来，等我走过去挎着我的胳膊走，我的不快情绪很快丢掉了。回到房间，我告诉她，我和尤倩倩早就结束了，以后，她可以随时检查我的手机。心里却有些不平衡，这可是高丽梅从没有过的待遇。

杨柳青果真不用那种眼神看我和我的手机了，我们基本恢复了正常。

新学期开学，杨柳青说她们单位换领导了，她也新接手了一个四年级班。她说这个班级纪律差，学生成绩差，费心费神，吃力不讨好。晚上下班回家，经常坐在电脑前加班加点，不是写材料，就是和家长在网上沟通。我们的生活节奏完全被打乱了。

十二月底，我也遇上了麻烦事：一家房地产公司老板的两幢楼要做成精装房，完工验收时，老板说地板砖与事先看好的不是同一款，拒付尾款。这次与以往不同，他们以定金形式付了百分之十，中间支付过百分之三十，剩余尾款百分之六十，是笔不小的数目。

我反复解释说，原来定好的那款地板砖，厂家说第一批货没有了，后续生产的是其他式样的，要用原来那种的，得等两个月时间。你们着急完工，我们就看了别的厂家，挑了这款质量、价钱不相上下的，只是颜色略有偏差，当时是经过你方负责人同意后才施工的。眼看过年了，一帮工人等着发工资呢，这么拖着不是个事。

老板坐在老板桌后面，手里拿了一支粗杆碳素笔上下来回翻转着，一口咬定负责人去青岛出差了，等他回来再说，始终不松口。

他傲慢无礼的样子和蛮不讲理的态度激得我一肚子怒火，

我站起来拍着桌子冲他吼，说你们这是明摆着要赖坑人！对方不说话，看戏似的看着我，嘴角挂着一丝不易察觉的冷笑。

说实话，我真不应该发火。可撒出去的威风如何收回呢？正要持续发威，助手小李见苗头不对，赶紧把我从他办公室推了出来。果然，刚走到门口，两个保安与我们擦肩而过。

这个年过得太窝心！我不得不去银行贷了一笔款给工人发工资。

杨柳青放寒假了，却一刻不得闲，成天趴在电脑前，说教育系统安排了继续教育学习，要学分，要考核，耽误不得。开了学，照旧忙，说准备评职称，又换了新领导，无论哪一方面都不敢马虎。

从正月到二月，我都过得很郁闷。

三月初，张亮找了个和那个房地产公司老板关系特铁的人疏通关系，我终于收到了尾款的百分之九十五，虽不是全部，但已经很不错了。为表谢意，我请张亮、中间人和那家房地产公司的老板吃饭，黎建中和罗建军作陪。

中间人姓范，我们叫他范哥；房地产公司老板姓郝，我们叫他郝老板。两瓶五粮液喝完，郝老板变成了郝老弟。不叫弟不行，他比我们小五六岁呢！酒精赋予男人这种特殊的交往模式，亲兄热弟一喊，原来各自为营、相互冲突的触角慢慢收回，曾经的过节在酒精作用下消弥大半，饭桌上开始热闹起来。谈完生意经，话题开始转向女人。这是男人在饭桌上的习惯，对于女人的爱慕、不屑、嫉妒，各种情绪随着话语流泻开来，他们甚至谈论起了爱情。

酒又打开一瓶。接下来大家随意，谁能喝就多喝。

郝老板给自己斟了一杯酒，没有喝，他靠在椅子上，眯缝着眼说："爱情肯定是有的。真正美好的爱情必是两情相悦，心灵契合。又分两个境界：第一境界是轰轰烈烈，相互关爱，彼此有着强烈的占有欲，无来由地拈酸吃醋，神经紧绷，痛并快乐着；第二境界就高了，是平和温暖，彼此懂得、信任、心疼对方，就是不在一起，也能为对方着想。"

范哥笑眯眯地说："爱情是少数人的事，多数人都在凑合过日子。现在的社会，男女平等，大家都在寻找刺激，那么多婚外恋，有多少是真爱？不过是你骗骗我、我骗骗你，有的为了利益，有的纯粹为了找刺激。"

黎建中端起酒杯说："郝老板总结得高！范哥说的都是大实话，接地气！我敬二位一杯！先干为敬，二位随意！"说罢举杯示意，一饮而尽。郝老板和范哥没起身，拿酒杯轻轻蹾了一下桌面，范哥抿了一小口，郝老板倒是干了。黎建中拿起酒瓶给范哥续酒，范哥摆摆手说不要了，示意我们几个继续喝，张亮和郝老板各要了一杯，黎建中给自己斟满，他们仨碰了一杯。黎建中拿餐巾纸擦了擦嘴，又说："照我说，就一句话，爱情就是那个人不论好坏，就是你的菜。比如张爱玲爱胡兰成，他就是个骗子、无赖，她照样爱。"

张亮说："建中行啊，名人都搬出来了。"

"天天跟着才子哥哥混，还能不长进？"黎建中明晃晃给张亮戴高帽。

罗建军说："其实关于爱情，女人更多存在幻想，她们是感性动物。男人不同，前一秒还在和女人谈情说爱，后一秒可能就会为了利益把那个女人出卖了。"

黎建中马上反驳："这点我不同意。在利益方面，女人比男人更势利，满大街都是傍大款的大姑娘小媳妇。她们有几个是因为'爱'？还不是爱钱？说到底，不过是你图色，她图财，各取所需。就是在一些单位，为了评个职称，谋个高点的职位，和领导们眉来眼去的女人多了去了。"

听着大家的议论，我保持沉默。说实话，我现在真不知道什么是爱情。和高丽梅是爱情吗？我出轨，她也出轨，还离家出走了。和尤倩倩是爱情吗？不一定，我只是喜欢她敢说敢做的那股劲儿，或者是因为她爱我，我才喜欢她。现在，不是说断就断了吗？和杨柳青是爱情吗？说不清楚，喜欢肯定是有的，但当初在一起是因为两人对婚姻都有需要，彼此看着舒心，条件各自满意，就成夫妻了。她爱我吗？不由得想起在银子岩她看不见我时的慌张……可是，最近……

我正把着酒杯胡思乱想，一边的黎建中碰了碰我："哥，你说我说的有没有道理？"

我心不在焉地"嗯嗯"应了两声。

郝老板又一杯酒下肚，说："谈什么爱情，强者为尊！财、权、美人，是个正常男人，三样都爱。有了前两者，后者源源不断而来。你挑个自己喜欢，她也喜欢你的，皆大欢喜。没有前两样，美人就是镜中花、水中月。女人也一样，武则天后宫的面首哪个不是风流倜傥？"

"呵呵呵呵……"一片笑声。仔细观察，每个人的笑却各有不同，有人会心地笑，有人附和地笑，有人笑得模棱两可，还有人干笑，个中滋味，不细看瞧不出其中深意。我也笑着站起来，尽量让自己笑得阳光大方，拿起酒瓶给大家倒酒，提议一起干一个。这次，范哥没有拒绝。

酒喝得差不多了，话也说得没有多大劲头了，我带大家去了洗脚城。热乎的水泡着脚，姑娘们轻柔地按捏着头、四肢……借着酒劲儿，几分钟过后，有人起了鼾声。

忽然想起黎建中说的话，为了评上职称和领导……杨柳青不会吧？只是闪念，眼皮跟着打起架来。

等我醒来，范哥、张亮、郝老板和黎建中不见了，房间里只剩下我和罗建军。

我按响了服务铃，一个姑娘进来续了茶水，说郝总已经把账付了。他们有事先走了，不让叫醒你们。

"郝卫国有点意思，够哥们儿！"罗建军的躺椅在门口，和我中间隔着一个，他扭头冲我说道。

只剩下老哥儿俩，下午也没有要紧的事情。我冲服务员摆摆手，等她出去了，跟罗建军谈起了我与杨柳青的前前后后，以及最近的变化，接着又提到高丽梅。

罗建军说其实你爱的是同一种人，高丽梅和杨柳青是同一种人。我不同意他的看法，说你净瞎说，两人性格不一样，一个端庄，一个活泼，根本就是两路人！罗建军说当局者迷，还说这一点张亮早就看出来了，他说高丽梅和杨柳青性格虽说有点差别，但都是有精神洁癖的人。你出轨，她们表面上可以原谅，可心里有了结，不好解。

"你们几个背后议论我？"话说到这儿，我酒意全无，瞟了他一眼，语气里尽是不满。

"谁人背后不说人哪？再说了，哥们儿几个也是背地里帮你分析情势，想着你今后的幸福呢！"罗建军说着坐起来找拖鞋，说得上个厕所。

我端起茶杯喝了两口又躺了下去。

他很快回来了，又说起杨柳青："我听杨柳青的一个老乡说，她很爱自己的前夫，可是她前夫对她并不好，俩人经常吵架，她发现她老公和别的女人的书信后，气得魔怔了好一阵子才离婚的。她前夫走后，她把他所有的衣物用品烧光，房子也准备卖掉，还是她哥拦下了，说以后拆迁会值钱，她才暂时留下了。你想，她知道了尤倩倩，能隐忍不说，也是在委曲求全。要不是你条件还不错，要不是你们都是二婚，说不定她也和高丽梅一样，找个意中人，拍拍屁股走了。"

"你说杨柳青碰到喜欢她的人，也会一走了之？"我不安起来。

"只是可能，你别往心里去。我说得不一定准确，就是自己的看法。"罗建军喝了两口茶水，又从碟子里捏了一颗圣女果塞进嘴里，"你要是想和杨柳青安生过好日子，从此就别再跟任何女人有不清楚的关系。要真避免不了一些女人的纠缠，最好不要让杨柳青知道。"

"自从她来我家，我可一点没有亏待她，吃穿用度，哪样也不比高丽梅差。她真敢去外边找人？我不信，除非她真不想跟我过了。"我觉得罗建军有点危言耸听，仔细想想，杨柳青还是喜欢我的。

"你也可以试一试，这段时间经济上卡着她点，看她会不会为了钱去找别人。不过她要真找别人了，你怎么办？会不会后悔？到时候可别埋怨我出的这馊主意。"

罗建军看着我，他是小眼睛，但五官整体蛮好看，有点像濮存昕，只是脑门秃了一大块，形象就打折扣了。大家都说男人秃顶是喝酒多的缘故，当然不全面，喝酒的人那么多，秃顶的不也是少数吗？看着他明亮的地中海，我没有说话。

"咱哥们儿无话不谈，丑话说在前头，我可不是有意拆散你跟杨柳青啊！"他把身体朝我这里靠了靠，压低声音说，"要是杨柳青真走了，你愿不愿意把高丽梅叫回来？听说他们没有结婚。毕竟你们有向越，你玩你的，也不要管她和谁好。要不，你就找个穷地方的女人，只要长得漂亮，自己看着舒心，又一心一意在家做饭伺候你，你就是在外边玩翻天，她也不管你。这样的女人你喜欢不？"

"不喜欢！"我想也没想，脱口而出。

"所以你本身就是矛盾的，你既喜欢有点个性的女人，又无法约束自己，是不是在自讨苦吃？"

"谈女人真是头疼的事情！"我有点不耐烦，站起来去拿外套。

最近一个月，我说生意不大好，没怎么往家里拿钱。杨柳青没说什么，只是很忙的样子，床上的事情也懒洋洋的，不如以前热情了。我开始揣摩哥们儿几个说过的话，觉得有点道理。

又一次酒后，杨柳青照旧给我用热水敷脸、擦身子。我拉着她的手问："你到底是爱我的人，还是爱我的钱？"

杨柳青愣了一下，说："都爱。"

"有人说，你跟你们新来的校长有点什么，你才评上的职称，不是真的吧？"我盯着她的眼睛，想看出点什么。

"谁跟你说这话的？你把他（她）叫来，我跟他（她）当面对质！"她的脸明显有些阴阴的，眼睛却冒着火，"评职称，我是光明正大排上名次的！"

"那他今天早晨为什么给你打电话？他是不是也给你钱了？"今天早晨她接了一个电话，听声音明明是个男人，她匆匆离开卧室到客厅去说话。事后我问他是谁，她却说是她外甥女。这个笨女人，撒谎都撒不圆。

"他和我说的是工作上的事情！"她有些慌乱，显然不知道我上午打电话给她外甥女了。

"你是心虚吧？"我觉得自己仿佛看见了事情的真相，越发气愤起来。

她很快一副理直气壮的样子说："你之前就怀疑这怀疑那的，我怕你误会才撒谎的。"

"撒谎！"我突然很烦，大声说，"假话！你说你爱我是假话！如果我是个穷光蛋，你会爱我？早跟有钱人跑了！"

杨柳青没有作声。

"你说是不是这样？"我咬住不放。

"是的。如果我身高一米五，体重一百五，三角眼，翻鼻头，佝偻背，罗圈腿，你会爱我吗？"杨柳青第一次跟我发飘，倒把我弄了个措手不及。我并没有喝多，只是想借着酒劲儿让她跟我说说心里话，说她是真的爱我，永远不会离开我，更不会爱上别人。没想到，适得其反。难道和高丽梅一样的戏码又要重新上演吗？我瞪着双眼看着她，终于控制住自己没有抬起手，也没有再张口。

星期六，杨柳青回老家了，她的房子要拆迁，她去办理手续。

黎建中打电话过来，说哥儿几个有几天没见面了，要不要聚聚。我去了，尤倩倩也在，坐着聊了会儿天，我跟她回了她另一个家。当然，电话号码从黑名单里移出来了，我们的交往又进入了正常轨道。

一个星期后，杨柳青搬走了，和高丽梅一样，她给我留了字条。她说她有了属于自己的家，工资虽然不高，母女俩的生活还是有保障的。还说感谢我这几年对她和可馨的照顾，她会记得我的，可馨也是。

尤倩倩说，她要是真爱你，就把拆迁款拿回来给你做生意了，至少会存起来作为两人的共同财产。我当然清楚，我的钱也没有完全交给她保管，只是零碎给她一些必要的花费。

从尤倩倩那里出来，刚发现字条时的怒火与烦躁没有了，空虚与不踏实的漂浮感一路追随，怎么办？重新找一个？找老婆是件严肃的事情，哪能那么随便？如果再搞砸了怎么办？我开始怀疑自己，我真的错了吗？罗建军说的是对的？我真应该考虑把高丽梅叫回来？那可太丢脸了！或者去找杨柳青？怎么开口呢？

6 高丽梅

窗外，樟子松木做成的花架上，百合开得正好，洁白的花朵在点点绿叶间缠绕架上架下，很像为结婚庆典准备的花廊。只是那花架下面，是两个穿着病号服的病人，他们正掰碎手中的面包，喂地上的两只灰白色鸽子，鸽子一边吃着，一边不安地四处张望，随时做好起飞的准备。

远处，一棵高大的榕树遮天蔽日，数不清的鸟儿在树间穿梭鸣叫。

这里是余杭第一医院疗养区后院。我站立窗前，看着这充满生机的初夏时光，内心百味杂陈。

上次去福城茶山购茶，因为都是老主顾定下的货，我们用快递直接寄出。做完该做的事情，俩人贪恋山里久违的农庄气息，决定多住一晚。

茶山是私人承包下的，山腰上，茶园主人修建了农庄茶苑，木质的房子，古香古色的装修风格，庭院中种了一片竹林，山上一股清泉从茶苑东边山头顺势而下，引一泓到院子中间，形成一小片活水池，与竹林相映成趣。两株高大的木棉树隔着溪水与竹林呼应，红彤彤的花朵压满枝头，院子里春光流溢。

什么也不做，什么也不想，只静静坐在院子里，就觉得生活很美好。这样想着，把目光转向林煜，他眼角溢着笑，正看着我。

午饭后，茶庄主人和几个不相识的茶客在树下围桌而坐，我们也凑过去。主人烹茶，一旁的琴师操琴而歌，偶有花瓣翩翻落下……时间停止！人间仙境！盏尽歌止，已是夕阳西下。恍恍惚惚，仿佛一场梦。

吃过地道的农家茶饭，林煜提议去山间小道散步。回去的路上，暮色四合，空气中弥散着茶树的清香，二人一前一后走路，谁也不说话，却从彼此的脚步声、呼吸声中，感觉到世界的静谧与各自真实的存在；前面庭院里亮起橘色的灯光，在偌大的墨绿色茶山里像朵盛开的明艳花朵。环顾四处，我感觉自己简直要迷失在这里了。

刚要扭头喊林煜，向他言说内心的感觉，一条青绿色小蛇突然从坡上的林子里爬出来，横亘在前面两米远的地方。

虽说已经习惯了南方的生活，对蛇的惧怕却是与生俱来，无法消除，瞬时我周身发冷，全身肌肉紧缩，两腿不住哆嗦，竟被一块小石子绊了一下，一脚踩空，眼看要掉下左边的山塝……林煜从后面一把抓住我往回拉，不自觉把身子转了一下，和我调了个过儿，因用力过猛，他自己摔下去了。塝下有两块大石头，把他的腿磕骨折了……

林霖已经在北京定居，得知父亲摔伤，回家探望，离开之前说同意我们领结婚证，还说，百年之后的事情，上天自有安排，还是活着的人更重要！以前，是自己太狭隘了。

林煜和我很意外，也很开心。尤其是林煜，抓着林霖的手笑得像个孩子，连声说我就知道你迟早会想通的，我就知道你会想通的！他说等他腿好了，我们一起去办手续。

整整三天了，自从接到妹妹和越越的电话，我每天都在煎熬焦虑中度过。为越越我当然愿意回去，可……

"丽梅！"

林煜在叫我？回转头，他正向我招手。

我挤出笑容来到病床前，说："醒了？要不要喝杯水？我一会儿推你去院子里转转，他们两个都出去了。"一边说，一边瞥向另外两个病友的空床。

"你先坐下，我有话跟你说。"林煜摆摆手，又拍拍床铺向我示意。

"丽梅，我想好了。你要是想回老家，就回去吧！林霖说同意我们结婚的事情，你别放心上，也别为难！当初是我把你带出来的，只想着两个人好就够了，却没想到孩子会对你产生那么大的怨恨，至今不肯来看你。是我太自私了，让你与孩子长期分离，你看你，自从跟了我，人都瘦了一圈。"林煜有些哽咽，他用力握紧我的手，极力控制着自己的情绪继续说，"回去吧！也许他真想明白了！只要好好待你，守着孩子，一家人开开心心的，比什么都好。我这腿不碍事，很快就能下地了。"

"我不会走的！你别多心，好好养伤是正事。"彼此双手紧握，我的眼里也蓄满了泪，"要不是你拉我，掉下去的就是我，受伤的也是我。"

林煜突然板起了脸："跟你说过多少次了，怎么能怪你呢？要怪也怪我，我不该提出饭后散步的建议。况且，要是我走在你前面，或是与你并肩，怎么会让那个小东西吓到你呢？"

"你总是这样！不说这些了，我们去院子里转转。"我松开他的手，转身去推轮椅。

林煜就是这样一个人，他总是在爱护我、照顾我，遇到事情，从来都在自己身上找原因，不像……

一边是向越、向明生与父母家乡，一边是林煜，我的感情天平失去了功能，我该何去何从？

2021 年 3 月

明天有多远

　　看完演出，刚好九点，跟着人群走出剧场，一股冷气迎面扑来，湿湿的。她缩了缩脖子，下意识地把手伸进口袋，裹紧了身上的风衣。北方的秋天就是这样，连续下三四日秋雨，气温陡降七八度，隔着两个节令，便嗅到了冬的气息。

　　几家店面正在装修，开业的不多，路两边灯光稀疏，与刚才剧场里的热闹气氛大相径庭，竟有几分萧瑟之感。两对年轻的情侣，几个带着孩子的年轻父母，一出剧场就向左拐了，走进灯火辉煌的小吃街，去补充年轻的身体需要的热量。

　　顺着大路径直走出娱乐城大门，左右回顾，只有三五个疑似看演出的人分散在门口两边。小剧场里少说也有上百人，怎么一下子都不见了？她轻轻呼出一口气，却突然明白过来，时间尚早，娱乐城里还有好多其他消遣方式，人们有充分的自由去消费与享受。自己呢，此刻好像对什么都提不起兴趣，天气寒冷，还是回家吧！

　　站立街边，她想打个出租车，手机突然在口袋里振动了一下，拿出一看，是理疗店的按摩师在"微信运动"中给自己点的赞，步数"6853"，离人们说的每天一万步还差很多。索性走回去吧！虽说有点冷，雨后的空气却是清冽舒爽的。走走路，欣赏一下小城夜景，也是一种不错的消遣。打定了主意，她转向南，过了红绿灯左转，走四站路就到家了。

街道两边的酒店、美容美发店、小饭馆、药店……都在营业中，一派灯火通明的繁华景象，行人却很少，偶尔有人从店门出来，很快便上了车，消失在夜色里。车辆疾速或缓慢奔跑，沉默与喧嚣也各有不同。车上的人最终目的地在哪里？家吗？不一定！这样的夜晚，有多少人有家不能回，又有多少人有家不愿回？

手机又在口袋里闹腾，再次掏出来看，是在省城上学的女儿发过来的信息：妈，天冷了，要加衣服。晚上早点睡觉！她停下脚步，微笑着，打了"嗯嗯"俩字，对话框右边跳出一头可爱的小猪频频点头的图，手指一按一松，发了过去。她又写了一条：上了大学果真长大了，知道关心妈妈了。加了个抱抱的表情，再次发送过去。女儿迅速回了个得意的表情。她笑出声来，真是孩子呢，这样就要得意啊！

带着笑意站在红绿灯路口，一阵风掠过，她忽然觉得身上阵阵发冷，胸膛内的所有脏器与肌肉似乎都在紧缩！深秋的夜果真是凉透了！深吸一口气，她把装在衣兜里的双手向肚腹中间裹了裹，饥饿感似乎在刹那间被唤醒，才想起出门时因为赶时间，只喝了一盒奶当晚餐。对面是家颇有名气的羊汤店，灯依然亮着，店门敞开。绿灯！她加快了步伐。

食客不多，七八个人散在不同的角落专心吃喝。门口的玻璃隔间内，热腾腾的汤在大锅里熬着，热辣的馨香不断向四周弥散。她点了一小份汤，要了一份面，在进门左边最后一张桌子的位置坐下来。每次来，这个位置都是她的首选。

汤很快端了上来，淡淡的清灰色，隐约可见星星点点的黑胡椒粒，一两片细而薄的白肉浮在中央。撒一勺葱花，又拿起醋壶在碗中画了一个圆圈，赭褐色液体透过葱花间的缝隙渗入汤中，不见了踪影。拿起勺子轻轻搅动，喝下两口热汤，微辣咸香通过舌齿神经传递给大脑，暖意传遍全身……面条来了！倒进汤碗里搅拌一下，左手勺，右手筷，喝汤吃面，不一会儿，后颈窝和额头有汗渗出，鼻尖也冒出了细小的汗珠。她停下来，拿纸巾擦汗，发现斜对面一个年轻男人正怔怔地看着自己。她疑惑地低下头，看了看胸前、袖口，没有汤渍，桌子上也很干净，又抽出一张纸巾擦了擦嘴，朝那个男人看过去，他已经低下头，一边看手机，一边拿勺往嘴里送汤。

纸巾被团作一团扔进脚下的纸篓。喝了两口汤，右手持筷捞起碗底为数不多的几片肉来吃，直觉告诉她，那个男人又在看自己。她将目光移过去，脸上写满了问号。他笑了，放下手机，学着她的模样，左手勺子，右手筷子……她有点窘，却很快泰然自若，明明这样吃很舒服，为什么要勺子筷子换着用，麻烦不麻烦？她低头继续吃。

俩人几乎同时吃完碗里的食物。她又一次拿起纸巾擦脸上的汗，顺便朝那边望了一下，男人也用纸巾拭着额头。

店里已经没有其他客人了。她起身往外走。

"你好！"刚走出店门几步远，身后忽然传来略带磁性的柔和的男人嗓音，"不好意思，我不是故意的，可能因为你吃饭的样子和我想象的完全是两码事，我……"她转过身，是刚才那个年轻男人。

"依你说，我吃饭应该是什么样子？"她打断了他，歪着头，挑着眉毛看过去。

"你看上去很文雅，所以……"男人顿住了。

"所以我应该喝一勺汤，停一下，再喝第二勺？然后那样长的面条怎么吃？拿勺子切断？再用筷子一截儿一截儿文雅地送进嘴巴里，对吗？"她满脸不耐烦，再一次打断了他，看着这个还算秀气却又多事的男人，心想你是闲得无聊吧？

"应该是这样吧！"男人好像并不在意她的不满与不屑，反而有些调皮地笑了。

"我要回家了，没工夫和你闲聊应该怎样吃饭的问题。"她转身离开。

"我认识你！"男人见她不友好，收起玩笑，换了一副认真的表情。

"我不认识你！"她语气生硬，头也没回，大步向前走去。

一股无名暗火在心底乱窜，直窜到脚下的步子上去了，她觉得必须离开这个地方，越快越好。她走得飞快，铿锵有力，若是白天，一定会看到她紧锁的眉头、忧郁的眼睛和略略张开的嘴巴。这是第几次遇到类似的事情？越来越过分！她喉头突然涌出"神经病"这种骂人的话，又生生按至心底重复了N遍，好像只有这样才可以让她烦躁的心略略平静下来。大约走出二三十步，她突然神经质般地转身看了一下，街道廊檐下，几辆小轿车在夜色的笼罩下沉默静寂，霓虹灯光远远地投在它们幽暗的车身或是车顶上，透着几分鬼魅，饭店门口静无一人。

她松了一口气，全身也跟着放松下来。刚才怎么了？还怕被他跟踪不成？一阵风轻轻拂过，她放慢步子，扪心自问，如果这真是一个认识自己、并无恶意的人，刚才的反应是不是有点过激了？难道真如别人所说，自己神经过敏，得了妄想症？不，不会的！一个正常的人，你的某些特质或许会引起他人的注意，但绝不会出了门还来搭讪！倘若他真为自己的失礼冒昧感到抱歉，也不会用"我认识你"来套近乎。退一步说，即便他真的认识自己，完全可以在吃饭时走到桌前大大方方打个招呼，何必用这样的方式？这就是一种不怀好意的搭讪，她再一次确定了自己的判断。

一路向前，行走在树影与车辆中间的人行道上，委屈与愤懑攫紧了她的心，今晚的演出白看了！

这个小剧场是本市的当红明星刚刚组建的，已经试演了一个星期。看朋友圈微友发出的图片与视频，演员们或神采飞扬妙语连珠，或夸张逗闷憨态可掬，观众时而开怀大笑，时而掌声雷动，自己才动了心思，为寻欢乐而来，不承想碰到这样糟心的事情！唉！她幽幽叹了口气。走过一个公交车站牌，路旁是一溜平房，一处园子的入口就在眼前，她不想带着这样糟糕的情绪回家，径直拐进了园子。

穿越市区的一条河在这里敞开了怀抱。

靠近路桥处，一个人造圆形岛中央，几盏黄色的大小不一的莲蓬似的圆灯组成花朵的模样，迷惑着游人的目光；周围的树木与矮脚草被绿色灯光照射得青葱闪耀。明亮的色彩辉映在水面，波光粼粼，翠影摇动，多看上两眼，便会令人产生一种幻觉，仿佛水下真有龙宫仙境，那里珊瑚玉树，美酒佳肴，朱弦玉磬，弦乐声声，一条美人鱼巧笑穿梭，众生迷醉……美人鱼忽而跃出水面，化作绝世美女，飘向对岸挑灯夜读的人家……抬头远望，南岸高楼里的万家灯火倒映水中，点点星光闪烁，分明一群偷偷溜出龙宫的水中精灵在水面狂欢。

怎么脑子里尽是逃离龙宫的精灵？她苦笑一下，把目光收回，转向岸边。宽阔的岸上几乎看不见人，几张长椅和高大的馒头柳静静守候河边。这样安静的夜晚，它们是欢喜的吧？她仿佛听见它们在窃窃私语——白日里，偶尔经过或是流连于此的男女，一定留下了许多故事，美好的、忧伤的、有趣的、烦恼的……说吧，说吧，现在，这个世界完全属于你们，尽情地说吧！没有什么可以阻碍你们交流。

她在长椅上坐下来，一股透心的冰凉通过臀部神经迅速向周身辐射，她疾速站起来，片刻之后转身，沿着岸边缓慢向前。

雾把天空浸染成了灰白色。连续几场秋雨，河水并不见涨，静静的，听不见流水的声音；河床如同一面蒙了水雾的镜子，分明有光，却模糊不清；黑色的树影投射其中，河道便透迤起来。

白色的三拱桥上装饰了彩灯，在夜里失去了本色，此刻像一只魅惑的、轻轻摇摆腰身的妖，满身的鳞片放射出七彩的光芒，引诱一切生灵向它靠近……是的，这是一只妖，一只眼睛里放射出摄人魂魄光芒的妖！她加快步伐，朝它走去。

移步上桥，桥便只是桥，青石板的台阶，晦暗惨淡，不细细辨认，台阶与台阶之间的界限很难分清；冰凉的桥栏，淡淡的灰白色，令人心生寒意。她的嘴角牵出一丝冷笑，只有在这样静谧的夜里，人才可以在梦幻与现实中急速穿梭。

登临制高点，倚栏伫立良久，目光随蜿蜒消瘦的河水向南，两边树影幢幢，形成一个天然的镜框；远处路桥上的灯火，依稀掠过的车影，侧面的高楼，以及另一侧更远处一小片暗淡的天空，都被巧妙地镶嵌于内，好一幅逼真的城市夜景画卷！她望向远处那片暗淡的天空，那里与这里距离有多远？天空下面是田野、乡村，还是一条宽阔的河流？

几声狗吠从桥对岸传来，循声望去，不见狗影，一条小胡同里依稀有人走过，两边的小院里灯火通明。顺着胡同出去，是一条半新不旧的商业老街，右拐，通向宽阔的凤和街，便是回家的路。

她当然不会走那条老街。白天，街道上热闹非凡，酸甜麻辣腥各种小吃的味道混杂在一起，形成一股复杂的味道，尤其是烧烤店浓烈的熏烟味，蛋白质过分烤制形成的焦臭味，再加上刷锅水冲击起的下水道的腐臭味，乃至五金店里刺鼻的油漆味，美发店里难闻的染发剂味，轮胎修补店里的胶皮味……种种味道混合在一起，叫人无法呼吸，即便是刚刚过去的一场秋雨也难以将它稀释、冲散。

下了桥，拐向右边的林荫小道。右手边密密麻麻的冬青平展展铺向前方，她无意识地把手放上去一路抚摸，粗细不均的枝丫留给掌心一片温柔的刺痛。痛吧，再痛些，她手掌向下，再向下，终于有了肌肤被划破的感觉，抽回手来看，无血。

小径通幽，地上或是灯柱子上柔和的光，打出一小片光亮；左边高地上，一幢幢二层小楼里，灯火或明或暗。那些房子里面正在发生怎样的故事？天伦之乐？夫唱妇随？还是同床异梦？孤独寂寞？忽然间，她觉得那些房子就是一间牢笼，人们是一只只被困在里面的兽。他们出生时，四肢弹动，肆意哭，肆意笑，鲜嫩的肌肤光洁莹润；在里面待久了，沾染了房间里的浊气，便成了温顺的俘虏，连气味都变得浑浊起来，灵魂也渐渐虚假了。但是人们毫无知觉，每天从这个房子进入那个房子，最后再回到所谓"自己"的房子，其实有哪个房子真正属于自己？它们只是安放肉体的容器，圈养灵魂的牢笼而已。

牢笼啊！她不由得发出了声音。今夜自己是否可以任性一次，不回那个牢笼呢？脑子里突然冒出这样的想法，令她有一种挣脱束缚的快感，脚下的步子也轻快起来。走了几十步远，一个现实问题摆在面前，不回去，去哪里？在园子里逛到天亮吗？没有答案，沮丧又一次占据上风，孤独与无助潮水般席卷而来，泪水猝不及防，一股一股涌了出来，不用擦拭，随便流吧，流个痛快！她漫无目的地向前走着，脑子里尽是些乱糟糟的事情。

"经常听你提到这家面馆的面好吃，果然不错！这个小老板也挺帅啊！"女人一个曾经的闺密吃完面后如此言说。她说话的内容并不足以让人反感，令人无法忍受的是她说到"这个小老板也挺帅"时嘲弄的语气和眼神，以及结尾那个"啊"字古怪的腔调，其中含义就是傻子也能明白一二。女人张着嘴愣了片刻，随即把嘴角微微扬起，回了句："帅！当然帅！比你老公帅多了！"说到最后一句时，用了同样的语气和眼神。

闺密撇了撇嘴，拎起桌上的包包昂着头走了，气得高跟鞋吧嗒吧嗒响。回家后，女人把闺密从微信好友里删除了。散了吧！何必相见相杀！可惜了三十年光阴相随，竟不能看清楚一个人！

她不是存心怼闺密的。一次同学聚会，进餐时，她给自己杯子里续水，发现离她不远的闺密老公的杯子也空了，顺便给他续满，紧挨她座位的闺密扶着头说"晕"，她关切地问是不是喝多了，需要休息一下。闺密皱眉黑脸没理她。事后，另一位同学提醒她说你现在情况特殊，不要那么热情了。当时她有点蒙，调动了大脑内所有的神经元才想明白这句话的内涵，尴尬与悲愤交织，无以言表。俩人的关系从此微妙起来，每次见面，她总觉得有一堵厚厚的墙横在她们之间，再也无法回到从前。有几次，她试图推倒它，甚至觉得它已经不复存在，可等到下一次见面，它又横亘在俩人中间……她失望了，不得不承认那是一种再生功能很强的东西，且韧性十足。

坐了一天的大巴，晚上十点钟，终于抵达烟花般迷人的扬州。酒店大厅里，同车的游客们挤满了沙发，沙发扶手上也坐了人，他们说着些散淡的话，有人不断打着呵欠；进来迟一些的，扶着行李箱松松垮垮地站着，眼神迷离。人们都在焦急地等着导游叫自己或是同行亲友的名字，好早些领到房间钥匙牌。围在导游身边的男士多是清醒振奋的，这份清醒与振奋似乎是他们与生俱来、义不容辞的责任与荣誉，他们目光炯炯，雄性荷尔蒙从直立的躯体中以漫不经心的姿态流溢出来，如果你观察够仔细，便可窥见他们之间有某种狡黠的默契。围着导游的也有个别女人，她便是其中一员，她是一个人报名参加这次短途旅游的。导游把钥匙牌给了她，并叫了一个叫殷丽丽的人名。很快，一个个子稍矮于她的女人拖着行李箱来到跟前，看上去年龄比她大几岁，脸部肌肉松弛，面容疲惫，一头浓密的头发扎成马尾拖在脑后，丝丝白发若隐若现。

俩人一起到了房间，殷丽丽脱掉外套，在一张床上躺了下来，说自己需要休息片刻再去洗漱。

她先进了卫生间。

"你去和三〇九房间的那两个男的说说，咱和他俩换下房间吧，这个房间窗户太大了，正冲床头，我怕吹风，头疼。"她刚出来，殷丽丽指着窗户和她说。

"三〇九住哪两个男的？"她一脸蒙。

"就是在车上唱歌的那个，还有你座位前边的那个。"殷丽丽一脸认真地说。

她脑海迅速闪过两个男人模糊的身影。前者中等身材，大眼睛，浑身充满朝气，但她觉得那份张扬的自信有些刻意；后者年龄大些，略矮，瘦削，眼皮耷拉，略显猥琐，是那种放在人群里，找也找不回，全身无任何吸引力的男人。

"人家愿意换吗？要不，咱先去和导游或是前台的服务员说一下？"她觉得没有把握。

"他们不至于这么小气吧？我是真怕吹风！"殷丽丽皱着眉头，满脸疲惫，一副弱不禁风的样子。

她正要答应，突然觉得哪里不对劲，把刚吐出去一半的"好"字收了回来，那短暂的发音便成了声母"h"。顿了片刻，她说："如果我没有记错，你和那个唱歌的男人座位是在一起的吧？你们一整天都坐在一起，你去说是不是更合适？"她直直地盯向殷丽丽。

殷丽丽没再说话，穿上衣服出去了，不一会儿，两个男士提着行李来到她们的房间，她们两个去了他们的房间。

她的疑惑不是没有道理，事后诸多迹象表明，他们彼此非常熟悉，并不是旅游中偶然相识的。那个略显猥琐的男人好像也有点蹊跷，和他一起来的有同单位的四五个男女同事，他却几次有意无意地到她跟前来套近乎，叫人厌烦！最终她以一副目中无人的样子令他退却。

你为什么要参加那个读书会？你为什么要学写诗？为什么学书法？有什么目的？你不是生病了吗，怎么可以去旅游？你那点工资，怎么可以穿这么好的衣裳？你家里没别人了吗，我们去了是否方便……突然，她面前出现无数个男女的身影，他们嘴唇上下翻飞，冲她叫嚷，振振有词，咄咄逼人，那些声音无比喧嚣，无比尖厉，穿透她的耳膜，试图震昏她的头颅。她感觉到自己的脆弱与迷茫，不知道该如何辩解，同时她也想不明白，为什么自己每做一件事情，都得向陌生的他们解释？即使说了，他们会相信吗？她发现自己失去了方向，失去了辩解的欲望与勇气。

他们还在继续，瞧，无数张嘴变成一张巨大的血口，发出一个更大的声音——"你为什么不去死？"一瞬间，她觉得自己的头如同被敲碎的砖瓦片，疼痛伴随着一片狼藉。

她扶住一棵柳树，大口喘着气，转身把背贴向树干，闭上眼睛，双手扶住额头："我要活下去，我要活下去……"她喃喃自语，慢慢蹲下身来。

一股被雨水浸泡过的腐草气息侵入鼻孔，她缓缓睁开眼睛，小路上空无一人，嘈杂的声音已经远去。她四处打量，泪眼蒙眬中，右手边一小片泛着光的湿土地上，一丛类似冬青但叶片和茎秆都不及冬青肥大的矮脚草黑黢黢的身影占据一隅，顶部因为路灯的照射泛着微光。她不能确定腐草气息就是由那丛草发出的，尽管它们中有些叶子正在发黄，但整体看上去依旧一副蓬蓬勃勃生机盎然的样子。

口袋里又有了动静，她抹了一把泪水，掏出手机来看，是洗脚城的小婳在"微信运动"里给自己点赞，步数"9962"。她慢慢站起身来，小婳又发来一条消息："姐，记得早点休息！"

已经是夜里十点多了。泪水再一次涌出眼眶，活了这么多年，自己终究活成了人群中的异类！这样凉薄的夜晚，送来关心的，除了女儿，就只有小婳了。

沿着小路继续前行。前面几步远就是园子的出口，她木然地跨过低矮的栏杆，再次回到了喧嚣的街道，向前，向前。

　　红绿灯路口，她看向对面紧挨街角小公园的高耸楼房，走过去，就到家了。

　　不，今夜不回家！对着暗夜里冰冷的空气，她无比坚定地说。转身向右，过了马路，前面不远，"××足道"在流动的红色灯光包围下闪烁着迷人的光彩。门敞开着，她走了进去。

　　"小媗在吗？"

　　"在呢！"

　　一双脚泡在温热的水里，她仰躺在升降沙发床上，小媗正给她按摩头部。

　　"姐，最近睡眠还好吧？"小媗语气轻柔，充满关切。

　　"就那样吧，时好时坏的。"她长长叹了一口气，回答有气无力，"小媗，再用点力。"

　　"姐今天心情不好吗？"小媗手劲儿明显重了，语气却更温柔了。

　　"和上次一样，又碰到一个神经病！""神经病"三个字终于被她叫出口，就像一根卡在喉咙的鱼刺终于被拔出来，感觉清爽多了。

　　"哦，别理他就是了，姐千万别生气！"小媗温热的气息带点淡淡的薄荷味。

　　正按到太阳穴处，她闭了眼睛，不再说话。

　　脚被捞出来，用一次性纸巾擦干，小媗熟练地为她裹了右脚，开始给左脚擦油、按摩。

　　"小媗，你丈夫回心转意了吗？"她仍旧闭着眼睛轻声问道。

"唉，彻底完了！手续都办了！"颓废之气随着话语冒出来，仿佛刚刚经历了一场战争，作为战败方，小婠的精神已被消耗殆尽。

她睁开眼睛，对面的小婠微微低头，昏黄的灯光下，一头秀发在脑后整齐地束成马尾状，头顶泛出一片黑亮的光泽。饱满的额头两边，两绺短发垂下来。她眼睑轻垂，密集的睫毛排列整齐，下面是丰润莹白的脸颊，嘴唇上抹了一层淡淡的粉色唇膏。

如花似玉的年龄啊！她在心里感叹。小婠整整小她一轮，孩子才七岁，刚上学。"孩子呢？你带吗？"她的怜惜之情溢于言表。

"不，在老家，奶奶带着呢。星期天我可以回去看他。"小婠的语速随着按摩的节奏变慢，"奶奶说，只要我回去，她还和以前一样待我。一切都是她儿子的错。"

"你婆婆倒是个有情有义的人。"她为小婠感到一丝安慰。

"是呀！她一直待我很好。可是，唉……"小婠长长叹了口气，"当初嫁他，我家里不同意。他爸早年病死了，他和他妈相依为命，家里没钱。可我就是铁了心要嫁他。结婚的钱都是他妈找亲戚朋友借的，我们用了两年时间还清了。现在想想，当初嫁给他真是个错误！"

"你见过那个女人吗？她漂亮吗？"她知道漂亮不是婚姻的法宝，但在她心里，小婠无可挑剔！小婠长得不丑，应该说很漂亮才对。她有一张圆圆的脸蛋和一双圆溜溜的眼睛，眼珠黑而明亮；嘴角弧线略向上翘，一张嘴说话，质朴的气息天然流露。身材线条匀称，不是瘦弱的那种，相反，饱满、结实，像秋天成熟的豆子，圆润而有质感，秀气又可爱。

"一次回家看孩子，撞见了。怎么说呢？个子比我高一点，身材挺苗条的，长得细眉细眼，皮肤不是很白。听婆婆说，她脾气不好，回家两次，和他在屋里闹了两次，他还一个劲儿地说好话哄着。也许他就喜欢那样的。"精致的妆容遮掩不住小媗的挫败感。

"他对你没有一点留恋吗？"

"他喝醉酒时，给我打过电话，也来找过我两次。"小媗始终没有抬头，双手也没有停，眼里隐约闪现泪光。

"你接受他了吗？"

"我以为他回心转意了……"泪水终于落下来，滴在擦了按摩油的脚上。

她幽幽地看着眼前这个风华正茂的小女人拿纸巾仔细擦了那滴泪，又轻声对她说："姐，对不起！"

"不，我不该问你这些。"她觉得有些抱歉。

"没关系的！姐，我也想找个人说说呢，想到的第一个人就是你，别的顾客我是不会跟人家说这些的。"小媗擦干眼泪，继续按摩，"谁知道，他只是和那个女人闹别扭，来我这里寻安慰来了。第二天，那个女人一个电话就把他叫走了。"泪水又一次溢满小媗的眼眶，一颗泪珠挂在密集的睫毛上，像草叶上的露珠。

"你还想他？"她为小媗感到深深的惋惜。

"我……"小媗迟疑了一下，好像给自己找到了足够的理由，"姐，这么多年的夫妻，怎么能……"她哽咽着，顿了顿，肯定地说，"是，我是在乎他！所以，他才肆无忌惮，他知道这一点。"

"肆无忌惮？"她觉得小媗受的委屈一定不少，"他动过手吗？我是说……"她犹豫着，还是说出了口，"我是说家暴。"

小媗沉默片刻，说："有过一次，但也算不得家暴。去年春天，那个女的打电话来，当时我就有所怀疑，不让他接，他发了脾气，说是单位同事，把我推倒在地上，还踢了我一脚。我哭，他说烦，骂了一通，摔门走了。"

"你们办完离婚手续，他还来找你？"话刚说完，她忍不住哎哟了一声。

"嗯。"小媗鼻音很明显，"姐，这里是睡眠的反应区，你忍着点，按按会好一些。"

她感觉大脚趾针扎似的疼，她的嘴随着小媗一下一下的用力一次次张开，牙齿却咬得很紧，眼睛也眯成了一道缝。她觉得小媗有点不争气："如果他再来找你，别，哎哟！别理他！"疼痛的间隙，她还是忍不住说了一句气话。

"姐，我做不到！也许，以后能……不过，需要一段时间。"小媗暂时平静下来，又似乎在思考着什么，酝酿着什么。待再次开口，像下了很大决心似的，却有些吞吞吐吐，"其实，他是有苦衷的……那个女人，那个女人的舅舅是他们公司的一把手。"小媗抬起头看向她，眼睛里写满真诚与信任，"姐，这是个不能说出来的秘密，可是，我还是想和你说，我知道你是不会随便跟别人去说的，对吗？"小媗手下按摩的位置已经转移到脚掌上，和刚才的刺痛相比，她觉得舒服多了。

"当然！"她非常肯定。

短暂的沉默后，她缓缓闭上眼睛。她知道自己无权评判小婳的前夫，也无力帮助小婳。这个善良的小女人，自己受了伤害，还要保全那个男人的颜面。或许，小婳是在自我安慰？她要确定那个男人还是爱她的，只是迫不得已？

她无法得知事情的真相，反过来说，就是知道了又怎样？每个人都是独立的个体，思想与意念，判断与选择，都是个人的事情，别人无法代替。未来的路，一切都要靠小婳自己。未来？自己的未来呢？同样没有答案。

小婳把左脚包好，开始给右脚擦油、按摩。她的眼里已经没有眼泪。

"姐，刚才和你这么一说，我觉得没有那么憋闷了。谢谢你听我说这些烦人的事情。"小婳脸上忽而现出一丝轻松的微笑。

她还给小婳一个暖暖的微笑，心底悄悄补上一句，谢什么？都是一样的人啊！这世间，悲悯与爱，在同类人之间似乎更坦诚一些，这是一种高于物质的理解与认同。

又是一阵疼痛！她龇牙咧嘴继续忍着，"花钱买罪受"，此刻这句老话多么贴切。可这罪，自己受得多么心甘情愿！

"姐，光顾说我了，你怎么样？和老公和解了吗？"按完脚上的疼痛敏感区，小婳小心翼翼地问道。

"他也走了，彻底走了。"她无力地回答，"我错在一开始就没有阻止他接那个女人的电话。"她目光迷离，好像在说很久以前的事情。

"姐比我强，孩子大了，没什么牵挂了。"小媚安慰她道。

"我们这样的人，谁比谁强？都是一样的命！"她幽幽地说，大概是小媚的按摩起了作用，竟然打了一个长长的呵欠，"小媚，你还年轻，打起精神来啊！"

"姐，我会的！你困了，睡会儿吧。我把灯调暗一些。"小媚起身，拿起另一张床上的毛毯轻轻搭在她身上。

小媚的手还在她的右脚脚底游走，她的意识渐渐模糊起来。一个身穿浅绿色纱裙的长发仙女站在她床前，冲她微笑，她缓缓起身跟着她走去。仙女不见了，她一个人赤脚走在偌大的花园里，目之所见，万紫千红，蜂蝶翻飞，鸟啼婉转，笛声悠扬。她信步来到一个翘檐的八角亭下，见一张古琴放置在烧桐木桌上，无人拨弦，风来琴声起。她拾级而上，裙摆随风翻飞，远处忽然传来一阵歌声，她循声望去……

她是被枕边的手机铃声叫醒的，一个骚扰电话，时间为零时五十三分，她设置了拦截陌生号码来电，关了手机。

小媚侧卧在对面的沙发床上，发出轻微的鼾声，毯子一角拖在地上，脸朝着自己床的方向。幽暗的灯光下，仍能看清她微微蹙着的眉头和挂在眼角的一颗泪珠。小媚累了，她想，不知道年轻的小媚正在梦中经历什么，是与无情的前夫纠缠不休，还是抱着年幼的孩子伤心流泪？她站起来，轻轻为小媚盖好毛毯，又重新躺下来。想起刚才那个离奇的梦，她闭了眼睛，想继续把美梦做下去，却怎么也睡不着了——那些熟悉的老朋友、新相识，还有一些陌生的面孔又一次在眼前闪现，他们都在念叨一些奇奇怪怪的话，他们刺探的眼神，装作无意却是有意的询问，都令人觉得好笑。她不胜其烦，想一走了之，受好奇心驱使，又若无其事地与他们"认真"交谈……这一切好似一个有趣的游戏，好像那些人分别代表某个人而来。他们在密谋着什么。有那么一瞬间，她觉得自己找到了答案，了解了事情的真相，但是看着他们神秘又故作无辜的样子，觉得自己并没有精准掌握事物的内核。她开始焦虑，试着回到思绪的原点，原点处却是千丝万缕，一团乱麻，在她惊慌失措之时，整个世界又回到冷漠与混沌之中。

楼下一辆摩托车呼啸而过，如同一道闪电划破了夜幕。她知道自己无论如何睡不着了，睁开眼睛，看向对面熟睡的小媗，鼻息声清晰可闻。在这个五线小城市，没有太多秘密，小媗以后会不会有和自己一样的遭遇：被那些猥琐男人纠缠，被同性朋友当成洪水猛兽；遇到一些如同电视剧《我的前半生》里老金这种自我感觉良好的男人，认为离婚女人有人追就不错了，不喜欢他是不知好歹；或许还有……这些外在困扰远远超过自身感情的脆弱所带来的伤害！

剧里的罗子君是幸运的，唐晶和贺涵的无私相助帮她渡过难关，故事的结局虽然叫她陷入两难境地，但是她曾得到过那么真诚的友情与爱情，这是多么幸运的事情，而这些恰恰是现实生活中难以寻觅的。

但愿年轻的小媗比自己幸运！她轻声叹了口气，悄悄闭上房间的门，开了手机，到前台用微信结了账。

她站在楼梯口，有意无意翻看了一下"微信运动"，

"12"，她愣了一下，又自嘲式地笑了，零点已过，新的一天又开始了。

走下楼梯，推开粘在一起的塑料帘子，子夜的寒气扑面而来，她又一次缩了缩脖子，把手伸进口袋里，裹紧了风衣，手里握着一串冰冷的钥匙。对面的小区，整幢楼黑漆漆的，只有两个窗口还亮着灯，她知道，没有一盏是为自己亮着的。犹豫片刻，还是迈开脚步，朝对面走了过去。

2019 年 11 月 15 日

麟之趾

1

住进这间临街的房子十三年了。不知从什么时候起，士纯有了这样一个习惯，喜欢隔着帘子看街上来往的行人，哪怕在寒冷的冬天，门上挂了厚厚的棉帘子，在什么都看不见的情况下，他也喜欢望着门帘出神。现在是夏天，透过浅绿色的细纱帘子，他的视线可以到达五十米远的地方。其实不是为了刻意看什么，他只是喜欢这样一种状态，他经常会想象那个革委会主任就在门外的任何一个地方，马上会毫不知情地路过他的家门口，进入自己的视线，忽而鬼使神差般回头一瞥，却并不知道帘子内坐着一个曾经的故人……"爸，爸，我要上学去了，我长大了，也要像你一样，去省城读书！"有时被掀起的帘子一角站着七岁的永平，圆圆的脸庞极像她妈，一双乌黑的眼珠亮晶晶地盯着他……门口那个人忽然变成了父亲希斌，进入老年的他，腰身不再挺拔，一双眼睛依旧有神，他在打算盘，行云流水般欢畅。瞧，他笑了，翘在半空的花白胡子随着笑声微微打战；他忽而忧郁起来，五官回归原来的位置，似一潭深幽的湖水，没有一丝涟漪，手中拉着的二胡幽远深长，如泣如诉……有时候是娘，有时是月仙……那么多人走马灯似的在眼前晃悠……

"又看着门外发呆呢？快趁热把这奶喝了，一会儿凉了。"是小爱的声音。她放下手里的针线和棉门帘，把桌上的杯子递了过来。

士纯慢慢啜了一口，把目光转向小爱："小爱，哪天我突然走了，丢下你一个可怎么活？"

"怎么又说这个？怎么活？吃饭睡觉，夏天躲阴凉，冬天晒太阳！"小爱把剪好的塑料布包在洗好的棉门帘下面，一条横边眼看就缝好了。

"你傻！我是怕你钱花得不顺手！"士纯端着奶杯，盯着小爱。

"活人不能叫尿给憋死。你不在，几个儿女就不管我了？政府每年还给老人发钱呢！我能花多少？再不行，我捡破烂去。"小爱开始竖着缝。

"我想好了，等我走了，叫永立他们把我火葬，这样你就能领到国家发的抚恤金了。"士纯抿了两口奶。

"你对我好，我心里清楚……"小爱鼻子有些发酸，手里的活儿明显慢下来，只是这百年之后的事，你做得了主？别说月仙姐姐在地下不情愿，光是孩子们这关就难过！她用力把那股涌上来的酸劲儿压了下去，手中的针线继续穿梭起来，"别瞎想了，咱活一天就高兴一天。你说了，要活一百呢！说不定我走你前边了。"

"怎么可能呢？你小我十几岁呢！"小爱呀，小爱！士纯在心里一遍遍呼喊着自己的爱人，"我跟你说，不用担心，当初我就拗着他们和你领了结婚证，他们不也认了？"

小爱停下手里的活儿，仍旧低着头，只抬起眼睛，越过老花镜看向士纯，说："那倒是，别看你说话文文气气，做事一点不含糊，我还真就喜欢你这股劲儿！当时那些唾沫星子能把人淹死……"小爱摇摇头，"别人倒还算了，永祥媳妇真没法说，竟然说出那么难听的话来……"

"那就是个泼妇，我都不当回事，你还记着？"士纯说话总是慢吞吞，再动人肝火的事情，到他这里，似乎都稀松平常起来，"当初跟红梅订婚，永祥不情不愿，可是没办法。上中专报到的第一天，他就跟同学打架，校长要他退学，我说不上话，是老支书去做了担保，才留下的。人家顺势提出把闺女红梅许给永祥，孩子为了上学，只能应下。那个女孩在学校和永祥走得近些，终归有缘无分，毕业后俩人就断了。要不是兴起什么同学聚会，这对冤家也不会……"士纯叹了一口气，知子莫若父，永祥过得不痛快，他这个当爸的心里清楚，却也爱莫能助，"一对有情人，一个夫妻不和，一个婚姻不幸福，四目相对，旧情复燃，也在情理之中。坏就坏在俩人不懂得避嫌！一帮同学借着酒劲儿起哄，非要他们喝交杯酒，结果被人拍了照。红梅本就疑神疑鬼，早晚无事生非，这下可好，揪住小辫子不撒手，胡乱攀扯，拿咱老两口说事……"

"咱倒没什么，事情过去了也就淡了，可永祥这孩子终归受了影响，没有当上领导！"小爱还是摇头，她替永祥惋惜。

"没办法的事情，'宁拆十座庙，不毁一桩婚'。说到底，永祥动手也不对！冉冉都十几岁了，咱当老人的，能挑唆孩子离婚？"对儿媳妇再有气，为了孙女，士纯都得咽下去，"人这一辈子，谁都有委屈，谁都在不断妥协！婚姻不和谐，最是折磨人，苦了永祥了！"

当年万红梅闹得满城风雨，说话没遮没拦，牵扯上俩老人，永祥扇了她俩嘴巴，非要离婚。红梅气性大起来，跑到永祥单位领导跟前闹，正在竞争一个中层职位的永祥一下子被排除在外，气得一个多月没回家。红梅理亏，安生下来，找永平、春平帮忙，求他回家，永祥不肯。万红梅是谁？那是万花丛中一枝梅，傲骄从来不怕擂。大事小事她什么时候输过？四十天的拉锯战，到了最关键、最咬口的时候，就得亮亮真家伙了。她三天不出门，不找人，不描眉，稳坐写字台，废纸扔了一大篓，终于功夫不负有心人，她空前调动了自己的文学细胞，动用了自己倾注半生求之不得的伟大爱情的洪荒之力，费了信纸N张，终于写出一封四两拨千斤的信，虽字如其人，草莽无仪，却一击而中，让叫嚣的永祥丢盔弃甲，铩羽而归。信是这样写的，首先她承认自己"做事草率鲁莽，麦秸秆火儿，燃得快灭得也快。郑重请求原谅。一日夫妻百日恩，十多年夫妻，这恩深了去了。原谅一回算一回"。又说"冉冉马上升初中了，毕竟你犯错在先，要离婚，我就把你们喝交杯酒的照片给冉冉看，我说到做到！要是影响了孩子遥遥领先的学习成绩，兹事体大！这个责任谁能担负得起？是你邱永祥呢？还是我万红梅？"打蛇打七寸，擒贼先擒王。冉冉的前途是邱永祥的七寸！他虽百般不情愿，还是皱着眉头踮起脚朝着万红梅去了。

永祥回家了。永立和永平、春平姊妹俩才腾出工夫来做士纯的工作，却是劝他和小爱分手。

第一个和士纯搭伙过日子的女人，是四平人，安姓，为人敦厚，言语不多，俩人很和谐，却好景不长，没过两年查出患了绝症，被她孩子接走了。一年后，媒人找上门来，介绍了一个李庄的，这个女人脾气不大好，士纯受不了，想散伙，人家不愿意。无奈，士纯住进永立家，一个月没回去，又找中间人反复说和，给了对方几百块钱，人家才悻悻离去。这以后，士纯和儿女们一起生活了三四年。两个儿媳都是风风火火之人，士纯喜静，时间久了，便有了烦恼。尤其是万红梅，士纯简直避之不及。后来又有人给他介绍老伴，虽合了士纯心意，他却也谨记教训，先问清人家的脾性如何，才肯见面。陆续见了几个，都不欢而散。

自从小爱进了门，士纯脸上有了喜气。不知怎的，街上的流言蜚语突然多起来，一时间，俩人成了镇上头号的"老不正经"。尤其是士纯，人家说他"找了一个又一个，见了三个四五个，比皇上选妃排场还大呢"。

风言风语是银样镴枪头，咋咋呼呼没力道。自己光明正大找老伴，招谁惹谁了？孩子们羞愤于蜚语，红脸白脸轮番唱，士纯虽气，却也不松口，说日子是给自己过的！别人的胡话要是当了真，谁都不好活！几个孩子话还是那话，气势上却弱下来。再一见面，大红本本放在那儿，他们就认下这个婶婶了。

"可不，永立两口子好得跟一个人似的。不能比！人比人，气死人。"小爱不知道士纯心里像过山车似的，把老两口的前尘往事过了一遍，却拿永立和永祥做起了比较。

"永立是稳妥。这孩子从小到大都是操心的命，书也没念成，这个家亏欠他了。"士纯喝完奶，顺手拿起一张报纸。

"一人一命呀！"小爱长长出了一口气，"到底老天有眼，好人好命，永立现在不是当上公司经理了？多好！"她的棉门帘只剩一个边就完工了。

屋子里一时安静下来。老式写字台上挂钟的嘀嗒嘀嗒声清晰可闻。写字台和挂钟，以及屋里那些立柜、高低柜都是永立永祥结婚时的旧家具。他们搬去城里了，老房子改造，老两口舍不得扔，把这些"古董"收进来用着。这间房子在巴原街中心地段，是老街改造后的商住两用二层楼房，全部是一室一厅的结构，厨房、卫生间齐全，非常适合老两口居住。

2

一九八二年。

还没出正月，村外的山岗上，早有耕牛健驴迈出春天的步伐，在人们的吆喝声中拉肥犁地，开始了一年的劳作。

邱永立起五更、熬晌午，总算在太阳下山前把几亩歇旱地收拾齐整了。吃过晚饭，他提着两盏马灯来到村西边的宅基地上忙活起来，没钱买青砖，新房子全靠这些麦秸秆和泥做的土坏了。

盖房子是永立的主意。二十大几的人了，媳妇还没着落，村里年龄相仿的男女，孩子都四五岁了。还不都是没房子给闹的！自家从祖产中分得堂屋和南屋两间房，外带一间小厨房。大东屋和后院的南屋分给二叔家了。堂屋奶奶住着，南屋住了一大家子五六口人，哪有空房结婚呢？

永立有个相好的，叫春霞，小他两岁，家在东河对面的杨庄。杨庄在高岸上，统共二三十户人家，庄前一片杨树林，长得郁郁葱葱，一些家户在自家院里种了桃、梨、杏、苹果等果树。一到春夏，河水滔滔，多情的垂柳在水边招摇，庄内花香四溢，桃杏飘香，远远望去像个遗世独立的世外桃源。实际上杨庄归大队统一管理，说白了，就是一个村的。

春霞是在地里干活儿时看上永立的。永立虽是中等个子，力气却不小，春耕夏收秋割谷，十八九岁的小伙子干到兴头，脱掉外褂，露出一身腱子肌埋头向前，样样活儿冲在地垄最前头，给春霞留下了深刻印象。一年下来，算上冬天积肥，永立总是队里挣工分最多的那个。暗恋了两三年，小春霞也没好意思主动跟永立说过一句话。十九岁那年，家里大人催着她相亲，见了几个，春霞都不满意。

一九八〇年夏天，春霞满二十了。刚收罢麦，春霞偷偷打听永立的鞋号，熬了几个晚上绣了一双金灿灿的向日葵图案鞋垫，瞒着父母，托自己的哥哥春生送给永立。从收到鞋垫那天起，永立没睡过一个囫囵觉。

七一，村东化肥厂家属院免费放映电影《小花》。吃罢晚饭，永立拿着手电早早出门去找春霞一起看电影。爱情的力量使他一路精神抖擞，意气风发，半道上，忽而兴起，跳起两尺多高，捋一片槐树叶噙在嘴里当口哨吹。到了河对岸，却忽然胆怯了，在一棵柳树下踱来踱去，犹豫不前，最后决定，靠着树体的掩护守株待兔碰运气。

天刚擦黑，三三两两的大人小孩欢声笑语过河去。不一会儿，果然看见春霞相跟着两个姐妹过来了，永立兴奋地拿手电朝仨人虚晃了两下。

"谁呀？谁呀？真讨厌！"两个姑娘拿手挡着光，大呼小叫。

春霞看见是永立，脸开始发烧，推推搡搡把两个小姐妹打发走了，永立也不磨叽，大踏步走过来。一男一女，一前一后，脸红心跳地往家属院走去。

一直到电影结尾，看见小花和哥哥相认的感人场面，永立才悄悄伸出右手，抓住了春霞的左手。俩人慢腾腾地走，身边走过一群又一群往家赶的乡亲。过了河，走上高岸，在杨树林里，永立突然抱住了春霞，亲了她一下。春霞像受了惊吓的兔子，说怕怀孕，三蹦两跳逃走了。永立傻傻地看着春霞那件粉底碎花衬衫在月色下跳跃，越来越远，越来越小，直至模糊、消失不见。

三天后，永立吃过晚饭，拿着手电过了河，悄悄走进春霞家院子。

春霞坐在厨房门口就着灯光纳鞋垫，玻璃窗下，她妈在灶台边洗锅。电灯昏黄，院子中央的苹果树结了鸡蛋大小的果子，有股子酸酸的清香气味；树下不远处是一个用半头砖围起来的花池，几株美人蕉开得正艳，暧昧的夜色下闪烁出半红半黑的神秘光影……良辰佳人惹人醉！永立四下里瞅瞅，见南墙垛了一小堆高粱秆子，心生一计，蹑手蹑脚过去悄悄抽了一根，朝着门里的春霞稳稳掷过去。

春霞妈听见声音，本能地抬头看了看，她正对着窗户，灯光下，里面是看不清楚外面的。

春霞猜到是永立，抬头瞥见苹果树下的人影，脸一下子烧起来，隔着半人高的灶台，她捡起地上的高粱秆子，说："这死猫！"边说边朝门外走。永立知趣地学了一声猫叫。

"死猫，不去抓老鼠，又拿爪子乱兜！"春霞还在嗔骂。

两个年轻人憋着笑跑出院子，来到村外的打麦场上才大声笑出来。他们很兴奋，不仅因为见到了日夜想念的恋人，刚才的默契配合，也让他们觉得自己像电影里的地下工作者，机智地对暗号，顺利接上头，心里有一种说不出的快感。永立双手扶着春霞的肩膀，告诉她这几天自己把借来的高中课本翻烂了，那个《生理卫生》上讲，亲嘴儿不会怀孕。

"书上还说这个？"春霞瞪着眼睛看他，"那是怎么怀孕的？反正我妈说了，结婚前不能和男人走得太近，订过婚也不行。隔壁杨俊梅订婚半年就鼓起了大肚子，婆家没给彩礼就完婚了，丑死人了！"

永立嗫嚅了半天："不跟你说了，反正亲嘴儿不怀孕！你信不信我？"

"……我信。"犹豫了半天，春霞点点头。

永立拉着她跑到刚刚打完麦子的秸秆垛边，轻轻一拉，俩人顺势并排跌倒，仰面躺下，望着满天星斗，两颗炽热的心怦怦直跳。

"天上的星星真亮啊！"春霞发出感叹。

"没有你的眼睛亮。"永立扭头看着春霞。

"瞎说！人的眼睛怎么能亮过星星呢？"春霞心里美滋滋的，又有些不好意思。

"别人不行，就你的眼睛比星亮！"永立说着就要吻过去。

"不要！好好说话！"春霞拿手挡住了他凑过来的脸，"我只念了小学三年级，你不嫌弃我？"

"不会。"永立只看她，不看星星。

"你说天上真有牛郎织女吗？"春霞问。

"有吧。"永立答得含糊。

"真可怜！一年才见一次面。"春霞有些伤感。

"他们彼此真心相待，互不辜负，才叫人羡慕！"永立用手轻轻拨拉着春霞的刘海儿。

"我们也一样，谁都不能变心！"春霞定睛看向他。

"不变心！"永立紧紧握住春霞的手。

俩人好了一年半，土地也下放一年多了。春霞妈着急，说再不来提亲，就叫闺女嫁人了。士纯老两口也着急，托人捎口信说，要不先借村东头老王家一间房子结婚，等有合适机会，或买或修都可以。春霞妈说不成，必须一步到位，不能叫自己的宝贝闺女一结婚就串别人家房檐。

正月十五猜灯谜，正月十六把"故事"耍。"故事"还在街上，不知谁传出村里要划分宅基地的消息，永立一听兴奋了，急匆匆跑回家和父母商量，第二天一大早就去村委找人，第一家划下了宅基地。

从正月十八到三月，他没黑没夜地干，夯地基，打水坯，烧石灰，包括用长荆条编的大荆笆都备齐了，砍了后院三棵老榆树，又四处托人买了些木料。

新房子三月下旬就动了工，五月底完工。一个大院落，三间正房，两间偏房，全是亮堂堂的北屋，东西两边各一间小厨房，将院子里的土夯实了，用鹅卵石铺了几条小路。

十月搬新家，十一月订婚，腊月完婚。新房子，新娘子，隔年抱了个白白胖胖的儿子，永立这才嚼出生活的一点滋味来。

但他并不能完全快活起来，他觉得这并非自己想要的全部。小妹春平高中毕业应聘当了民办老师，虽说半工半农，也算拿笔杆子挣饭吃了。弟弟永祥成绩一直不错，明年中考，上中专应该问题不大，将来就是真正的公家人了。自己呢，一年到头，田里刨食，虽说小日子比在生产队不知好过多少倍，但他忽然就有点不甘心了，难道一辈子就困在这五亩六分地里了？不，不会的，他不断安慰自己，想要的生活一定在一个不曾看见的别处，只是自己还没有找到。

一九八九年，永立虚岁三十二，已经是两个孩子的父亲了。他妈月仙得了绝症，死在了初夏。咽气前，把他爸一个人留在床前，对他说："以前总是你出门，不是上学就是上班去教书，我在家等啊等的……这回我要走了，可还是我等你，我去地底下等。你别太灰心，有儿有女的，要好好活。我也不孤单，地下有咱大、娘和永新！还有那个没成形的冤家……也不知道是男是女。唉，伺候够了你们，这老的小的有意见，我要去伺候他们了。"

"永新！永新就是你心上的一个大铁砣，生生把你压垮了！"永立站在门外，听见父亲压抑的哭声，"要是他活着，也是四十岁的人了。你呀你！劝了你多少次，怎么就放不下呢？"

"我早想开了，不能怨永立。可他俩那么巧，一个要来，一个就走了，看见这个不由得想起那个……自己的儿，当娘的怎么能忘记呢……"母亲的气息越来越弱。

"这辈子你什么都好，就是叫永新把你套住了，怎么也走出不来！咱这好日子刚抬头……月仙，月仙——"

母亲走了。永立才明白那个死去的叫永新的哥哥和自己是一死一生的冤家，是他妈一生没有解开的疙瘩。以前他弄不清为什么一个做母亲的对儿子总是若亲若疏，叫他一会儿火里蜜里，一会儿冰里雪里，有时候他甚至怀疑自己是不是亲生的。还好爷爷奶奶和父亲一如既往地疼他，叫他稍稍安心。现在一切真相大白！

出殡那天，永立趴在母亲的灵前哭到瘫软。哭红了眼睛的婶婶扶起他，说永立为家里出力最多，老娘走了，哭得这么伤心，真是孝顺的好儿子，嫂子在地下可以安心了。能干的婶婶一连生了仨闺女，没能生下一个儿子。叔叔却想得开，说现在是新社会，生男生女都一样。

永立本来住的是两间偏房，办完丧事的第二天，父亲跟他哥儿俩开会，说你妈不在了，你哥现在一家四口，得住大屋。

咱爷儿俩搬到偏房去住。这话，明显是讲给永祥听的，永祥说没意见。

烧过百日纸，秋收就要开始了。躺在大房子的大炕上，望着天上的大月亮，听着春霞轻微的鼾声，永立想是时候了，永祥中专毕业，分配在城里卫生局工作，大事落地，可以想想自己了。再熬个把月，必须出去闯一闯。

让永立没想到的是，百日纸刚烧过，当天傍晚，支书托媒人上门了，要求永祥和红梅腊月完婚。

按照风俗，有婚约的男女双方有一家办过丧事，当年可以结婚，否则得再等三年。母亲刚去世，按永祥的意思，过几年再说。可女方担心夜长梦多，非要结婚。永祥说自己虚岁二十一，年龄不到，不能打结婚证。支书说这都不是事，咱农村都是先办事后扯证，这不稀罕。永祥也找不出其他理由再推托。

婚事就这么定下来了，吉日定在腊月二十一。

婚期刚定，支书一家又提了条件：永祥结婚如果住三间正房，他家就陪送一台彩电；房子小一间，换黑白电视。

"还没过门就这么欺负人！"春霞一听就炸了，气得几天吃不下饭，说自己炕头还没暖热乎呢，连个年都没过呢，说甚也不搬！

永立也窝火，可还是决定腾出大房给永祥。他劝春霞说："不就是大一间，有甚了不起？以后我给你盖个两层楼，里外青砖，比这土坯房强百倍。"

"不稀罕！"春霞咬着牙，恨恨地说，"我就稀罕这三间土不塌房。她是你家媳妇，我就不是？凭甚她就高人一头？她家陪送黑白电视还是彩电关我屁事？鬼才去看一眼呢！"

永立强压着火，好声好气地说："小声点！你这不是叫我爸为难嘛！"

"是我叫爸为难，还是他们仗势为难咱？这房子可是爸主动要求换的！我嫁过来五六年了，在这家里就没一点功劳？没功劳还有苦劳呢！一家老小的吃喝，不全靠咱俩从地里刨出来的？不能叫一个没过门的这么欺负！没见过你这样的男人，胳膊肘朝外拐！"春霞说着呜呜哭起来。

"永祥是外人？嗯？我妈才死，坟头还没干呢，你这货，非逼着老的给你说好话才行？"永立火气也上来了，拿手指指着春霞，声音不高，却很严厉，"这房子你不换也得换！"

"你指谁呢？你指谁呢？"春霞擦干眼泪瞪着他，"我不搬！就是爸来说我也不搬！"

"我……"永立扬起的巴掌又收了回去。

"你怎么了？你不争气，也不兴我争？当初盖房子可是你出的大力！没黑没夜地干，你不心疼，我肝儿疼呢！"春霞得理不饶人。

永立摔门而去。小两口僵了好几天，该干活儿干活儿，谁也不理谁。

永祥听说这事，说不结这烂婚了，她家愿意陪送谁彩电陪送谁去，鬼才稀罕呢！

支书家很快又传过话来，说上头领导说了，永祥年龄还小，先到三家咀卫生站锻炼几年再说。

三家咀，全村七八户人家，塄高土薄，全公社最穷的村！永祥去了那里，还不憋出病来？永立打定主意尽早把搬家的事办了。九月初三是张家堡赶会的日子，一大早，他把儿子塞给父亲，叫他们赶会去，又把闺女送到了丈母娘家，说这孩子得断奶了，麻烦老人家照看几天。回家他就插上大门，给春霞下了最后通牒："再问你最后一遍，搬还是不搬？"

春霞梗着脖子说："不搬！"

永立拿起扫帚撵着春霞满院跑。春霞被打了十几下，边跑边哭，就是不松口。永立没法儿了，扔了扫帚，一屁股坐地上干喘气。春霞回屋一头栽炕上，午饭都没做。下午，父亲带着儿子刚回家，后边万红梅就来了，说自己去赶会，买了两条围巾，送嫂嫂一条。春霞头朝墙里说头疼，一直没转过脸来。晚上，永立跪在炕前说了一箩筐好话，春霞还是不答应。

永立没辙了，一把掀开被子爬上炕……嘴里还恨恨地说你不搬家我就弄死你，弄死你……春霞又哭又叫，爱恨交加，把永立的脊背掐得一块青一块紫。

第二天上午日上三竿，小两口才起了床，吃过饭，春霞一边哭一边和永立搬东西。

刚进十月，永立把刨了一半的红薯地扔给春霞，挑模样最俊颜色最红的装了一编织袋，揣了五十多块钱出门去了。先往南走，他找到在矿上当小领导的姑父，把红薯撂下，让姑父给找个临时工干干。姑姑焖了香喷喷的大米饭，炒了两荤两素四个菜，姑父请他喝了瓷瓶汾酒，打发他回了家，说临时工不好找！

永立在市里溜达了一大圈，心里说不出地惆怅和烦恼，脑海里一遍遍搜索着自家的远亲故友……忽然，他想起了什么似的，拍了拍脑袋，快步走进一家小卖铺，买了一条红塔山香烟，一路向北，找到了在北山矿上当中层的堂叔。这个从血缘上来讲，和他没有任何关系的叔叔告诉他，矿上正要采购一批电缆，他可以去采买一部分，能赚点钱。他马上回家找到做五金小生意的姐夫商量进货。一趟生意赚了两万，他给姐夫分了八千。

赶在永祥结婚前，永立买了台新彩电回来，给家里老少都买了全套新衣服。

大年初一一大早，他提了两瓶好酒去给堂叔拜年。叔侄喝得尽兴，谈得高兴。堂叔说过罢年，市里有个建筑公司要招泥瓦匠，问他愿不愿意干。行的话就去报个名。堂叔特意提到前几年自家盖房子，永立跟着王师傅砌院墙，王师傅夸他有灵性呢！

永立说叔好记性，这点小事都记得，难怪能当领导！他借着酒劲趴在堂叔耳朵边悄悄问："是不是正式工？"

堂叔哈哈大笑，说干得好，自然留下转正了，还说他是个机灵又贪心的鬼头。

"咱一定得留下，不能给叔丢脸！"永立拍着胸脯保证道。他醉了，拉着堂叔的手不肯放，一个劲儿叫亲叔，亲亲的叔，说叔就是永立的贵人。

从小工、大工到队长，从图盲到技术员，再到项目经理，永立一路拼搏一路升，十几年下来，成了建筑公司独当一面的分公司经理。每年大年初一，不管有多重要的事，他都要腾出时间和堂叔喝一顿酒。他说，这样才算过了一个真正的年。

3

"晚上想吃什么？"不到一刻钟，小爱把棉门帘缝好了，叠齐整放进柜子里。

"调和饭吧。你歇会儿，我先去坐锅，熬上老南瓜米汤。一会儿你再擀面。"士纯把报纸正反面看了个遍，起身去了厨房。

前些年，士纯是不做这些灶边活儿的，最近几年，突然就喜欢起来，到底为什么，只有他自己清楚。

从厨房出来，小爱告诉他永立刚打电话过来，说后天是他妈三十周年忌日，问他爸身体能不能撑得住，要不要上坟去。

"去，当然去。最后一个整周年了。"士纯没有犹豫。

"我就知道你要去，答应下了。天热路远，孩子也是担心你呢，九十多岁的人了！"一会儿工夫，一个漂亮的黄色络子打在一只白色袜子的洞上，小爱满意地欣赏着自己的作品。

"我没事。"士纯说着，在床边坐下来，"小爱，跟你说了多少回了，以后别补这些袜子，咱买新的，你这费眼劳神的。"嘴上说着，却又伸着脖子看那只袜子，"每次弄得跟朵花似的！这细密劲儿倒比月仙更胜一筹。"

小爱抿着嘴，没有说话。

一九五九年冬天。北风刮个不停，上一场积雪还未完全消融，下一场已经迫不及待粉墨登场。接近年关，天气越发寒冷，队里通知说积肥保墒的活儿暂时停止，放假十天。难得的休息日，男人们聚在一起下棋喝酒聊天。女人们围坐在火炕上争分夺秒为一家老少裁剪缝补做针线。

士纯一家住在南屋。虽是南屋，窗户却开在南边，光线好，窗户后面是自家后院，所以南屋与北屋没什么差别。

这是个星期天下午，地上已经一片雪白，雪光映照在窗户上，屋里比平日更亮堂了。窗格上的白色棉纸在雪的映衬下，劣势明显，现出灰暗的色调。火炕边，士纯正对着南边的窗户坐着，拿着一本初中语文教材翻看。月仙在纳鞋垫，鞋垫的图案是鸳鸯戏水，是为小姑子出嫁准备的。闺女永平坐在她对面，正学着做针线。屋子里很安静，灶上的火苗扑扑跳跃。

月仙肚子大得像口反扣上去的铁锅，没一会儿，感觉已经坐不住了，她向身后垫的被子上靠去。肚子里的孩子忽然躁动不安，踢腾了几下。这个一闹腾，她想起了另一个："这么冷的天，不知道永新跑哪儿玩去了，这孩子野，成天不着家，不知像了谁。"

"男孩子哪有不贪玩的？像他自己——"士纯抬起头来，看着眼前的一切，满意极了。解放初始，到处需要人才，他在县里谋了个教师职位，永远留在了家乡。老婆孩子热炕头，岁月静好，就是这个样子吧！他把目光停留在月仙身上，关切地说："累了就躺会儿吧，别做了，老三就在这几天跟咱见面呢！"

"是呀！几个孩子都生在大冷天。"月仙抚摸着肚子，半躺下来，"也不知道晚上大灶上吃甚饭，我现在真不经饿。"

士纯起身摸出抽屉里仅剩的一块干馍，一掰两半，给了她们母女，顺手拿起月仙刚纳好的一只鞋垫欣赏起来："纳得真好！怪不得街坊邻居都找你讨教呢，看这鸳鸯……"

"永新出事了！你家永新出事了！"街对面杨圪洞杨三嫂惊慌失措的声音从大门外传来。

月仙忙不迭下炕。

士纯撂下鞋垫，急往外走。

杨三嫂身后，孩子被邻居们用木板抬了回来，满身粪污。

"怎么回……"话没说完，月仙就晕了过去，士纯的身子也软了，蹲坐在门口石墩上。父亲希斌见状，赶紧招呼把永新抬进堂屋。士纯看着邻居们七手八脚给月仙掐人中施救，才缓过神儿来，又不知该先顾哪一头，见月仙长长出了一口气，睁开眼睛，却直呼肚子疼，大家又忙把她抬到炕上。"怕是要生了！"杨三嫂大声道，"快去叫李婶！"

永平一溜烟跑出去了。

堂屋里，永新已经被收拾干净。母亲邱李氏悲从中来，刚哭两声就被父亲喝断道："月仙要生了！快去看看！"她抹了一把泪，挪着小脚走向南屋。

南屋很快有了动静，伴随一声响亮的啼哭，李婶传出喜讯："生了，生了，是个小子！"六十多岁的人了，嗓门还是那么敞亮。

叫"永立"吧，泪流满面的士纯说道。

"永——立，好！"父亲希斌颤巍巍地点了一袋烟，抽了一口，被呛着似的咳嗽起来，咳着咳着，已经老泪纵横，"谁能想到，永新和咱家的缘分这么浅……"

八岁的永新与杨老六家的小子一起上厕所，小孩子打闹嬉戏，你推我搡的，茅坑边上的积冰盖新雪，滑溜得很，一个不小心掉下去一个。那个孩子吓傻了，看着永新在里面扑腾着没动静了才跑回家，也不敢和家里大人说实话。杨老三从队里喂牲口回来上厕所，发现孩子已经浮上来了……

阳春三月，终于熬够百日，大人小孩都可以出笼见天了。月仙头一件事就问士纯永新埋在哪儿了，她要去看看。看着月仙冷静的神情，士纯落泪了。

永立出生的第二天，月仙问士纯永新咋样了，他说在医院抢救。后来再问，他支支吾吾说在医院治疗。月仙便不再问了，大家也都小心不提，仿佛永新从来不存在。

夜幕低垂，房梁下的雏燕啾啾鸣叫，迎接归巢的父母。空气中弥漫着温暖潮湿的气息。

"潮乎乎的，好像要下雨了。"士纯看看天。

"好事啊，春天的雨金贵！"父亲希斌也看着天，吐出一口烟。

"大，你少抽两口吧！大夫说了让你少抽，最好戒了！"与村里多数男人一样，父亲希斌常年抽烟，旱烟袋就别在裤腰带上，只要靠近他，就能闻到他身上的烟味。上个月，他突然喘得厉害，找大夫抓了药，刚有好转。士纯心疼父亲的身体，也打心底不喜欢旱烟的味道，太冲了。

正准备装第二锅烟的父亲盯着儿子看了看，说："好吧！"他把烟袋放桌上，伸手去口袋里摸糖，边摸边问："入党的事情有眉目了没？"

"没有。审查没通过，还是老问题。"士纯有些丧气。

"前程要紧！去省城找找吴同学兴许管用。"希斌从口袋里摸出两块糖，递给对面的儿子一块。最近他有一种不好的感觉，而且这种感觉越来越强烈——儿子身上一种可贵的东西正在日渐流失——年轻男人该有的进取精神。

"没啥打紧的，上边没弄清情况，又不影响工作。"士纯没有吃糖，只是把糖纸反复打开，又拧住。糖是士纯买的，主意是大夫出的，让父亲戒烟用的。父亲关心儿子的前途没错，但他觉得新中国刚成立，百废待兴，有一份自己喜欢的工作已经很好，其他的，顺其自然吧！

"咋不影响？不入党会影响继续进步的！"父亲希望儿子重视起来。

"吴田同志说'只要为革命做好事，人民是不会忘记的'，您就放心吧！一大批同学呢，都是反革命？谁信？总会弄清楚的！"士纯振振有词。

"傻孩子！"父亲丢下仨字，回了堂屋。

"帮我掏掏耳朵吧。"士纯去抽屉里翻出一支银耳匙交给小爱，把头枕在她腿上半躺下来。

耳匙轻轻地、挠痒痒般地碰触在耳壁上，有一种淡淡的说不出来的快感。这是一种莫大的幸福！士纯闭上眼睛静静享受，思绪却又不自觉地回到了那个动荡的年代。

一九四八年初夏的一个星期天下午，在太原市外八区墩化小学，刚批完学生作业的士纯伸了个懒腰，展了展胳膊，走出宿舍。

校园里安静极了，高大的树丛间偶尔传来几声布谷鸟的鸣叫，西边靠近操场的两棵柳树之间，校长夫人正把晾晒的被子从绳子上取下来，夕阳投射在她的侧影上，她身体的一半就笼罩在金色的光芒中了。

士纯住在东边，一间办公室兼做宿舍用，出门斜对面几十米远就是学校大门。大门东边有一小片杨树林，在夕阳的余晖里，在轻风吹拂下，一树树叶片闪烁着明亮柔和的光芒。士纯走进小树林，漫无目的地散起步来。他转了几个圈，在一棵树下停住脚步，无聊地靠着树干望着对面的一棵树出神。想那草木比人简单多了，只需要阳光和几场雨便可英姿勃发，茁壮成长。人，真是复杂的东西，吃穿住行，婚配生育，有的争权夺利，为耀祖光宗；有的理想远大，志在报国，不管是哪一种人，哪一天哪一个不是铆足了劲儿流血流汗？自己呢？难道只是一个空想家吗？

他想起自己在进山中学多年的求学经历，虽然苦了点，但如杨先生所说，学了知识，见了世面，眼界开阔了许多，吃点苦算不得什么！三月初，有消息说学校刚推出半年的"米代金"政策也将取消。这就意味着每天两碗小米稀饭也得不到保

障，学校原来的公费制完全作废。本就咬牙坚持的同学们纷纷
退学，寻找出路。自己在外求学多年，女儿永平已经四岁，寒
假回家，她都会洗自己的小手帕了，按说应该回家去，和月仙
一起帮着父亲撑起这个家。可是他不甘心哪，他总觉得有什么
事在等着自己去干。具体干什么，怎么干，他也理不出头绪。
经同学介绍，暂且留在这所小学栖身。此刻，他仍能感觉到自
己心中升腾着一团火焰，向往着一个神圣而光明的地方，而脚
下的路，却似迷雾重重。

　　余光处，似乎有人走进学校大门。士纯扭头一看，此人
身穿笔挺制服，中等个子，肩上背个挎包，洒满阳光的脸庞熠
熠生辉。不是同学吴田又是谁？这个精明能干又有几分神秘的
同学，在学校一直和自己保持不远不近的距离。他快步迎了上
去。他不知道，这位年长两岁的吴同学就像这个夏天的一支神
奇画笔，将为他的人生添上最鲜艳的一抹亮色。

　　吴田留下来了，和士纯同住一间宿舍。他的挎包里尽是宝
贝，《马凡陀的山歌》《钢铁是怎样炼成的》《新观察》……
士纯如获至宝。

　　夜里两人促膝谈心，谈生活，谈未来局势。吴田说中国的
新民主主义革命前景一片光明，胜利一定属于人民，受苦受难
的劳苦大众必会迎来属于自己的大好时代。

　　远房叔叔邱玉林的英雄事迹早在士纯心里埋下火种，现
在，吴田的慷慨陈词敲打着他蠢蠢欲动的心，他时常用倾慕的
眼神注视吴田，觉得吴田的眼睛像星子一样，散发出一股神秘
的力量。吴田说太原市区白色恐怖异常严峻，解放太原，情报

工作必不可少。他期待信任的眼神迫切而坚定。

两颗年轻的心一拍即合。跟着吴田外出侦察学习几次后，士纯开始独立工作。

一九四九年元旦前夕，吴田走了，说去更重要的地方发展。

"你是上天派来度化我的吗？"面对比自己大不了几岁的吴田，士纯觉得他就是自己人生中的一名精神导师，分别那一天，素来稳重的他，竟然和吴田开起了玩笑。

"哈哈哈，算是吧！"吴田爽朗地笑了，"在学校的时候我就看好你。现在，觉得你做这个工作很合适。"

当天晚上，士纯在笔记本上写下：

> 他是一阵化雨的春风，一阵凛冽的北风，把希望的种子与无所畏惧的坚定同时赋予我瘦弱的身躯。又似一阵忙碌而欢喜的秋风，带着收获前夕的喜悦飘走了。

> 他说"只要为革命做好事，人民是不会忘记的"，我永远无法忘记暗夜里他那闪烁着火苗的眼睛，他那坚定如启明星般的模样。这句话像一句箴言时刻敲打着我年轻躁动的心。原来我竟不知道，我的瘦小躯体里也长着一颗强大壮硕的心脏。

又是桃李芳菲的季节。这天傍晚，士纯走进郑玉宿舍借墨水。郑玉年长士纯两岁，中等偏高的个儿，瘦长脸，戴一副眼镜，很有一派书生意气。他教算术，妻子随住学校宿舍，俩人有个男孩，六个月大了。"你们这是？"看到床铺上的大包小裹，士纯有些疑惑。

"我辞职了。我们计划回解放区，明天一早就走。"没有隐瞒，郑玉非常干脆。听得出来，他在尽力克制激动的心情。

"解放区？"一听这三个字，士纯心跳骤然加速。他之前和吴田聊过去解放区的话题。吴田说敌人封锁严密，怕有危险。不如暂时在这里工作，等形势明朗些再做打算，还说这位小学校长毕竟和士纯是老乡，能照顾他一二。

"我父亲在西山白家庄煤矿工作，我们先去打探情况。如果你愿意走，两天后到那里会合。"

"好！"没有一丝犹豫，士纯庆幸并感激郑玉的坦诚。

次日他开始收拾东西，第三天向校长辞职并告别，而后奔赴西山。临行前他去找了小崔，顺便看看他的意思。没想到小崔比他还急，马上收拾东西，他叫士纯先走，说自己下午出发。

在西山小住了两日，郑玉父亲为他们联系了一名可靠的伪兵，加上郑玉媳妇，四个人以四块银圆的价格与伪兵达成协议。伪兵答应护送他们下山，并说晚上相对安全。

四月六日晚，男女大小六个人组成一支奇怪的队伍趁着夜色出发了。伪兵在前面带路，郑玉和妻子轮番抱着孩子跟着，士纯和高大的小崔断后。

月光如水，山林中树木影影绰绰，阵阵凉风吹来。偶尔几声鸟鸣划过，打破夜的宁静。大家匆匆赶路，谁也不说一句话。士纯看着前面在夫妻怀抱间不停转换的孩子，想如果碰到敌人该怎么办。拼命逃跑是一条出路。如果跑不掉呢？大家或许会被乱枪打死，可怜那个孩子才几个月大。或许可以撒谎骗过敌人？这时他才发现，几个人因太过激动，走得匆忙，都没有来得及商量如何应对突发情况，最糟糕的事情是被俘虏……

"呸呸呸！"想什么呢！他立刻扭过脸去轻啐三口，暗暗下了决心：决不做俘虏！

"你吐甚呢？吃咸了就喝水！"小崔推了他一下，悄声说，"孩子没吭声，你倒呸上了。"

"吃咸了就吐不出来了。"他悄悄嘀咕，掏出水壶喝了一口，心想就算吃咸了吧。

下了山，伪兵抄近道离开了。他说那边岗哨多，他们走大路反倒安全些。

一行人来到一条河谷滩道上，这次士纯走在最前面。月亮悬于山峰之上，皎洁的光华无遮无拦铺下，微风掠过水面，泛起点点银波，水边的石头都显出柔和的一面。如果天下太平，此情此景该是一件多么浪漫的事情！士纯刚闪过这样的念头，远处树林边忽然现出一束比明月还要耀眼的光亮——是手电筒在晃动，还有参差不齐的脚步声。"巡逻队！隐蔽！"他压低声音迅速报警。四个人很快在路边一处高大的石头后藏好，所有人把目光望向了孩子——祈祷他千万别出声。

脚步声越来越近，几个人把心提到了嗓子眼，彼此的心跳听得清清楚楚。流水潺潺，月光明亮，美好的夜色下，巡逻兵顺着河滩例行公事般行走，没做任何停留。危险解除！所有人都松了一口气，同时庆幸，伪兵果然可靠，没有出卖大家。

一行人顺利到达太原被俘人员检查站，郑玉和小崔交了自传，士纯认真画了一张太原市小东门外明暗炮台形势图交了上去。

四月十二日，士纯在榆次见到吴田，这位待自己如兄长般的人，此刻面色沉重，声音嘶哑，眼睛里布满血丝，整个人看上去疲惫不堪，眼神里却依然闪烁着亮光。他说十五日就要对太原发起进攻，士纯体格瘦弱，没有荷枪实弹的阵地战经验，可以先回晋城，入党、工作的事情等太原解放后再做具体安排。

"当初吴同志要是让你留下，枪炮震山响的，多可怕呀！"每当说起那段往事，小爱总是为士纯担心。

"大家不都那样过来了？没有参加那次战斗，是我这辈子最大的遗憾。"士纯说着坐了起来，"该你了！"他要帮小爱掏耳朵。

"一会儿我自己来！"小爱摆摆手，"我得擀面去。"

"不急，米汤多熬一会儿！"士纯招呼着小爱，"这支耳匙是我妈的嫁妆……不值几个钱，可也是个老古董了。以前我老看见我爸就这么躺在她腿上……"

小爱似乎有点不好意思，却还是把头枕在了士纯腿上，笑意不自觉从眼角流淌出来。

"当年我爸走的时候说永立实诚，永祥聪明，将来能念书成大事是好事；要是念不了，早早成家立业，好好活着就是孝顺。他还告诉我一个秘密，灾荒年他拿一斗黑豆接济了井圪洞马姓一家人。"士纯轻轻拍着自己的两条腿说，"那个革委会主任姓马！不然，我这两条腿真有可能保不住。你看现在多好，九十多了，还能翻坡走拐的。这是真福！"

"是呀，做人最要紧的，还是得厚道！"小爱还是枕在了士纯腿上。

"小爱，你说你能背下那首诗了，你背一遍，我听听！"

"麟之趾，振振公子。于嗟麟兮。麟之定……"

堂屋里炭火通红，锅里的水蒸腾着热气，糊了棉纸的窗户被风拍打着，像吹唢呐时人的腮帮子，时凹时凸，噗噗作响，随音值长短变化而变化。

"东西准备好了，你先出去，去别屋等着。又不是头胎，不会有事的。"李婶抡挈着两只手准备上炕，下巴颏不断往门外甩，向希斌示意。

时值冬月，朔风强劲，一小撮完全干枯的落叶和院子里的细碎灰尘被风追赶着，打着旋儿飘移。希斌搓着两手，时而笼住双耳，在院子里来回踱步，忐忑不安。

不到一个时辰，天色渐渐暗下来，风乍然停息，院子被清扫得干干净净，那小撮杂物被卷至院子东南角。

就在这瞬间安静的时刻，孩子的啼哭声传出来，紧跟着是李婶中气十足的嗓音："恭喜了！是个小子！是个小子！"

这一声喊，希斌觉得胜过世间所有美妙的声响，悦耳的回声盖过了孩子的啼哭声。他喜上眉梢，激动地将双手伸向天空，竟不能言语，遂合掌胸前，向天地拜了三拜，推门进屋。

"麟之趾，振振公子。于嗟麟兮。麟之定，振振公姓。于嗟麟兮。麟之角，振振公族，于嗟麟兮。"麟兮，麟兮，麟至而喜。灯光下，看着襁褓中的儿子明目长耳，安静祥和，"麟喜儿"脱口而出，孩子小名如是。振振公子，仁厚有德，大名便叫士纯。

"快给你娘上香吧！"李婶夹着三尺红布，笑盈盈冲希斌挥手，"米先放着，我叫狗蛋儿来拿，怪沉的。"

"上香！"终于了了母亲的一桩心事，希斌笑成了孩子。

儿子的百天之日希斌摆了百日宴席。国贫民弱的年代，哪有什么宴？不过是一大锅软米饭，配了一锅素头脑菜汤。他伯母——儿子的大奶奶派人送了五十根麻糖过来，把一干乡亲吃得满面红光。

母亲的第二桩心事希斌也落实得分明。打娘去世那日起，他就把两个姐夫叫过来商量，说农忙时还和娘在时一个样，他们都来帮衬，打了粮食，家家有份。两个姐夫一个比一个实在，一个比一个舍得出力气，十多亩田被侍弄得像刚过门的小媳妇，腰是腰，胯是胯，齐整整，油汪水绿的。到了收割季节，总比别家多挑回来几担。

终归是靠天吃饭，老天爷一变脸，哪能年年得丰收？希斌开始踅摸，自己有了儿子，终于可慰父母在天之灵，是时候出去闯荡闯荡了，挣点钱补贴家用，好叫孩子读书是正事。儿子过完周岁，年还没过完，正月初十，他就和结拜兄弟满囤出门去了。

太原府、宁武、归绥（今呼和浩特市），一路向北，俩人风餐露宿，察民风民情，虑生意成败，最终在包头落下脚来。两人合伙开了一家店铺，经营粮食、布匹，捎带一些皮货。生意虽是刚起步，但俩人手眼活泛，人勤信诚，配合默契，筹措有方，半年后，即见盈利。年前，各自往家里寄回衣物包裹几个。亲戚邻居见了，无有不称羡的。

两年后，中秋节前夕，希斌收到杨先生的书信，看后脸色大变。要义如下：五黄六月，天色突变，飓风骤起，雹祸飞临，冰卵小似白果，大过鹅蛋，沃乡碧野，顷刻成灾。宅屋薄者，倾覆多矣。计岁载收获，不得其一。一时之间，巴子城悲声四起，乡邻哀告连连。更有北村阁外，千年古槐，拔根伏地，丧魂失魄。余唯俱此大祸之兆矣！

哥儿俩仔细商量，秋后，务使一人回家一趟，留者看店。车辆多装粮食，其余啥也不带。

一九四二年，正是青黄不接的三月，风在村庄里四处游走，卷起一片灰尘打着旋儿，忽而撂下它刮向别处。士纯攥紧手里的布兜，缩头溜着房檐快速行走，时不时拿眼睛四下里观望一下，如同自己换岗哨回家时一样，北半条街上不见一个行人。走到巴原槽坊大门口，顺着风声，隐约听见断断续续的二胡声。他从门缝里伸进手去，把里面的搭扣解下。偌大的院子和街上一样，看不见一个人影，所有的房间都上了锁，只有北边厢房房门虚掩着，二胡声正是从这里传出的。他回身把搭扣重新搭上，向北厢房走去。

"大，娘说今天只能吃这个了。"士纯从兜里取出两个草纸包着的长长的圆滚滚的东西。

"麟喜儿，今儿放哨有没有发现什么情况？"希斌放下二胡，拿起了烟锅。

"没有，估计鬼子也饿得走不动路了。"

"你先吃吧。看你瘦的，个儿都不长了。"父亲心疼儿子，点烟前，摸了摸他的细胳膊。

"我在家吃过了。"士纯剥开草纸，金色的玉米粒还冒着热气，"大，我想出去，去省城读书。"他把煮得软乎乎的嫩玉米递过去，直勾勾盯着父亲，见父亲不接，便放进桌上的一个大碗里，"杨先生说了，只有到省城读书，才能见大世面，将来才能干大事！"站了三四年岗哨，学业都荒废了。要不是先生提醒，士纯咋也想不到向父亲提这个要求。

"干大事？"希斌的眼睛一亮，又瞬间暗淡下来，"大也希望你出去见大世面，将来干大事。可大有心无力呀！这年头兵荒马乱的，年景又不好，不旱就涝，能有口吃的，饿不死就是大福。咱家这情况你不是不知道，人口多！你姑姑姨姨几家都揭不开锅了。哪个来了，不得多少匀出一点来给他们？还不敢说左邻右舍要讨口救命食吃。"他深深叹了一口气，"你知道的，自从鬼子来了，这酒就停酿了。现在没有余粮，怕是醋也酿不成了！咱这槽坊就要关门了，哪有银钱供你去省城读书？俺孩儿懂事，还是先跟着杨先生吧！"

"真就一点办法都没有了？"士纯不甘心，"要不，我去内蒙古找满囤叔，那家店铺不是你跟他合伙开的吗？虽说兑给了他，但我可以去当学徒，挣下钱再读书。"

"不行！"希斌耷拉着眼皮盯着一明一灭的烟锅，连续抽了两口，头也不抬地说，"世道不太平，你要是有个长短，我怎么去见你爷爷奶奶？前天高都原家来人了，说兵荒马乱，整日担惊受怕，恐夜长梦多，想把你们的婚事提前办了。先成家吧！"

"我才多大？我想读书！"连羞带恼的，士纯的脸憋得通红，双眼盯着父亲。

父亲的脸很快沉下来："再过个年就十六了，不小了！人家姑娘比你大一岁呢！我已经应下了，明年开春就办事。原家在村里也是数一数二的好人家，姑娘品行又好，不能错过了！"他重重出了一口气，拿着烟锅在桌角磕了磕，用大拇指和食指从土黄色厚草纸烟包里重新捏了一撮塞进烟锅，忽又温和起来："你别怪大不通情理，你爷爷奶奶在天上瞧着咱呢！这人，你得跟着奈何走！先成家，再立业也不迟！"

士纯噘着嘴没说话。

"你表哥被抓去当壮丁修碉堡的事情你也听说了吧？走路机灵着点。"希斌把烟袋别在腰上，拿起碗里的玉米递给儿子一个，"吃吧。吃完咱爷儿俩一起回！"

"我个子比表哥低一头，又瘦，看着就没力气，鬼子才不要我呢！"他也嫌弃自己个儿小人瘦，不想这倒保全了他。

"那也得小心！"当爹的又叮嘱了一句。

院子里锄倒锹歪，锅盆散地，一片狼藉。

"抢走了，都抢走了！来了两个日本兵，把咱煮好的、房梁上挂的干嫩玉米都抢走了，都抢走了！"见父子俩回来，士纯娘邱李氏开始哭诉，涂了锅底灰的脸一道白一道黑，"他们都扛着枪，明晃晃的刺刀对着我们娘儿仨……把咱家……后院的马也牵走了！"劫后余生，因为后怕，她的身体止不住地颤抖。

两个小的看母亲哭了，也跟着哭成一片。士纯拥着二弟，双眼含着怒火。

"人没事就好！"希斌拍拍媳妇的背，出门收拾了院子，抱起二闺女去了后院。还好，鬼子没有动两头耕牛的主意。

次年春，士纯娶亲。新婚不久，便跟随岳父走进省城，开始了求学之路。

和那首诗一样，士纯所有的故事小爱都听过了，耳熟能详。但她就是听不够，有时候，她会提醒士纯讲到哪儿了，该讲哪儿了；有时候，她又能从士纯突然增加的细节中，品味出一些东西来。比如那位逝去的月仙姐姐是个什么脾性，士纯口中的那个名叫希斌的公爹是个什么样的人。遗憾的是，对她而言，此生今世他们只是活在士纯嘴里、心里的人，和自己永无交集。但她还是感谢他们，留了这么可亲的一个人与自己晚年相伴。

"你爸是个讲究人，给你取个小名都是从《诗经》里来的！要不是你说给我听，我这睁眼瞎，哪能知道这些事？大名取得更好！三里长街，再也找不出第二个来。"小爱把耳匙擦拭干净，放回抽屉。

"给孩子取名字，就是个意向，是个盼头。人活一辈，都盼好呢！世道变迁，如不如愿，是另外一回事。"士纯收拾着桌上的报纸杂志和一些零碎。

"可不是，盼好呢！人啊，都是盼了这样想那样。"小爱边说边向厨房走去。

"得陇望蜀是人的本性，从好的方面说是人类进步的客观原因，从消极方面来讲，就是一切矛盾与争端的源头。欲望人人有，因人而异，有的人有底线，有所为，有所不为，欲望之上，还须求个心安；有的人无底线，私欲膨胀，无所不为，这类人往往内心空虚，未必能获得真正的幸福。所谓善恶交缠。祖祖辈辈，就这么回事。"士纯跟进了厨房。

同年秋，永祥离婚，净身出户，远走他乡。冬月，士纯睡中卒，终年九十四岁。他的遗体没有火化，孩子们说，要还给母亲一个完整的丈夫。

次年春，永祥出版长篇小说《春去花还在》，一举成名。

小爱至今住在老两口租的房子里，不肯跟自己的子女回去。她说他大伯兴许会回家来看看，她走了，他就找不到了。

2022 年 7 月 15 日完，20 日修改

桃花落

1

J城坐落在太行山脉的东南角，是一座二十世纪九十年代刚刚发展起来的小型城市，面积不大，人口不过两三百万。

在小城的正南方，靠近高速路口的本市最宽阔最豪华的凤城路南端，有一个依地势而建的居民小区。据说，这里是本市绿化最好、配套设施最齐全的小区。小区内楼盘林立，结构多元。有小到三四十平方米的一居室，也有豪华的别墅。人们不论住多大的房子，不分富贵贫贱，都享受着小区内优雅的居住环境。当你步入小区，就会被这里远离城市喧嚣的宁静气氛深深吸引，脚步也会不由自主地慢下来。大道小巷，路边楼角，处处绿树成荫，四时花香扑鼻，小桥流水随处可见。

整个小区的地势如我国的地形，西高东低，坡度明显。

二十二号楼，地处小区西南方，属于本小区的别墅区。这里地势较高，楼房只有三层，在参差错落的高楼大厦中，并没有让人觉得落差有多大。这栋楼一共有十六户居民，每户一楼门外，都有一个二十平方米的小院，用一米高的铁栅栏围着。业主们在院子里栽树种花，搭棚置架，把小院装扮成了休闲娱乐的花园模样。除了寒冷的冬天，人们都喜欢坐在自家院子里喝茶聊天，一些小型聚会也多在院子里举行。人们轻声慢语，细细品味人生的恬淡安宁；一些信息交流与行业合作谈判也常在这样的环境中进行。

饮食男女，七情六欲，有人群的地方，每天都在发生各种各样的故事。

阳春三月桃花开！今年J城的桃花却开得晚了一些，直到四月初，才含苞蓄蕊，一树树羞答答绽放。我的讲述就从桃花盛开时节，二十二号楼的二号小院开始吧！

曼妙的春日下午，轻轻推开二号小院的铁栅栏门，你会看到正对面两根大理石柱支起的拱形门厅和两边安装了黑色不锈钢窗框的窗户，线条流畅，轻奢高级。茶色玻璃门半掩半闭，两边窗户各开一扇，隐约可见室内的皮沙发、钢琴、大餐桌等，对面墙上悬挂一幅巨大的山水画。

现在，让我们把视线移回小院。西边的窗户下，摆放了一个一米长的高低花架，上面放了几个漂亮的花盆，君子兰、长寿花、仙客来、一品红等错落有致地置于架上。小院东边，打造了一面木格子墙，放满了各种绿植：常春藤从高处垂下，牡丹吊兰长势正旺，一些叫不出名字的应季小花热烈开放，还有那么多形状各异的多肉参差散落，真是一面漂亮的花墙！花墙前面是一个一米多长的木质秋千椅。

西南角，一株桃树正开花，粉嘟嘟的花簇，似团团祥云。

桃树和窗户之间，高高竖起了一把遮阳伞，伞下是一张圆形石桌，石桌四周不是石凳，却是几把藤椅。

此刻，一男一女正相对而坐，面前各放一杯咖啡。俩人看上去也就二十五六的样子，其实他们三十四五了。女的叫李雨涵，是小院的女主人。男的叫徐梓明，是一家房地产公司的副总经理。此刻，他们正沐浴在夕阳的余晖中，微笑着说着什么，光洁的皮肤被镀上一层金色的光芒，脸上细小的绒毛清晰可见。

他们是什么关系？在说些什么？让我们来听听吧！

"怎么这么快就回来了？不是说最少两个月吗？"李雨涵缓慢搅动着咖啡，和说话保持着一致的速度，无任何添加的咖啡逐渐形成一个旋涡，香味肆意弥散开来。

"想你呗！"徐梓明揶揄着，语调不高，嘴角微微向上扯了一下，眼睛里的笑意更加饱满明亮了。

"又胡说，小心我家德明开了你！"李雨涵嗔怒着低声回应，遮不住的笑意，很享受的样子。哪个女人不喜欢甜甜的情话？何况对方是自己曾经深爱过、现在还在爱着的男人。

"开就开了呗，反正我也受够了。"徐梓明被"我家"这个前缀刺痛了。这个词单说没毛病，但加在另一个男人的名字前面，从自己心爱的女人嘴里说出来，便觉格外刺耳。他收起笑容，双手一摊，一副无所谓的样子。

"不准胡说啊！"李雨涵见他那副样子，似乎真有点生气了，却仍是一副嗔怪的模样。她并不清楚徐梓明为什么变脸，以为在自己丈夫手下做事让他觉得委屈了。她放下手中的勺子，突然板起了脸，一本正经道，"这些年，德明待你不薄。他让你在公司担任重要职务，谈妥的工程有一半交给你打理，你东奔西跑虽说辛苦，可也挣到钱了。"她停顿了一下，语气缓和下来，"你若真想离开也可以，先想好干什么。你孤身一人在这里，除了我，没有可靠的亲戚朋友，没有可靠的社会关系，谁肯真心帮你呢？除非——"李雨涵停下来。

徐梓明不再看她，拿起勺子慢慢搅动加了牛奶、糖块的咖啡，专注地看着白色与咖色的液体相融，直到丝丝缕缕的奶线完全不见，才端起来轻轻抿了一口，问："除非什么？"

李雨涵正在考虑换个轻松的话题，见他追问，索性直说："除非你想离开这个城市，离开我。"她盯着徐梓明，想从他脸上窥见点什么，"可是，你是个孤儿，到了哪里，也是一个人呀！"

"是啊，到哪里我也是一个人，一个人！"徐梓明喃喃着，深深叹了口气，他没有抬头，左手紧紧攥着咖啡杯子，仿佛那个杯子，就是他的一切，"自从遇见你，我不再独自躲在角落里自卑自怜！你是一束光，扫去了我身上二十多年的阴霾。我们那么相爱，可是——"他猛然抬起头，眼睛里闪过一丝愤怒，几分无奈，声音竟然有些哽咽，"是他，是他夺走了我唯一的希望，唯一的爱！自从你答应嫁给他那天起，我们就信守诺言，不再有肌肤之亲！对于相爱的两个人来说，这是多么痛苦的事情！为了离你近一点，我答应进他的公司，即使不能经常见面，只要想到你，我就觉得我们是心意相通的。涵，难道你还不明白我的心？你到底是怎么想的？"

李雨涵的目光越过徐梓明，望向他身后盛开的桃树，云霞般的花瓣竞相舒展，红色的花蕊或含羞埋头，或玉立摇曳，似仙子凌云……忽而，每枝花朵都变成了夏德明深情的眼睛，她嘴角竟然不自觉露出一丝微笑。收回视线，却撞上徐梓明咄咄逼人的眼神……她左手托住额头，垂下眼睑，不再看他，也不敢看他。她爱徐梓明，独处时经常回忆起大学时光，回忆起俩人在一起度过的每一寸光阴。结婚七年，却又无时无刻不被夏德明的温情所打动。那株桃树，是夏德明专门差人移栽的。知道她爱吃桃，他差人把院子里的李子梅拔了，栽上桃树，说这树好，春天赏花，夏天吃果，是自己种的纯绿色食品，老婆可以放心吃！现在，她自己也搞不清楚到底爱哪个更深一点。

她抬起右手把刘海儿向后捋了一把，莞尔一笑，故作轻松地转移了话题："听说你最近和一个叫娜娜的姑娘挺热乎，感觉怎么样？好玩吗？"

徐梓明愣了一下，瞬间适应了李雨涵善变的谈话风格，脸上也堆起了笑容，却是一副嬉皮笑脸的样子："好玩得很！这个姑娘长得漂亮，人也热情，比那些小媳妇泼辣多了。我正担心哪，担心她哪天向我逼婚！"

"那就娶了呗！谁让你招惹人家呢！"气氛好像一下子轻松起来，李雨涵端起杯子，喝了两口咖啡，也开始调侃。喝苦咖啡是她当年嫁给夏德明时给自己立下的规矩，多年过去，已经习惯了这浓烈的苦味以及特有的回香。

这些年，徐梓明走马灯似的换女朋友，时间最长的都没超过半年。姑娘不多，大都是妖娆的小媳妇，她们贪慕他帅气的外表，也有人喜欢他兜里的钱，徐梓明一出手，没有搞不定的。别人都说他是花心大萝卜，只有李雨涵知道他的心。

"天地良心，这次是人家主动追我的！你还不知道？我很少打小姑娘的主意，就怕被逼婚。"徐梓明瞟了李雨涵一眼，毫无目标地望向对面的窗户，眼神专注而空洞，"这些年，我的名声早坏了，一般的小姑娘根本不敢靠近我。"说完，他拿勺子又加了一块糖在杯子里，开始缓慢搅动，"就是这个娜娜轴，一股劲儿往上冲。一开始我就跟她说了，我是独身主义者。人家愿意玩就玩呗，谁怕谁呀！"他又恢复了先前那副玩世不恭的样子。

李雨涵扑哧一声笑了出来："你呀，说你什么好呢？"她好像很认真，却又开玩笑似的说："既然她这么喜欢你，你们就结婚吧！你也不能一直这样耗着。"

徐梓明呷了一口咖啡，一本正经地说："王后下旨了，那就娶。婚期定在'六一'，怎么样？"

"你可真逗！"李雨涵哈哈大笑起来，露出一口洁白的牙齿，她明白，"六一"是徐梓明和她分手的日子。

"你还记得温如玉吗？"李雨涵再次转移了话题。

"章老师的得意门生，怎么不记得？清高得不得了，一副李清照再世的样子！这几年的同学聚会她好像都没有参加！"徐梓明纳闷李雨涵为何突然提起她。

"她调回来了，在市新建的大学任教，是章老师找的关系。"无论是调侃、试探，还是一本正经，俩人的谈话节奏总被李雨涵牢牢掌控，对于这一点，她非常满意。本市当年和她同届又同班的除了温如玉，还有一个男同学尚云峰，他后来考上了京大的研究生，在京城发展。温如玉因为颇受古典文学老师赏识，留校任教。李雨涵毕业回了家乡，但她收获了爱情，带回了徐梓明这个祖籍徽州、在孤儿院长大的清秀男人。因为性格原因，她和温如玉这一对老乡并没有成为闺密，只是同学关系而已。

"T城可是省城，好好的，怎么突然回来了？"徐梓明有些不解。

"说来可怜！一个情痴，老公走了好几年了，她每日触景伤情，身体不大好。家里人担心她，说服她换换环境。唉！人这辈子谁也不知道会遇上什么意外。"李雨涵流露出几分对生活无常的无奈之感。

"苦命的人！"徐梓明表达了深切同情。

"她就住在我们小区的三号楼。前天傍晚，我在湖边散步时碰见了，人比前些年瘦了好几圈。"李雨涵摇摇头，眼睛扫向别处，好像温如玉站在那里似的，"那模样——"她又把目光投向徐梓明，"你说，都那么长时间了，为什么不再找一个好好生活呢？非把自己整得那么憔悴，难以理解！"

"情有独钟，人各有志呗！"徐梓明倒是觉得自己很理解温如玉的处境。

"该去幼儿园接孩子了。"李姐站在门口，轻声提醒李雨涵。

"哦。"李雨涵应了一声。

"我也该告辞了。"徐梓明端起杯子把咖啡喝完，拿纸巾擦了擦嘴。

李姐迅速把桌子收拾干净，进屋拿了一件浅米色风衣出来，递给李雨涵。

徐梓明早已站起来，把椅背上的米白色西服套在淡蓝色衬衫外。他一直喜欢穿白色的西服套装，看上去像二十世纪三十年代上海滩的名门阔少，一副干净清雅的样子。推开黑色的栅栏门，他回头冲着正穿风衣的李雨涵笑了笑，摆摆手，走了出去。

刚出院门，手机响了，是娜娜，她说今天单位没啥事，自己可以提前半小时溜出来，让徐梓明赶紧过去接她。他才想起昨天和娜娜约好一起到郊区一个新开张的农家乐吃晚饭，便径直向车库走去。

2

幼儿园就在小区的东北角，是一所私立双语幼儿园，走小路斜穿过去，需要五六分钟，走大路得八九分钟。李雨涵习惯去时走小路，回来时和孩子一起走大路。除了特别的应酬，像出门逛街、接送孩子这些生活琐事，李姐都和她形影不离。

二人一前一后向幼儿园走去。这么多年，李姐习惯和她保持半步的距离。

李雨涵没有走小路，而是顺着大路一直向北，又拐向东，来到小区内的街心公园。这里有一个太极图造型的人造小湖。说是湖，其实是水深不足两尺的水池，地势一边高一边低。因为造型奇特，人们把它称作湖。正中一条S形线墙将湖水分为两个部分，地势较高的上半部分，池边有一个口径二三十厘米的粗管向池中注入清水，水底铺的鹅卵石清晰可见，水流顺着三条较为狭小的孔道缓慢流入地势较低的部分，至于水最终流向了哪里，作为一个非专业人士不得而知，应该是地下循环系统吧，或是直通街道对面的白水河也未可知。湖里养了几十条金鱼，摇头摆尾，自由自在。在温暖的日子里，人们喜欢坐在湖边，撩动水花，或是带着孩子给金鱼喂食、看美丽的精灵嬉闹。

湖水四周绿植成荫，松柏冬青苍翠挺拔，杨柳软袂飘飘，李子梅或单棵或三五成群穿插其间，点缀成景，几张木椅静置树下；两个凉亭分别矗立在湖的西南角和正北方；花瓣状花坛散落各处；最东面靠近路边的大片开阔地带，安置了各种健身器材。

李雨涵最喜欢湖南面一小段鹅卵石铺就的小路，二三十米长，一米多宽，呈弧形。红白相间的鹅卵石圆滚滚的身子在阳光下泛着白光，两棵桃树在弧形的弯处相依怒放，小路再往南是一道冬青墙，被园丁修剪得平平整整，像等待检阅的士兵。

她抬起胳膊看了看腕上的欧米茄瑞士名表，五点零五分。回头对李姐说，时间尚早，走几趟石子路，再去不迟。李姐在路边木椅上坐下，李雨涵脱掉鞋子放在木椅下面，光脚踩了上去，石头被太阳晒得暖暖的，感觉舒服极了。两个来回下来，她脑子里突然响起一段旋律，便轻哼起来。

迎面走来一个女人，一头披肩长发随意散在肩头，一袭淡粉色棉麻长裙，白色的衬裙长出外裙两寸，于脚踝处摇曳生风，下面是一双湖蓝绣花软底布鞋。女人胸前垂着一条红蓝相间的珠链，正中的大红珠子下面连着两根细细的丝线，底端各自坠着两颗小小的红珠。她很瘦，宽松的长裙像挂在枝头的长巾，一阵风吹过，摇荡起来，风韵无限。再走近些，便见她面色少华，脸颊消瘦，两边的颧骨清晰可见，点点雀斑零星散落；她紧蹙双眉，眉心形成了淡淡的川字纹；鼻梁上架一副紫色全框眼镜，遮不住一双大而失神的眼睛。

"如玉，散步啊？"李雨涵主动打招呼。

"哦，雨涵，你好！"如玉似从梦中惊醒，停下来，应了一声。

如玉仔细打量李雨涵，前天见她时，是一身粉色运动套装，一根高高的马尾辫垂在脑后，活力十足。今天她换了一条弹力牛仔裤，薄薄的米色风衣下是一件深蓝色纱料修身高领打底衫，高高的胸脯，细细的腰身，圆润的大腿，女性的玲珑曲线尽显无遗。再看她的脸，似乎比前天更青春阳光，白皙光洁的皮肤在阳光下闪烁着光芒；一双杏核眼顾盼生辉；天然高挑的黑亮眉毛精致有型，神气十足；多肉、微微上翘的下巴，在嘴唇正下方形成一道深深的一字形酒窝。多么迷人的一张脸，多么精致的身材！

"这样好的天气，多出来走走，对身体有好处！"交情不是很深，李雨涵只是简单地关心与问候。

"这里环境挺好！"如玉露出一丝笑容，对雨涵发出由衷的赞美，"你永远这么年轻漂亮！"

"你也是呀！有时间来我家玩啊！"雨涵发出了邀请，双方把自家楼牌号报了一遍。如玉住的是一套一百多平方米的普通住宅。

"我得去接孩子了，改天再聊！"雨涵匆匆告别，继续向前。

温如玉回头怔怔地望着雨涵离去的背影，她永远那样充满活力！自己多久没有开心明朗地生活了？是不是过于阴郁了？可有什么办法呢？柳蒲丰走了，把自己的魂也带走了，多么相爱的两个人，一起生活了四年的幸福时光，他走了……

柳蒲丰是在一次意外事故中丧生的。汶川地震后，他和同事一起参加了志愿者救援队，一次意外塌方，他被埋在了下面，头被石块砸了个大窟窿，被送到急救中心时，已经没命了！同事们是捧着他的骨灰回来的。

三四年来，如玉总是做噩梦，梦见他血流满面地叫她："如玉！我疼！我疼啊！"或是梦见与他一起散步，他突然飞了起来，她拼命冲他招手，希望他能带她一起飞，可始终够不到他伸来的那只手，他越飞越高，越飞越高，终于把她一个人孤零零地留在了地上……

每次从梦中惊醒，她的脸颊都被泪水浸湿，再难入睡。索性穿睡衣到书房坐下，抚摸照片上的他，与他说话。恍惚中，常常觉得他就站在自己身后，微笑着，双手抚着自己的双肩，讲他的论文，或者他准备翻译的书籍……有几次，她甚至感觉到了他的呼吸，他的气味……于是，伸出手去想抓住他，结果，触摸到的只有自己瘦弱的肩膀……

为了摆脱悲伤情绪的纠缠，她报了插花、园艺、古琴学习班。不眠之夜，拿出备好的课再次检查、推敲，或者干脆埋进书堆里，寻求慰藉。天知道，多少个夜晚，她都是依靠安眠药入睡的。

她见过雨涵漂亮的女儿，前天出来散步，雨涵牵着朵朵的手在湖边撩水玩，孩子白皙的皮肤和翘起的下巴，以及那个小酒窝像极了雨涵，眼睛却比雨涵的略长一些，眼珠更亮一些，应该像她的爸爸，如玉这样想。听着孩子咯咯的笑声，一瞬间她忘掉了所有的烦恼。临走时，孩子甜甜的一声"阿姨再见！"让如玉怅然若失，自己要是有个孩子该有多好！就不会在蒲丰走后感觉如此孤单。当初俩人达成一致，趁着年轻，多进修学习，等事业稳定一些，或者至少在五年以后再考虑要孩子的事情。一直以为来日方长，谁能料到老天竟如此残忍，夺去了他年轻的生命，他的满腹才华，他的满腔抱负，最后，连自己的骨血都没能留下！每次想到这里，她就揪心地痛！蒲丰一周年忌日后，家人朋友陆续为她介绍对象，她却一直过不去心里那道坎——蒲丰父母的责备言犹在耳，是她太过倔强与要强，一心想着两个人在学业上比翼齐飞，却耽搁了生孩子，令老两口痛心之余近乎绝望，声称永远不会原谅她！

蒲丰生前与她谈过要孩子的事。蒲丰说要生一个像如玉一样的女孩子，温雅娴静才好。现在，如玉真希望有个像蒲丰一样的男孩子，长着像他一样清瘦、轮廓鲜明的脸庞，一双单眼皮却充满爱的眼睛……这样，对蒲丰的思念也能有所寄托，对他和他父母的歉疚之情也不会如此沉重！不能再想下去了！左边自太阳穴向上，一根神经牵扯着半个头部剧烈抽搐。她一手扶住身边的桃树，一手用大拇指使劲按住了太阳穴……混沌中，一股香气扑鼻而来，她索性伸手抓住一枝凑过去闻，闭了眼睛深吸一口气……她要强迫自己不去乱想，眼前只有这花香，只有这花香……

"桃花开得多好！"清脆甜美的女声传入耳膜。

如玉慢慢睁开眼睛，看见一对年轻情侣正从对面走来；远处，是一对五十多岁的夫妻，护着刚刚学会走路的孙子去向湖边；西南方向的凉亭里聚集了几个拿着书本的中年男女，想必是某个读书会的书友在这里相聚。几次深呼吸后，她迈开脚步，在鹅卵石路上走了几个来回。

3

半年后。

国庆节的晚上，在蓝月湾大酒店的一个雅间，坐了十多个人。李雨涵、徐梓明、温如玉、从京城回来的尚云峰，从C城赶来的裘云、李海洋和孙泽文、程慧琳夫妇，还有尚云峰途经省城时直接捎过来的魏汉风、申倩。

刚见面时，大家相互寒暄，拥抱，尽管显得很亲热，内心还是有所保留，女人的矜持，男人的风度，都在彬彬有礼中一一体现。

酒过三巡，菜过五味，彼此之间的距离感逐渐缩小，直至消失。小型聚会，顾忌本就少一些，大家尽情尽兴，大到国际形势，小到花前月下，无所不谈。雅间里笑声不断。

房间是李雨涵订的。几位远道而来的同学的食宿，包括明后两天在本地游览的行程都由李雨涵全权负责，席间大家少不了感谢，并约好下次相聚的时间与城市。

申倩发现从卫生间回来的裘云眼睛微微发红，像哭过一样，一句"你怎么了？"惹得裘云眼泪吧嗒吧嗒掉下来。原来她刚刚经历了婚变，看到雨涵的幸福生活，相比之下，心生悲戚，几杯酒下肚，不能自己，跑到卫生间哭了个稀里哗啦。众人一番劝慰，将话题转移到了裘云身上，甚至一半玩笑一半认真地鼓动单身的徐梓明和尚云峰追求裘云。

温如玉始终一副安静的模样，自带一种疏离感，偶尔说一些工作上的事情，对于私人问题则闭口不谈。大家对她的事情知道一些，她不说，也不便多问。

历次聚会中最爱调侃的徐梓明今天表现得有些低调，邻座的申倩几次怂恿他追求裘云，他只是打哈哈，敷衍了一番。

十点半，李雨涵的手机响了，夏德明亲自来接了。其实李雨涵有一辆属于自己的轿车。裘云见状，又暗自慨叹。

宴席既散。李雨涵问如玉是否同车回家。如玉还没得及回答，徐梓明插话道："我也顺路，坐我的车吧！"李雨涵笑了笑，说也好。

徐梓明提前约了代驾司机。他打开车门请如玉入座，自己打开对侧车门钻进去。如玉有些意外，她以为徐梓明会坐副驾驶，此时却也不好说什么。路程不算远，徐梓明先问了她一些工作上的事情，又说自己近来对古诗词特别感兴趣，只是丢掉书本久了，找不到感觉，以后要向温老师多请教。一声"温老师"把如玉说笑了，她说请教谈不上，交流一下是可以的。

司机帮他们把车开到车库。徐梓明坚持把如玉送到她家楼下，看她进了电梯，自己才转身离去。他家在二十九号楼。

现在，我们来捋一下李雨涵、温如玉、徐梓明三人的位置。李雨涵家在西南方向，也就是说，她家离西门很近；温如玉住在东南，出入多走东门；徐梓明家在北边，平时走北门。

老同学游览的行程，夏德明安排好了，作为同学兼下属，徐梓明进行了全程陪同。尚云峰是本市人，游览中充当了半个导游的角色，所以徐梓明还算轻松。如玉说单位临时有事，没有参加。夏德明难得休假，李雨涵一家三口回了夏德明父母家。

两天时间转瞬即逝，又到了分别的时刻，还是上次那个雅间，大家在吃告别餐。如玉没有来，她说自己不善饮酒，怕扫大家的兴，还是不参加了，让大家尽情欢乐。

一群人面红耳热之际，李雨涵给徐梓明使了个眼色，两人一前一后出了房间。

拐角处一个包间的门虚掩着，没有客人，李雨涵推门进去，徐梓明紧随其后，轻轻掩上了门。

"进展得怎么样？"李雨涵轻声问。

"第一次接触，能有什么进展呀？你应该清楚，像如玉这种守旧又清高的女人，寻常那一套根本不管用，我得彬彬有礼、正人君子般地慢慢磨，何况她和她老公之前感情那么深，这是一个坚实的堡垒啊！"徐梓明夸张的表情，把李雨涵逗笑了。

"其实想想这事挺有意思的。天地良心，我可是存了想帮她一把的心思的，你看都回来半年了，她一点没有变，还是那副愁眉紧锁的样子，纯粹一个林妹妹嘛！再这样下去，可不是什么好事。"李雨涵为自己的计划感到小小的激动，"她需要一场爱情来拯救。可惜，你这个王子是个冒牌货。"说到此，她瞥了徐梓明一眼，意思是你必须是个冒牌货。徐梓明心领神会，却感觉到一种隐隐不安的情绪正向他袭来……来不及仔细琢磨其中奥妙，又听见李雨涵说，"这个计划能否成功，就看你的了。事到临头，我还真有点担心，你这个花花公子，她有可能把你拒之门外呢！"天知道！也许打碎温如玉层层包裹保护起来的"爱情"，才是最令她愉悦的一件事情——这是一个惊险又刺激的游戏。

"之所以'花'，一是永失所爱，二是没有再次遇到'真爱'嘛！"徐梓明看着李雨涵，仍旧一副嬉笑调侃的模样，眼神里却透出一丝幽怨，"我却有另外两个担心：一是她可能会因为怀疑我俩的关系而拒绝我；二是她学历高，不一定瞧得上我！"这是徐梓明第一次在情场上露怯。

"德明都不怀疑，她才不会呢！"李雨涵一副很兴奋的样子，"学历嘛，都是过来人，不是主要问题！只要让她对你有感觉，什么都不是阻碍！加油！"她拍了拍徐梓明的肩膀，一副信心满满的样子，像个运筹帷幄志在必得的将军。

徐梓明愣愣地摸了一下被李雨涵拍过的肩膀，用力回想上次他们身体接触是在什么时候。半年前在小院喝咖啡时？不，没有，在他们家里，保姆李姐的眼睛无处不在，他连雨涵的手都没有碰过。对了，是三年前的那个夜晚，雨涵突发阑尾炎，夏德明在河北，李姐情急之下给自己打了电话。他刚从郊区的工地回来，衣服都没来得及换，急匆匆赶了过去。看到雨涵面色惨白、眉头紧锁的样子，他抱起她就往外走。因为着急，连闯两次红灯。等手术做完，天已蒙蒙亮。雨涵睡着了，他守在床前，多想摸摸她的脸，亲亲她，可是不能，尽管是单人病房，他却知道，自己不能！

平时偶尔见面，也只是嘴上的调侃与倾诉，仿佛她是他感情的巨大收容器，不，是唯一的，唯有她能理解并接纳他的全部感情。她是这世上他唯一的爱人，也是唯一的亲人！

4

为了"追求"温如玉，徐梓明制订了严格的计划。

连续两个月晚上的闲暇时间，他都用来温习古典文学，尤其是旧体诗。在职场混迹多年，突然重拾这些老掉牙的东西，难免有知识断层、无法衔接的感觉。幸好大学的底子在，几个夜晚下来，渐渐有了感觉。

十二月，一场大雪早早降临小城，市内两处工地已经停工。徐梓明跑了两次海南，基本将工程捋顺，并交给信得过的副手监管，他的休息时间多起来。

一个星期六的下午，徐梓明揣着几首呕心之作，手捧一大束粉色百合花，按响了温如玉家的门铃。

　　这是一个愉快的下午！多年以后，徐梓明对这个下午仍记忆犹新。

　　温如玉的家有点特别。进门后的客厅里没有电视，左侧靠墙处有一个封闭的连体衣帽鞋柜，柜子的二分之一处镶了一块穿衣镜。柜子前面靠墙摆放了一个高低错落的花架，一株绿萝正对着窗户的方向垂下来，绿萝两边依次摆放着竹芋、空气凤梨、苏铁等。

　　一个暗红色中式书柜中书籍摆放有序，书柜前是一张配套的书桌，二者泛着古朴柔和的光。书桌上整齐码着一摞书，一台笔记本电脑放在正中央；左侧一张四方形小高几上，一个二十厘米高的铁质葫芦样香炉中正香烟袅袅。

　　书桌对面有一张烧桐木古琴桌，墨绿色的绸缎桌旗上，一架与书桌颜色相近的古琴陈列其上，琴凳靠墙静立。

　　北面阳台上放着一张古香古色的茶桌，两个树墩样的茶凳分列两侧。一对口径二三十厘米的青花瓷花盆里，两株寒兰舒展着修长俊雅的身姿，分别亭亭玉立于阳台东西两侧。

　　家中铺设地暖，温暖如春。

　　如玉一袭黑底暗红色绣花高领长袖长裙，头发在脑后随意盘起，脚上一双浅灰色银丝线绣花棉布拖鞋，正背对穿衣镜站着，对面的浅红色绣花丝绒窗帘在她头顶露出冰山一角。

　　"寒兰不太好养，你居然把它们养得这样好！"徐梓明手指两个花盆，发出由衷的赞美。

　　"是不大好养，在T城几次都没养活，却积攒下一些经验，回到这儿又买了两株，还好，总算开花了。"如玉的微笑由礼貌性的转向由衷的。徐梓明的突然造访，令她猝不及防，这个新家，徐梓明是第一个访客。

在茶凳上坐下。如玉手指修长，提落之间，都透着一种忧伤的美感："不好意思，我这儿只有普洱熟茶，你——还习惯吧？"

"挺好，挺好！我喜欢喝普洱。"徐梓明语气沉稳，微微凹陷的眼睛投射出诚挚的光芒。

一泡茶饮过，徐梓明把话题引入诗歌，适时掏出手掌笔记本，请如玉指点自己的作品。

"如果我没记错的话，上学那会儿，你好像比较偏爱外国文学。"上次徐梓明虽提到写诗，如玉以为只是随性闲聊，并未当真，今天看到他的作品，有些惊讶。这是三首标准的格律诗，一首七律两首七绝。

寒冬山行

向晚独行山步道，冬川一望尽苍寒。

冰封十里长河远，云锁千层玉宇宽。

松暗数株枯草乱，雪埋三尺劲根盘。

风行冷剪飞残屑，舞尽深冬绿始还。

喀什湖

云弋蓝天生万象，船行湛水起涟漪。

无边翠苇连荫密，远岸沙丘绛日西。

题林州冰挂

千年古树贴山挂，万壑松声作素凝。

天女气淘斑管乱，林州玉练点成冰。

她还记得自己喜欢外国文学！徐梓明兴奋起来："那会儿见你们诗社挺红火，跟着云峰他们学过两天，可惜没有坚持下来。上次聚会见了你，被你独特的气质……"见如玉眼睛盯着诗稿，徐梓明干咳一声，停了下来，等如玉再次抬头，才继续说，"不知怎的，突然对这个有了兴趣，胡乱凑了几首。见笑了！"

"真挺好！尤其这首律诗，很难得！"如玉脸上笑意明显，手指指向另一首七绝，"这里这个'绛'字，如果换作'薄'，你觉得怎么样？"

"'薄'字好！"徐梓明想都没想，连连点头，"一字千金！一字千金！"

二泡茶开始，俩人聊起了古诗词。

告别时，徐梓明终于提出了自己的疑问："你——不看电视吗？"

"吃饭时偶尔看一会儿。这次装修，直接把电视放餐厅了！"如玉笑答，"我朋友少，几乎没什么客人。所以，就这样了。"

第二周周六，还是那个点，徐梓明准时到访，带来一束百合花，一首新作。

这一次，他当仁不让，表演自己熟练的茶道。话语间，眼神里多了几许深情。

温如玉平淡如水，看不出任何情绪上的变化。

第三周，徐梓明带了一饼一九九八年的黄印熟茶。

茶香氤氲，两人没有谈诗，却谈起了茶道与养生之道。徐梓明毫不掩饰对如玉的倾慕之情，如玉似在闪躲。

第四周，徐梓明没有来。

第五周，徐梓明打电话给如玉，说他在海南处理一些工作上的事情，因为着急上火，生病了，没能向她讨教诗歌，很遗憾。如玉话里话外，一片关切之情。

第六周，徐梓明出现在如玉家中，他带了一些海南特产，特意取出最不起眼的胡椒，告诉她这个东西养胃。作为"学生"，他又把新写的一首诗呈给"老师"，仍旧是一首七绝：

雪情

袅袅清姿碧落尘，翩翩舞尽玉花魂。

春风不解深情意，只与寒梅叙别论。

如玉看了，微微一笑，没有说什么。但她拒收礼物。徐梓明用自己平时油腔滑调的调侃功夫演绎了一幕真挚且幽默的情景剧，他说如玉拒绝的理由不成立。孔子收徒尚须"自行束脩以上"，这些有何不可？茶嘛，本就是两个人喝，除非以后如玉不欢迎他造访。若把他当朋友，就请操琴作为回礼，让他一饱耳福。

如玉被他说笑了，不再推辞，说自己学琴时间不长，还达不到让他"一饱耳福"的境界，权当一次练习。她打开琴谱，指定了几首，让徐梓明选。徐梓明选了《凤求凰》。

琴声既起，虽略显生涩，却不乏情愫。

有一美人兮，见之不忘。

一日不见兮，思之如狂。

凤飞翱翔兮，四海求凰。

无奈佳人兮，不在东墙。

将琴代语兮，聊写衷肠。

何日见许兮，慰我彷徨。

愿言配德兮，携手相将。

不得于飞兮，使我沦亡。

令如玉没想到的是，徐梓明竟然和着琴声，轻声唱了出来。

徐梓明的眼神和他诗中的深意，温如玉不是没有感觉，即便是目不斜视，也能感受到他目光中的灼灼星火。如果说一开始她是在刻意回避，现在，她有点矛盾了。柳蒲丰走了四年多了，她从未和别的男人单独近距离接触过。她的意志力告诉自己，拒绝任何男人靠近，内心却又渴望一个真诚有力的拥抱，温暖自己孤独的内心。徐梓明说话温雅又不失风趣，他身上散发出的男性气质令她意乱神迷，竟几次差点拨错弦。

曲罢，沉默片刻。如玉起身，徐梓明突然抓住了她的手，她哆嗦了一下，用力抽回来。徐梓明听见她剧烈的心跳，乘势追击，问道："为什么？为什么要把自己关起来？"

"别问了！"如玉深吸一口气，朝茶桌走去。

徐梓明没有退缩，从背后拦腰抱住了她，如玉想把他的手掰开，却没有力气。她索性闭上眼睛，沉醉其中，一瞬间，她觉得自己像一只归群的孤雁；又似一艘漂泊的航船，停靠在港湾；甚至有那么一秒钟，她感觉自己是在柳蒲丰的怀中。

徐梓明把她搂过来，要落吻时，她突然清醒过来，一下子挣脱了。"不能这样！"话既出口，却又羞愧起来——无比坚定的话语，自己竟说得如此苍白无力！

徐梓明用更有力的拥抱回应，她终于不再挣扎，任凭徐梓明的吻轻轻落下。

徐梓明走了，他知道，自己胜券在握了。

一周后，当徐梓明把如玉赤裸瘦弱的身子拥在怀中时，她是羞涩的，她过于纤瘦平庸的身材，让她对爱人感到歉疚。"爱人！"一想到这个词，她又开始羞惭，难道自己内心，已经允许徐梓明代替柳蒲丰的位置了吗？徐梓明的吻热烈有力，她觉得自己的身体像一朵裂开的花苞，当他进入的一刹那，绽放成巨大的花朵。

徐梓明却感觉自己好似登上了一座山的顶峰。

元月末，又一场大雪光顾了小城。小区里，松柏树到了最美的季节，雪花一团团一簇簇堆积枝头，似盛开的雪莲，圣洁高雅，无声滋润着那些干渴、枯灰的枝干，试图唤醒青葱的容颜。

放了寒假的孩子们在雪地里欢呼雀跃，捧着雪球的手冻得通红，却舍不得放下。在东西方向坡度大的马路上，宠爱孩子的父母或爷爷奶奶，拉着孩子滑雪，孩子们的笑声是他们幸福的源泉。

徐梓明把地上的雪踩得噗噗直响，直奔二号小院而来。刚到二十二号楼拐角处，就看见李雨涵和李姐在陪孩子滑雪。李雨涵身穿狐领黑色皮衣、黑色皮裤，脚上穿一双黑色齐膝平底皮靴，十分干练的样子。李姐穿一件天蓝色羽绒服，比平日看上去年轻许多。孩子蹲在地上，左右手分别被二人拉着向前奔跑，鲜艳的红色羽绒服在雪地里分外夺目，像一团滑行的火焰。

李雨涵回头，远远瞥见了徐梓明。他身穿黑色休闲皮衣，脖子上围了一条浅灰底暗红格子围巾。她冲他招了招手，白净的脸与雪色不相上下。她的皮肤就是这样，越是冷天，看上去越白，从来没有像别人那样冻得两腮发红。

李姐带着孩子继续滑。徐梓明嘴里喷着热气站到了李雨涵面前，他无法抑制内心的喜悦，做出一个OK的手势。

"好样的！"李雨涵笑意盎然，"她不会真爱上你了吧？"

"不会的！我怎么可能取代柳蒲丰在她心中的位置？她也知道我是独身主义者，不会有什么麻烦的，放心！不过……"

"妈妈，快来呀！"朵朵的呼喊声打断了徐梓明，他脸上刚露出一丝担心的神情，又很快换成了笑脸，没有继续说下去。

"就来！"李雨涵冲着孩子摆摆手，明媚的笑容似冬日里一抹温暖的阳光。她又扭头看向徐梓明。

"夏德明回来了？"徐梓明问。在夏德明面前，徐梓明称呼他夏总，和李雨涵说话，从来都是直呼其名。

"这雪下的，怕是下了飞机也回不来，得耽搁两天吧！"李雨涵望了望天空，又看向徐梓明，"进去喝杯咖啡吧！"

"改天吧！我去看看如玉，她好像感冒了。"徐梓明回道。

"也好，去吧！"李雨涵大方地挥挥手。

5

又是一年桃花开。

二号小院里，一样的风景，一样的人，一样的两杯颜色深浅不同的咖啡。

不一样的是，J城今年的桃花在三月中旬就陆续开放了，现在是四月初，小院里那株桃树已是强弩之末。如果还有什么不一样的，就是这次李雨涵背对桃树而坐，徐梓明进门之后，没的选择，坐到了雨涵对面，正对那株已露出凋零之意的桃树。

"今天特意叫你过来，是有两件重要的事情与你商量。"李雨涵首先发话。

"正巧，我也有件事跟你说。"徐梓明没有注意到李雨涵神情的落寞，他的脸在夕阳中闪烁着喜悦的光芒。

"除了工作，你能有什么事？又三角恋了？"戏谑的言语，却掩饰不住沮丧，李雨涵抬起头，瞟了徐梓明一眼。

"你先说，你先说。"徐梓明抑制不住满脸喜悦。

雨涵没有说话，端起杯子抿了一口，纯净的咖啡，苦、烈、香。她从身后拿出一个信封，交给徐梓明。

"你打算怎么办？"徐梓明的笑容一点点消失，放下那些照片，他反问一句。

"知道还问你？"眼泪在雨涵眼里打转。

"我分析，照片就是这个女人寄来的，她是想逼你让位！"徐梓明眉头微微皱起，用右手中指关节敲打着一张照片上一个穿着妖娆的女人说道。夏德明一只手搭在这个女人肩上，与她刻意竖起的手指碰触在一起，俩人另外一只手很随意地在胸前拉着，很亲昵的样子。照片的背景是大海，女人长长的披肩发和薄薄的低胸裙被风吹向身体右后边，形成流动的波浪。她眯缝着眼睛，笑得很甜蜜。

"如果是他们商量好这么做的呢？"愤怒、伤心占据了李雨涵的全部身心。

"夏德明最近对你怎么样，有没有什么异常表现？"徐梓明一下子冷静下来。

"那倒没有。上星期天一家三口刚去看了我父母，一起吃了团圆饭。"彼日的幸福时光在眼前闪现，李雨涵的目光略微柔和起来，语气还是很沮丧。

"就是啊，你想，夏德明大你十岁，他的前妻是病死的，病了六七年，连个孩子都没留下。你们有朵朵，以他的身份和地位，是不会轻易抛弃家庭的。即使他真想离，他父母也不会同意的。"徐梓明道。

"我该怎么办？就这么听之任之？早知道他这样，这么多年，我们……"李雨涵的眼泪终于还是落了下来，"我们未越雷池半步，他竟然这样……"一瞬间，她竟已泣不成声。

"我们？"徐梓明咀嚼着这两个字，若有所思，"是啊，我们……"他伸出一只手，从旁边的纸巾盒抽出两张递给李雨涵，"第二件事情呢？"

"第二件？"李雨涵擦了擦眼泪，似乎在想什么，突然，她主动握住了徐梓明递给她纸巾的右手，神情激动起来，"梓明，带我走吧！我们随便去哪里都可以！"

李雨涵突如其来的举动，竟然让徐梓明有点不适应，一个身影在他脑海中迅速闪过。

"我不能带你走！"他态度坚决。

"为什么？你不是说守候我一辈子吗？反悔了？"吃惊，猜疑，李雨涵一双杏目睁得溜圆，盈满的泪水又一次跌落，"难道……难道是因为她？"泪滴滑至嘴角，涩涩的，她终于把那个自己始终不愿承认更不想提起的"她"说出来了，说得很轻很轻。

徐梓明慢慢抽回自己的手，他不想伤害雨涵，也不能听从她冲动之下做出的草率决定。他低下头，犹豫良久。如果此刻说实话，对雨涵是雪上加霜；若不说实话，雨涵会逼迫自己带她"私奔"。哦，"私奔"！这个词在她与夏德明结婚前，不，即使是半年前，对他来说，也是个幸福的字眼！现在，此刻，他觉得这是个羞耻的词语，是难以启齿的罪恶，应该换作"逃离"更合适吧！若是雨涵逼迫自己带她"逃离"，受打击最大的是谁？当然是如玉。几个月来，他亲眼看着如玉一天天发生变化，她的脸色红润了，爱笑了，眼睛里有了光芒，整个人都焕发出了本该有的青春活力！她甚至主动与自己聊起了外国文学，托尔斯泰、卡夫卡、福楼拜、兰波……如果……他不敢想象将会有怎样的后果。思忖再三，他终于说话了："也……是，也……也不是！"他感觉自己变得口吃了，说句完整的话竟如此艰难。其实与如玉相处的这段时间，他无时无刻不在询问自己的内心，对她到底是怎样的一种感觉，激情？同情？还是爱？对李雨涵呢？是爱还是一种习惯？

昨天，如玉突然说她想要一个孩子，像朵朵一样可爱的孩子，还说如果他觉得结婚是一种羁绊的话，随时还他自由身，绝不拖累。那一刻，他忽然明白，自己也想有个家，和如玉组成的家。在如玉身边，他感觉踏实、安静、温暖。以前是一星期见一次面，发展到后来的三两天，甚至连续几天，他只要一走进小区，竟然不自觉地朝如玉家的方向走，不为别的，只是想见到她，和她一起说说话，心情就会舒畅起来，是如玉给了他家的感觉！当他意识到这一点的时候，有几次，他硬生生克制住了，甚至想通过寻找新的刺激来告诉自己，除了雨涵，他不会再爱任何人。可面对那些暧昧的眼神，他一次次逃离，觉得心里像丢了什么东西似的阵阵发慌，甚至默默向如玉忏悔，说自己根本不该与那些女人见面。

今天，他本来是向雨涵告别的，请她原谅并理解自己的感情，哪怕被她痛斥一顿都行。不，他并不忍心伤害雨涵，只想告诉她如玉怀孕了，他们必须结婚，让她慢慢接受这个事实。

现在，夏德明出了这样的事情，雨涵要拿自己去报复！即便没有如玉的存在，朵朵怎么办？她肯定是带不走的，还有她年迈的父母，她真能舍弃这一切跟自己走吗？看着这个伤心的女人，他忽然觉得自己的身份有些尴尬。他算什么？局中人？显然不是。局外人？应该是，却又无法完全置身事外！为她提供精神上的安慰，帮她冷静下来勇敢面对问题、分析问题、处理问题，或许才是自己此刻唯一能够做的。如果他们真走到离婚那一步……不！不会的，不会的！他从心底拒绝这个答案。

他端起杯子，抿了一口咖啡，头也不抬，一个字一个字艰难地往外进："是……是为了……所有人！你，我，她，还有……他。"再次听到这些不成句的话语，他不禁为自己的慌乱与软弱感到可耻起来，索性端起杯子一股脑儿喝光了里面的液体，仿佛获得了一种无形的力量，继而勇敢地看向李雨涵："第一，你可以与夏德明摊开来谈，看他怎么说；第二，按兵不动，暂且隐忍，观察事态发展，再做打算；第三，有什么事情随时给我打电话，我都在！"

他抽出纸巾，擦干了嘴唇，仿佛一个醉酒的人，摇摇晃晃站起来，拿起椅背上的外套。这是如玉刚刚为他买的浅咖色休闲西服，她说，白色套装虽然雅洁，但在空气不算澄净的北方总是突兀了些，还是这样的颜色朴素又不失端庄。

徐梓明走了，轻轻地，没有一丝声响。

李雨涵觉得全身发冷，眼前那杯没有喝完的咖啡似乎都在苦着一张黑脸嘲笑自己。看着被徐梓明拒绝的双手，依然白净、修长、饱满，染过的指甲，艳若桃花。当初，他是多么喜欢自己这双手，握住就不肯放下；现在，他抛下了它们，离去了。

　　其实去年那个雪天，徐梓明过来告诉李雨涵那个消息后，看着他匆忙离去的样子，她就有种不祥的预感，感觉徐梓明要永远离开自己了，只是他不自知，她也不愿意相信罢了。之所以说出让徐梓明带自己走的话，一方面是情绪激动之下生出的对夏德明的报复之心；另一方面，她也在试探徐梓明，看他到底还爱不爱她。这么多年，她已经习惯了徐梓明把自己当成王后一样宠着，一副唯命是从的样子，他是她的另一个感情依托，仿佛王冠上一颗可以随时替补的珠子。现在，她彻底失去了他……

　　李雨涵怔怔地望着徐梓明留下的那只空杯子，眼泪像两汪泉水，汩汩往外冒。

　　"李姐，帮我倒一杯加奶加糖的咖啡来！"

　　一阵风吹来，一片桃花花瓣越过李雨涵，悄然落在石桌上，它轻轻翕动着，像极了一只蝴蝶的翅膀……

　　　　6

　　在李雨涵家斜对面的十五号楼一所房间的落地窗前，一个男人正举着望远镜看着小院发生的一切。

　　是时候生个二胎了。放下望远镜，他这样想着。

2019 年 5 月 28 日

青皮核桃

过了青黄不接的二月，村庄渐渐暖了，街上的行人多起来，大人小孩彼此呼唤、问候的声音从容饱满，不似冬天被寒冷的北风侵袭得枯燥干瘪。

早耕的牛已在田地里劳作，更多的农人拿起锄头去收拾冰冻的秋收地，为它们松动一下筋骨，再用铁耙搂去没有沤成肥的枯枝杂草。整顿平整的土地，黄中泛黑，非常肥沃，这是它们养了一个冬天的膘水呢！

站在属于自己的田地里，俯腰抬首，人们总是那么富有活力，即使嘴唇被春风吹得干裂掉皮，依旧遮掩不住满脸的喜气。他们开始筹划着哪块地种玉米，哪块地种谷子，哪块地种高粱。谷雨前，来上一阵细雨，就能下种了。

大块的方地，返青的麦苗结束冬眠，懒洋洋地打着呵欠，伸展着绿色的腰身，直溜溜地在风中摇摆。

母亲去生产资料门市部买回两袋复合肥，准备给冬小麦再追一次肥，好让它们结出更大更密的穗子。化肥被放在大门底下墙角的青石墩上，一进大门，就能闻见幽幽的呛鼻臭气。

三月中旬，阳光与春风愈发温柔起来，不断抚慰着村庄内外的每一片砖瓦和每一寸土地，以及生活在这片土地上的每一个生命。

村西头的果园里，果树开始苏醒，僵硬的手臂变得柔软窈窕起来。一些按捺不住春心的，轻轻抖一抖身姿，变戏法似的鼓出一个个小花苞，蓄势待发。某个夜晚，一场细雨把它们从梦中惊醒，桃红杏白呼啦啦次第张开翅膀，朵朵春光，树树霞蔚，片片云蒸，简直就是一群及笄待嫁的女子，含羞带露，光芒四射。迟钝的苹果树、柿子树、核桃树、山楂树才刚刚抽出嫩芽，打着呵欠，伸个懒腰，慵懒地看着眼前发生的一切。看果园的李家大哥和他的兄弟开始整理毗邻大路的篱笆。

这样妖娆的春光，我们这些孩子不懂得欣赏，何况那道带有荆棘的篱笆墙，给我们竖起了一道阻隔春天的屏障。

课堂上，老师带领我们朗读课文：春天来了，小溪里的水哗啦啦流淌，岸边的桃树、杏树开花了……我们在这些简约生动的文字中感受春天。

其实，我们真正的春天在村子北边的河畔。

星期天，大孩子小孩子男孩子女孩子总会在河边不期而遇。河边的柳树正在抽芽。大一点的男孩子折下长长的柳枝，用力拧一阵，抽出硬硬的枝条，剩下空筒状的柳皮，拿小刀切成几截，随手分给围在他身边的人。拿了半成品的我们，只需用指甲刮去端口处小指盖长一截表皮，露出白色内皮，不一会儿，或粗或细、或嘹亮或沉闷的哨声次第响起。河边草丛上晾着我们洗干净的衣裳，衣裳的色彩有些单调，鲜艳的红色很少，更多的是豆绿、深蓝、黑、白色。

这个季节，春节攒下的口里馍和地窖里的红薯已经吃完，再没有什么可口的零食可以供给我们日夜生长的身体。唯有玩耍，可以让大家忘掉甜蜜的糖果和春节吃到的各种美味。

耕种与追肥结束，妈妈有了忙里偷闲的工夫，我也找到了撒娇的机会。星期天早上，我的赖床不起成为娘儿俩之间的默契游戏。妈妈跪在炕上催我起床，她要收拾被褥。当我看到她跪着的膝盖前有书的时候，知道有机可乘，便懒洋洋坐起来，掂着上衣领子晃一晃，抖一抖，做出准备起床的样子。她呢，就跪在炕边埋头看书等我。待她醒过神儿来，我早又躺下半天了。她再一次催促，我再一次坐起来佯装穿衣服，她再一次看书……如此反复数次，大姐已经把屋子里里外外用蘸了水的抹布和笤帚打扫干净了。她的床上，被子叠得四方四正，上面盖着她用钩针和彩线钩的方巾。我和妈妈的游戏时间最高纪录是半小时。最后，我不得不在她故作严厉的逼视下，拱出暖烘烘的被窝，完成了起床仪式。

早饭通常是妈妈起五更就做好的小米饭。最美味的下饭菜是炒土豆丝，油水不大，全靠醋熘；青黄不接的季节，地窖里的存储基本被吃光，酸菜与盐焗黄豆成为配菜必选。

我特别喜欢看大姐梳洗的样子。她总是很认真，前后脖子、耳朵根都要搓洗得干干净净，再抹上友谊牌的雪花膏，这样她身上总有一股香香的味道。不像我，拿水在脸上简单撩几下，完成任务就往外跑。

不到清明，棉袄是不能脱的。大姐喜欢在棉袄外面套一件薄薄的便衣，便衣是的确良料子，剪裁得非常合体，紧贴在棉袄外面，花色是素淡的小碎花，我却根本叫不出那花的名字；再搭配一条黑色卡其料子喇叭裤和一双黑色高跟鞋。大姐每天步行去上班，她在我们学校当幼儿教师。

大姐很爱惜她的喇叭裤。每天晚上，她顺着裤子前后熨好的两条直线折叠，把它挂在床头的细丝绳上。上班出门前，会用湿毛巾前后擦拭一遍。

一天，她请闺密帮自己把一头短发用塑料卷卷成了盛开的花朵。放学回到家，我说大姐你真好看，像画上的女明星。爸爸皱着眉头厉声道，三里长街上，有几个烫头的？你看看，你看看！妖里妖气！成什么样子！他越说火气越大，高亢的大嗓门威力过猛，足以与大年初一早晨放的粗管开门炮媲响，在二十几平米的小屋内引起震颤，他扬言等大姐晚上睡着了，要把她的头发剪光光！我瞄一眼因为愤怒而面目狰狞的父亲，不禁为大姐担心，她要真被剪了头发，乱糟糟的，咋出门啊？偷偷瞅瞅大姐，她坐在床边，沉着脸不作声，低垂的眼帘下，一双好看的杏核眼里写满了轻蔑。一缕夕阳透过门窗斜斜地射进来，尘埃飘浮的光柱尽头，那些黑色的花朵被镀上了一层金光。

爸爸出去了。我说姐你今天晚上千万别睡着啊。要不，你和二姐换换，去奶奶家睡吧！大姐仍然保持着刚才的姿势，似乎在思考着什么，没有说话。

晚饭后，爸爸出门去了。

晚上九点多钟，我还坐在炕上，瞌睡虫把头一下一下拽到膝盖骨上，我一次次强撑着沉重的眼皮，不见爸爸回来，竟不知什么时候被妈妈剥了外衣塞进被窝里去了。

第二天起了个大早，发现爸爸的被子被叠得方方正正，我不能确定爸爸晚上是否回家睡觉了，下了炕，直奔侧门门口大姐的床前。她还没有起床，一头漂亮的卷发在枕头上完好如初。

走出门，爸爸拿着扫把正在扫院子，他好像忘记昨天晚上自己说过的大话了。

这个星期天下午，阳光很好，大姐那个闺密来了，她坐在我家厨房外的小凳子上，任由大姐把她的头发用蘸了冷烫精的塑料卷卷成一个个花红柳绿的花筒。

我家来了一位"新朋友"——一台银灰色的录音机。

这台新式的比收音机大出两倍的物事给我们全家人带来无限欢乐。尤其是我们姊妹几个，即使听歌，也喜欢围在它身边，美妙的感觉无以言表。看着吱溜溜旋转的磁带，我充满好奇，怎么也想不通那比纸张还要薄的细细的带子上怎样储存了那么动听的声音。

录音机是大姐带回来的，她用自己积攒的工资和闺密合买的，她们两个每周轮换使用，所以我们家并不是每天都会有那样美妙的时刻，也许正是这样，有它在的日子才显得格外美好。为了延长录音机的使用寿命，使用权被大姐牢牢握在手里，她不允许我们随便按任何一个按钮。大姐最喜欢听孙青的歌，经常不厌其烦地反复倒带，跟着一遍遍学唱。爸爸不喜欢孙青，他说那是靡靡之音，他更喜欢悬挂于街边电线杆上的喇叭里播放的《南泥湾》《大海航行靠舵手》等歌曲。

录音机不仅能听歌，也能录音。晚上，写完家庭作业，姊妹们趴在桌子上，等着大姐来操作，帮我们录下自己的歌。听着沙沙的倒带声，感觉也是美妙的音乐呢！这样的机会并不多，大姐晚上多是忙碌的，她喜欢边听歌曲，边拿钩针钩一块块长方形或是正方形的盖巾，它们被铺在叠好的被褥、餐桌和大家心爱的录音机上。当然，她也喜欢和妈妈交换一些书来看。有时候，她和闺密们去看电影、聊天，她们会谈论一个小姐妹正被村南头一个小伙子热烈追求的事。

夏天来了，这是个欢快的季节。青涩的桃子、李子、杏好奇地探出绿色的小脑袋。它们不知道，成群的馋猴候了它们整整一年的时光。上学路上，一个放哨，一个钻进篱笆墙，噌噌爬上树，摘下几个绿果子，又悄无声息地钻出来。

太小的酸酸涩涩无法下口，但还是要艰难又幸福地咽下去，感觉从牙根到肚子里都被酸透了。

果子快要成熟时，看园人看得紧，还有狗巡逻，很难下手，但总有胆大的去试身手，碰运气，于是经常有人被抓到。看园人的喝骂，狗的狂吠助威，令被抓者垂头丧气，进而胆战心惊地乞求千万别告诉老师和家长。我和同院住的小青虽也嘴馋，但只在雨天偶尔为之，倒是从未被看园人逮到过。

核桃树长在果园西边高高的塄边，果树长得高，小孩子够不着。当然，那玩意儿也不是随便摘来就能吃的，一般不去想它。

这个夏天的晚上，大姐天天去大队部排演节目，和她一起的男男女女，都是村里挑选出来的有文艺细胞的人，他们吹拉弹唱，各显其能。爸爸也在里面，是演员，也是节目的编排者，说得官方一点，是总导演。

晚上写完作业，我和小青各自拿着奶奶的大蒲扇出去乘凉。走到大队部新盖的二层小楼下面，看见二百瓦的大灯泡把楼上的房间照得通明，一扇扇敞开的窗户里常有人头晃过，糊了棉纸的窗格上，也有一些坐着的影子在晃动，丝竹声和歌唱声穿过窗户与闷热的空气，向街道上扩散开来。断断续续听到爸爸响亮的嗓门穿插其间，"准备""调子高了""重来"……不久，听见大姐清脆甜美的歌声，唱的是她平时最喜欢的孙青的《我一见你就笑》和朱明瑛的《回娘家》。爸爸的弯怎转得这样快？一时间我倒糊涂了。

麦收完毕，大姐他们去村北三里外的电厂演出了，村里去了好多人。因为要完成特别多的家庭作业，我没有去。当然那会儿也没有觉得晚会比游戏对我们更有吸引力，有时候，我们会偷偷拿出姐姐心爱的纱巾，披在身上载歌载舞。

爸爸和大姐的演出是成功的。大姐和她的闺密们时常说起那场演出，一些串门子的乡亲也常常议论起大姐演唱时稀稀拉拉的掌声竟比不过小年轻们此起彼伏的口哨声——小伙子们吹口哨不是砸场子，相反，那是比掌声更热烈的追捧。"鼓掌"在当时的农村是个新鲜名词，人们并不习惯用此表达自己的情感。

七月了。大人们说，今年的核桃长得特别好，圆溜溜的大果密密匝匝，有毛桃那么大，马上就能吃了。

青皮核桃终于下树了。斜对门看果园的李家大哥把大堆的核桃堆在门前的台阶上，用锤子轻轻砸，把青皮剥落，再用锤子砸两下，就开始剥硬皮了，白生生的核桃仁经他的手，放进旁边的笨瓷碗里。他的与我同龄的侄子和比我小两岁的侄女蹲在那里，一块块拿起放进嘴里，隔着两丈远，也能感觉到他们满嘴嫩核桃的香气。

我和他家斜对门的平平在门口玩抓石子，平平是抓石子高手，我老想和她较量一番。我们的右手手指靠近指甲处，都是磨出来的肉刺。李家大哥忽然站起身招手，喊我们过去。

接过大哥递过来的被敲破的核桃，我们自己剥核桃仁来吃。大哥的侄子对我挺好，他把剥好的核桃仁递给我。我一点没有不好意思，谁让他借我的作业抄呢。回到家，我用大姐买来的香皂使劲搓洗两只墨绿的手，洗了半天，也没有洗干净。

第二天下午放学回家，刚走到大门口，就看见李家大哥站在街边冲我招手，他喊我去吃核桃。我搞不明白为什么，因为他嫂子和我妈关系好吗？或是他心情好？想那么多干吗？乡里乡亲的，他叫，就去呗！妈妈说过吃核桃补脑！所以，我去补补脑吧！

第三天是星期天。上午，我口袋里装着石子，刚走到平平家门口，大哥又在斜对面冲我招手。怎么了这是？我有点晕，是不是潜意识里也有想被他叫住的念头？管不了那么多了，过去看看情况再说。缺吃少穿的年代，哪有不馋嘴的小孩呢？

仍然是我和他的侄子侄女一起享用那白生生香喷喷的鲜

核桃仁。它们被吃进肚子里，不知道长了多少个新鲜的脑细胞呢！他侄子仍然不间断地把剥好的核桃仁递给我吃，妹妹抗议，他也给她吃。临近中午，李家大哥端出一盆水，拿出香皂、毛巾，让我们洗洗小手。

临走时，李家大哥让我等等。他转身走进屋里，拿出一个叠好的四角"宝"交给我，说是一封信，要我亲手交给大姐，并让我发誓，除了大姐，绝对不能给任何人看，包括我在内。

我拿着信回家了。上小学二年级的我，还是有些知觉的，信里会说些什么？会不会是给大姐的求爱信？本着对当事人信守承诺的态度，我强迫自己不打开那个"宝"。但我真的很好奇呀！如果真是求爱信，大姐会是什么反应？说实话，李家大哥人不错，长得也威武，但我觉得他有点配不上大姐，真的，就差那么一点点，那一点点到底是什么，当时的我还想不明白。

大姐正在后院用一个大铁盆洗衣裳，满是泡沫的床单被她放在搓板上来回搓洗。大姐做事总是这么用心用力，我担心洗不了几回，那些床单就被搓破了。这个夏天，村子里的新旧两条街上都安装了自来水管，水流得很冲，哗哗哗的，半分钟不到，两只水桶满得往外溢，比打井水方便多了。所以，我们不常去河里洗衣服了。

"李家大哥给你的信。"我把"宝"递给她。

大姐把手在围裙上擦了两下，神色严肃地接了过去。

我站在原地没有动，向前探着头，想偷看上面的字。大姐没有避讳我的意思，直接打开了信。老天，果然是求爱信！

这信写得直白，只有一句话：梅，我们结婚吧！你同意吗？落款，李胜利。没有日期。

大姐看完那行字，二话没说，直接搓成团子扔了，继续搓洗起床单来。

接连几天，我很少去平平家，也尽量不在街上玩耍。我不知道该如何面对李家大哥，说实话怕他伤心，又不能撒谎骗他，给自己和大姐找麻烦。

星期天上午，我被小青拉着去街上玩跳方游戏，远远看见李家大哥期盼的眼神，我有点不好意思，只是低头认真玩游戏，再也不敢朝他看上一眼。

这年冬天，李家大哥娶了五里外义村的一个大嗓门、瘦身板的女子。她人勤劳，干活儿利索，也很热情。邻居们都说，大哥娶了一个快言快语会过家的好媳妇。李家大哥人前人后强装欢颜的落寞神情，大概只有我看得出来，也只有我明白其中的奥妙。

我想，我大概再也不会登他家的门了。

第二年开春，李家大哥不再看管果园，他买了一辆手扶拖拉机跑起了运输，乡亲们也各自寻找其他能挣钱的副业，果园竟渐渐荒废了。两三年间，树木被砍伐殆尽，果园变成了农田。

街上的自行车渐渐多起来，清脆的铃声此起彼伏，悦耳程度不次于电线杆上喇叭里的歌曲。还有人家买了十四英寸的黑白电视机。

每天放学后，我们由大队逐渐散成越来越小的分队，和着喇叭里欢快的歌声节拍走回家。

大姐订婚了，对象住在村南。小伙子中等身材，瘦长脸，一双眼睛明亮有神，说话做事透着精明干练。大人们说，这是个"有眼色"的好青年。他经常来我家，农忙时帮忙，农闲时与大姐聊天。

他有一辆半新不旧的自行车。他很大方，让我和三姐随便用他的自行车学习骑车，他还跟在后面帮忙扶车子。所以，我总盼着他来，那心情大概比大姐都要迫切。

我和三姐都喜欢去他家。他家开着照相馆，他常常义务为我们照相。黑白照片不好看，邻居婶婶们说是因为照相机把人的血吸干了。他说她们不懂，瞎说呢。后来，他给我们拍彩色照片。新照片出来后，我们都是淡淡的红脸蛋，衣服是淡青色。他说，这是个细致的手工活儿。我最喜欢的一张照片是他把我一个人放在左右不同的位置，摆出一手叉腰、一手伸出一根指头数星星的姿势。奶奶说，照片上的我真能气，和年画上的小姑娘一样。

他的两个小妹妹与我和三姐年龄相仿，大家凑到一起玩耍时，疯得要命。

一次，我们去帮他家田里拔草，草没拔多少，玩得忘了回家。他来接我们了，一辆自行车，怎么把四个小妹妹带回家呢？真替他犯愁。

他有办法。三姐和他小妹挤在后座，他瘦弱的三妹坐前梁上，我最小，他说，你坐车把上。我竟然真的坐在车把上"飞"回家了。那一回，我给他打了一百分，没有什么事情能难倒他！

后来不知为什么，大姐和他闹掰了，要分手。一天下午，他的父母坐在我家写字台两侧的椅子上，神情严肃地与我的父母商量退婚的事情。那一刻，我很难过，默默转身出了家门。

半年后，大姐又订婚了，对象是她的高中同学，是个中学代课教师。姐夫长得英俊，看完电影回来，大家都说他与唐国强有几分相似呢！但他不大爱说话，也不和我们玩耍，一副谦谦书生模样。第二年，大姐远嫁十里之外的村庄。

家里田里少了大姐的帮衬，妈妈明显有些失落。抢收季节，大姐和姐夫也会抽时间来帮忙，到底比不上她未出嫁的时候。

我刚刚成为一名初中生，还是个不谙世事、对一切充满好奇的女孩。繁忙的学习之余，翻看一些不同类型、不同风格的闲书，也骑着家里新买的自行车和同学疯跑。

李家大哥新买了一台彩色电视机。

夏天的晚上，他把电视机搬到门外播放。饭后，邻居们都拿着自家的板凳去看。没有拿凳子的乡亲去了，嫂子会拿出自家的板凳、小椅子，热情招呼大家坐下。

经不住彩色电视机的魅惑，我撇下家里的黑白电视机，也坐到人群中间，偶尔接到嫂子递过来的一把瓜子，或者爆米花啥的。李家大哥和成年的男子互相递着香烟，烟雾缭绕中，大家一起观看正在热播的连续剧。散场回家，二十几步的路程，我总是无端想起那些堆在地上圆滚滚的青皮核桃和放进我掌心的白嫩核桃仁。

2019 年 5 月 13 日

二姐

从春天到秋天，我家的前院和后院总是芳香四溢、缤纷多彩的。

前院的花种在花盆里，说是花盆，其实是废弃的砂锅或粗瓷面盆。常种的花有小桃花（凤仙花）、火镰金（金光菊）和各种菊花。小桃花最漂亮，粗粗的茎秆透着红光，生出若干细小的分茎，边缘有小齿的披针形叶子，大红或是粉红色的花瓣，娇媚可人，香气扑鼻。火镰金层叠的金色花瓣细长，花蕊巨大，像小版的向日葵，或者说像小太阳更合适，不然，它的名字里怎么又是"火"又是"金"呢？火镰金的味道不仅不香，还有些冲鼻子，二姐说它是臭的。菊花颜色或黄或白，按开花时间分别叫五月菊、八月菊、九月菊，这样的名字叫我想起街上老马家的大梅、二梅、三梅。

后院，有一个用废弃砖块砌成的方形花池，一开始种的是坐锅花（紫茉莉），这种花生命力强，花期也相对长一些，是庄户人常种的花卉之一。它们总在傍晚开放，此时正是家家户户捅开煤火，坐锅烧水准备晚饭的时候，所以人们给它取了这么一个形象而俗气的名字——后来知道它还有一个充满诗意的名字——夕颜。坐锅花花朵不大，颜色有红有黄，红的并不鲜艳，是一种很内敛、具有神秘气质的暗红色或紫红色；也有一朵花两色相间的，比如以红色为底色，花瓣上有几道黄色线条点缀，更具风情。后来，美人蕉、牡丹花逐渐占领地盘。美人蕉叶片很大，红色的鲜艳花朵好像一串串长长的风铃，分外夺目。牡丹花色有红有白，也有两色相间的，硕大的花朵蓬蓬勃勃，在破旧的小院子里格外招摇。它的红色深厚，宛如毡绒，是浓稠得化不开，又要淌下来的那种；白的上面有星星点点的红色点缀，俏丽活泼一些。

花朵开放的季节，一家人总喜欢坐在花池边，在芬芳四溢中喝下两碗稀饭。

天逐渐热起来的时候，兔子该剪毛了。一绺一绺，或白或灰色的长毛在剪刀的咔嚓声中落下，兔子们便露出了肉身，全身像刚割过的韭菜地，一棱一棱，高低不平，样子很可笑。将剪下的兔毛卖到收购站，也是一小笔不错的收入。

刚出生还没有长毛的小兔很丑，一个个的红肉球球，眼睛闭着，小老鼠似的挤在一起，看得我浑身直起鸡皮疙瘩。待到它们长出毛，或灰或白，睁一双圆溜溜的红眼睛，好奇地打量这个世界的时候，就格外可爱了。

花与兔子，前后院子里一静一动的美，与一个人息息相关，所有这些，除了她，没有旁人去侍弄。她在侍弄这些物事的时候，总是面带微笑，仿佛在与它们倾心交谈，仿佛这些生灵是她生命中的一部分。她，就是二姐。

因为经常性头疼，勉强初中毕业后，二姐坚决不上学了。她有一双巧手，慢慢练习后，家里地里的活儿都能得心应手。针织钩线的活儿，她也学得可圈可点，做出的成品不逊于大姐。说也奇怪，不上学的二姐，再也没有犯过头疼的毛病。二姐性子温柔稳重，话语不多，亲戚邻居都很喜欢她。

眼瞅着大姐二姐相继出落成亭亭玉立的大姑娘，谁来招赘的事情常被人们提起，大家认为好脾性的二姐是首选。二姐肤色白皙，脸颊红润，一双标致的丹凤眼顾盼生辉，很是惹人喜爱；虽说左腮有一粒豆子大小的黑痣，却也瑕不掩瑜。大姐因为在学校上班，家里有些事情是照顾不到的，二姐像伍尔夫笔下的斯黛拉一样，始终追随着自己的母亲，主动承担起一些家务，成为她的得力助手。

大姐出嫁那年的春夏之交，家里请了木匠打家具，为大姐准备嫁妆。家具都是当时最流行的新款，写字台、高低柜、梳妆台，还有一张包床。两个木匠在家里忙活了一个多月，白天来，晚上回。做饭倒水这些事多是二姐在做。二姐那年十九岁。

家具做好时，麦子开始灌浆，人们换上了单衣裤，夏天已经来临。离麦收还有一个月时间，母亲觉得正是给家具上漆的好时机。一切都那么刚刚好——在别家干活儿的一位漆匠恰好完活儿，于是，他被请到我家。

漆匠是个年轻的南方小伙，中等个子，偏瘦；因为瘦，一双眼睛显得又大又圆；无论站立还是行走，他总是含着胸，脊背略向前倾，显出对万事万物谦卑恭敬的样子。漆匠姓许，我们随爸妈叫他小许。

吃过早饭，小许开始干活儿。他拿着砂纸打磨每一件家具，多是蹲着或哈腰围着家具游走，嚓嚓的打磨声粗粝却不刺耳。每擦完一件家具，他就细心地抹上一层腻子，那些家具就成了小媳妇敷粉不均的脸蛋，一块白，一块略显发黄，很是滑稽，用手触摸，却光滑如镜。

小许做活儿精细，深得大家信任。几天下来，他和我们渐渐熟络，话也多起来。他的家乡在江西，因为家境贫寒，十五岁就拜师学艺，学了整整三年，现在出师也有三个年头了。

漆活儿不像木匠活儿，可以夜以继日地干，上完头遍漆，需要晾一晾、干一干，才能上第二遍，所以，小许有比较多的休息时间。他回自己的出租屋，或者去街上闲逛，时不时又会拐到我家，喝杯水，查看一下家具。

一天傍晚，夕阳西下，金红色的余晖洒在后院，也洒在二姐如花的容颜上。她坐在大姐常坐的小凳子上，正对着后院门阁搓洗衣裳，一绺乌黑发亮的刘海儿垂在眼前，随着她手臂前后有节奏地晃动，整个身子被夕阳镀上了一层朦胧的红晕，同身旁盛开的牡丹花一般明艳动人。

小许突然闯进来，他还穿着上午那身工衣，站立在门阁处，太阳的光辉一下子被他挡在了身后。那些光晕种似的，偏要漫过他的头顶，穿过他身体两边和双腿间的缝隙用力渗透，他右腿裤脚处一道约五厘米长的口子在金色光辉中十分醒目。

二姐没有抬头，顺着眼前那绺扫地而过的光，略抬抬眼睑，便看见了对面裤管上长长的口子。她招呼小许，快回去换身衣裳，把穿过的这身拿过来，她要帮他洗一洗、缝一缝。

二姐又陆续给小许缝洗过几次衣裳。不知是有人问及小许，还是他自己无心说出二姐给他浆洗缝补衣裳的事情，或是街坊们本就闲着没事，看见适龄男女接近一些，便喜欢八卦。渐渐地，闲言碎语流传开来，说小许与二姐互相爱慕，他要入赘我家。门口一些正值婚娶年龄的小伙子醋劲大发，说话可就不那么好听了，他们说找谁不好？非找个小草灰？想不到二姑娘好这口！

闲话传到传统羞涩的二姐耳朵里，好比是她春心萌动，不守做姑娘本分的变相说辞，急得她满脸通红，发誓赌咒，说都是没有影子的事情。我倒是想，正值青春的二姐便真有了点小心思，大概也会因为邻人口中的"草灰"而怯步的。那段时间，二姐故意和小许疏远起来，小许也没了往日的利落劲儿，见了我们一家人总是讷讷的，有些难为情。

大姐的嫁妆全部上好了油漆，天一样的蓝色，看得人神清气爽，大家都喜欢。活儿做完了，小许又到别家去了。我在街上碰见他两回，还是那副瘦瘦的样子，叫人心生怜悯。再后来，就没有他的消息了。或许，他已经离开镇上，到别的地方去了，或是回老家了，都有可能。不管他去了哪里，我都希望他能找到一个好人家，一个疼他爱他的好姑娘，叫他吃得稍微胖一些、壮一些。

风波既起，父母不得不考虑起二姐的婚事来。二姐长得漂亮，性子又好，按理不缺提亲的人家。只是街坊四邻都在猜测，大姐出嫁既成定局，二姐招赘势在必行。一般人家除了情非得已，对于入赘之事还是有所避讳的，也许这是迟迟未有提亲者上门的原因吧!

干哥哥的父亲(爸爸的拜把子兄弟)就是这个时候上门来了。他乐呵呵地说道,当初两家定下干亲,有言在先,干亲是幌子,俩孩子定下娃娃亲是正事。我这个孩子长短归大哥家了,要是你们悔婚,给我儿子说亲的事情就"赖"给老大哥了。后来我常常私下暗想:父母亲从未把大姐作为招赘首选,应该和他们当初这个约定有关吧?不然,大姐聪明能干,遇事颇有主见,是顶门立户的好人选呢!

父母把这事给二姐说了,征求她的意见,并明确表示,如果她不同意,绝不强求。二姐羞红了脸,说我也不知道咋办,你们看着办吧。你们愿意,我就愿意了。瞧,二姐就是这样纯朴腼腆,她总是顺从的。平时除了几个要好的姐妹,她很少和外人打交道。自然,也可以揣测出她对干哥哥的态度,不能说一定喜欢,至少不反感。

我常暗想,若是小许再手勤有眼色一点,行事大胆大方一些,能够讨我父母的喜欢,不让他们在意他外地人的身份,认可这个"草灰",二姐是不是也会同意他的追求呢?事实上,这在当时是一个大难题。

"草灰"是晋城人对所有外地人的戏称。始于旧社会遭了水灾,逃荒上来的河南人,因为他们是烧柴火做饭的,不像我们,有常年不熄的煤火,到了冬天,暖暖的火炉围着,那才叫美呢!从这一点上来说,老祖先们在心理上占尽优势,欺生排外的传统作祟,"草灰"这个称呼便略带歧视的意思。后来,随着全国各地人口大量涌上山区,"草灰"成了所有外乡人的代名词，歧视意味也渐淡薄、消失。

在婚姻问题上，人们之所以谈"草灰"色变，还是观念与信任问题，父母们最担忧的是女儿被"拐跑"远嫁，家族名声是一方面，从此山水迢迢，冷暖自知是事实。

却是干哥哥那边出了问题，他一听说让自己入赘，很不开心：弟兄三个，怎么偏是自己入赘呢？想不通，憋气！

有人把话传到这边，二姐也犯了脾气——他不愿意？我还没瞧上他呢！除了个子还行，哪一样能和英俊的大姐夫相比呢？

干哥哥的父母没少给他做工作。他家弟兄三个，老大念书花了不少钱，前两年又是盖新房子又是娶媳妇，欠下不少饥荒，现在还没完全缓过劲儿来。干哥哥和老三这对孪生兄弟跟着长大，做父母的不能厚此薄彼，耽误其中任何一个。娶两房媳妇盖两座房子，家里实在负担不起。如果他入赘我家，一来可以为父母解忧，二来是从小的干亲，知根知底，我父母都是好相处的人，自然不会难为他，何乐而不为？

二姐这里，招上门女婿肯定不如嫁人有更多挑选的机会。但家里缺男丁，干哥哥是父母看着长大的，一来好相处，二来也为父母添了帮手，是尽孝道的好事。话又说回来，即便是二姐找到了意中人，婆媳妯娌间关系最难处，凭她的好脾气，吃亏受气还不是常事？哪能跟在家里守着自己的父母相比呢？邻里街坊、闺中好友这样轮番劝说，二姐也就不再拧着了。

二姐和干哥哥拉锯式的矜持状态大概持续了几个月，大姐出嫁后，他们正式恋爱了。我能感受到他们之间的秘密是从干哥哥帮我家干农活儿开始的。之前逢年过节，他来我家走亲戚，总是闷葫芦似的不吭声，吃完饭就走人，有时候甚至感觉不到他的存在。直到后来他在二姐面前大大方方说起话来，我才晓得他是一个能说会道的人，至少，在二姐面前是这样。柔顺不善言辞的二姐，很快坠入了情网。据我观察，干哥哥虽然有把子力气，在农活儿技术方面却明显落后于二姐。

欢天喜地的锣鼓迎走了干练的大姐，母亲仿若失去了一只臂膀，暗自神伤了些日子。第二年春天，父母亲商量后，在村子北三官庙后面划了块宅基地，准备盖新房子。

二姐拒绝父亲为她找的一份幼儿园代课教师的工作，她说讲课像表演，而且要面对那么多孩子表演，她感到难为情。她到一家翻砂厂打工去了。她心灵手巧，动手能力强，喜欢独自完成一份完全属于自己的工作。

母亲更加忙碌起来，忙完地里的活儿，不放弃任何一个可以赚钱的机会。她在家里养蚯蚓，去地里捋一种叫作蒺藜疙瘩的草种，说是可以作为药材卖钱。后来，她买了两块吸铁石，拿一只破铁盆和几个用破布加固了的编织袋，去铁厂捡废铁，毕竟这个来钱快一些。

经过一年多的资金与材料的准备工作，一个春寒料峭的日子，我家的新房子开工了。

干哥哥和他的孪生兄弟时常出现在我家新房子的工地上，因为太过相像，我老是分辨不清。二姐说她也认错过几回呢。干活儿的干哥哥心里自是欢喜的，他知道，这座新房子是他的归宿，他的新娘将在里面等他。

2019 年 5 月 15 日

阳光的独白

1

晓春打电话过来的时候，我正在合唱室跟一帮孩子较劲。学校要求合唱团必须准备两首歌曲，作为教师节庆祝晚会的压轴节目，排练接近尾声时，领唱的女同学突然发烧，临时替补的总不能让我满意，为了整体效果，单独开了两次小灶，集体陪练的次数也明显增加，几个捣蛋鬼阴阳怪气闹情绪，我不得不沉下脸，一派严师作风，才能镇住这帮半大小子。现在，只好把他们交给了临时搭档小樊，自己才得以脱身。

八月最后一天，秋老虎的威力不容小觑，还不到十点钟，阳光已经炽热起来。新建的学校，绿化工作尚在计划中，偌大的院子，一棵树都找不到，烈日当空，我加快了脚步。整整十年没有见到晓春了，她现在怎么样了？印象中那个利落安静的晓春不断在眼前闪现：晓春有一张偏方形的银盘脸，肤色红白，三五粒淡淡的雀斑散落颧骨四周，鼻梁不够高挺，算不得标致的美人。但她有双明亮的大眼睛，宁静羞涩，时而露出审慎的迟疑，张嘴一笑，嘴角绽开两个小酒窝，与厚薄适中的两片红唇形成一条纬线上的主次亮点，整个脸部轮廓即刻圆润生动起来。在人群中，晓春多是安静的，所以并不是最抢眼的那个，熟悉之后，你会发现她简单又热情。若真要说她有什么特别之处，也是有的，她有过两段失败的婚姻，在这个五线小城里，算是奇葩的存在了。晓春与第一任丈夫有一个儿子，一个美满的三口之家，共同生活十多年后解体。关于离婚原因，说法最多的是她常去舞厅跳舞，老公心生不满，吵来吵去，升级为打架，导致家庭破裂；另一个版本的说法是她跳舞跳出了情人，要与情人私奔才导致离婚；更有甚者说她不止一个情人，老少咸宜，老公无法忍受才离婚的。总而言之，她是个坏女人。眼看一个干干净净的女孩变成人们口中随嚼随唾的泡泡糖，我很难受，虽然明白那些传言不可尽信，但无可否认，有段时间，我对她也是有所厌憎的。她的第二次婚姻仅维持了四年多，又以离婚告终。关于她的流言愈发丰富起来，放浪不贞、见异思迁、唯利是图等等，她成了众矢之的，不祥的象征。甚至有人传言因为婚姻屡出问题，她的精神已不正常，总爱教唆一些女性朋友要和男人作斗争，某些为人夫者，很排斥她与自己媳妇交往，生怕被她教坏了，回家闹离婚。而精明的女人们熟知"防火防盗防闺密"的处世警言，何况是一个略有姿色的单身女人，纷纷把她当作洪水猛兽避之不及。她，简直就是瘟神般的存在。但据说，她仍不缺男人追，真情假爱不提，拈花惹草是男人的本性。话说到这里，作为一个男人，我和晓春之间到底是什么关系呢？其实很简单，很单纯的朋友关系。不，朋友都不能算，只是有些渊源的故人罢了。

　　和晓春认识完全因为她的父亲，他是我的音乐启蒙老师。二十世纪八十年代中期，她父亲来到我们这个偏僻的小村庄，如同一块大石头砸进三月解封的河流，激起不少欢快的水花。一架破旧的脚踏风琴，一把能拉出鸟叫的二胡，对我们这些只认识语文和数学课本的孩子来说简直就是天外来物，很快，全校学生成为他的忠实粉丝。上下课，大家抢着抬脚踏风琴，趁他不注意，把脚踏上去，小手在琴键上乱按一通。他见了，并不批评，还会笑眯眯地摸一下我们的头；熟悉一些了，摸头变成拿拇指和中指弹脑门，当然是很轻的那种。他说喜欢就好好学习，长大了可以报考音乐学校。后来，他陆续置办了手风琴和一些打击乐器、竖笛，先后成立了军乐队、竖笛乐队，我们的校园生活才真正多姿多彩起来。和我们在一起的时候，老师总是欢快的，他上下挥舞的手臂带动瘦而有力的身体晃动，一开一合的嘴巴里尽是跳跃的音符，连同他风风火火的走路姿势都是和着音乐的舞蹈，我们一同沉浸在音乐世界。因为老师的到来，我的整个童年如同那些美妙音符一般，插上了飞翔的翅膀，这双隐形的翅膀一直引领着我朝着梦想狂奔。长大后，我果真遂了心愿，考上了音乐学校，毕业后成为镇中学的一名音乐老师。需要补充说明的是，晓春父亲当时并不是上面委派的专职音乐教师，他是校长，因为热爱——是音乐也是教育本身，因为心疼我们这些从未体味过音乐之美的孩子，他任职之后，主动承担了全校的音乐课。

　　二十年前那个暑假，学校接到通知，县教育局将举行中小学音乐教师基本功比赛。比赛内容有四项：一是自选乐器，完成一支世界名曲；二是用钢琴弹奏一支自选曲目，和弦伴奏；三是用钢琴自我伴奏演唱一支歌曲；四是表演一段舞蹈（男教师可以任选钢琴之外的乐器代替）。晓春平时教语文，教音乐是兼职。为了完成一个中心小学必须出一名参赛教师的任务，校长命令她必须参加。我们就是在这样一种神圣使命的召唤下见面的。晓春长我两岁，按照影视剧中的叫法，她是我师姐。但单从音乐方面来说，我因"术业有专攻"，已经"青出于蓝而胜于蓝"。后来她请我给她儿子当家庭音乐教师，教授电子琴课程。她对我很尊敬，也很热情，每次去了都会为我精心准备餐饭。我很享受这种待遇（除特殊情况，平时在其他孩子家里我是不吃饭的）。

　　和晓春第一次见面是在老师家，彼时我刚参加工作一年。暑假，我和一群志同道合的朋友准备组建一支乐队，所以很少回家，常住学校宿舍。一个闲下来的下午，睡眼惺忪的我接到老师电话，说是有事，请到家中一叙。老师家离我们学校很近，步行几分钟即到。师生俩聊了一会儿，身上的热度逐渐降下来，一盏茶也刚好凉下来。只听门帘一动，晓春从洒满阳光的院子走进来。那一刻，她简直就是阳光的化身，把我刚刚凉爽下来的身心再次提高到一定热度：这是一个明眸皓齿粉面蒸霞的女孩，黑漆漆的头发在脑后盘成一个不大不小的髻子，一袭白底黑点无袖长裙直到脚踝。老师做介绍时，我们都笑得很含蓄。晓春眼神明亮，直奔主题，说出自己需要的帮助。与她简单聊了几句，我起身告辞，说明天把选好的曲谱拿过来。第二天过去的时候，晓春和老师都不在家，晓春的二姐正在院子里一边剥嫩玉米苞衣，一边教自己女儿数数。这个可爱的小姑娘抢在二姐伸手之前接过谱子，又竖着四根手指，说保证交到四姨手里。一周后，晓春打电话过来，说曲子弹得差不多了，想请我做一下技术指导。再见晓春，她穿一身淡粉色休闲套装，正蹲在院子中央，鼓励一个离她三步之远的孩子走路。那一句"来，到妈妈这里来"像根钢针扎进我的肉里，我听见身体里有青枝被风折断后坠地的声音。把孩子交给师母，晓春似乎察觉到我的不良情绪，沉默了几秒，说去我家。不足半里地的路程，俩人像走了半个世纪。

那是一个破旧的四合院，却有上下两个院子，一道半头砖砌成的矮围墙将相对宽敞的上院和窄小的下院分开，我清晰记得上院东屋门口有人在搓麻将，周围围了几个看客。她家住下院比较窄巴的三间西屋，东墙南北两个窗户都是那种不能打开的老式小方格子窗棂。正是下午，房间里光线很暗，一套黑底灰斜纹组合柜把房屋挤得满满当当，一架多功能电子琴摆在北边相对明亮的窗户下，显示出它对于位置的尊享。走了一路，我已经努力把自己调整到一名老师该有的状态，做到心无旁骛、耐心倾听，明确指出她弹奏中的缺陷。为了叫晓春感受一下钢琴的力度，我邀请她第二天去我家练习。

一路上，我们几乎不说话。下了客车，在乡间小道上，热浪在微风中肆意游荡，周遭静寂。我们一前一后，像两只匆匆赶路的蚂蚁，又很像一对羞涩、刻意躲避路人的情侣。

和老师家一样，我家也是一排六间大瓦房，是二十世纪八十年代，农村最流行的新型建筑。但院子比老师家的宽敞许多，这便是小村庄的好处。走进大门，我带着她穿过院子中央那棵榆树遮起的大片阴凉，直奔凉爽的堂屋。我妈突然从大门西侧的厨房迎出来，炎热的阳光下，她欢喜的眼神直奔晓春。那天晓春穿一件黑色白领T袖和正流行的红色直筒阔腿裤，吊了一个高高的马尾，看上去就是一个刚刚毕业的学生。母亲热烈的审视叫我有些尴尬，用眼角余光扫过晓春，她的脸上闪过一丝难以言喻的不安。烈日当头，不是说话的好时机，给她们做了简单介绍，母亲无比欢乐地返回厨房做饭去了。

第一次接触钢琴，晓春说有点吃力。我坐下来一边讲解，一边示范，她静静站立一边，我时而用眼角余光扫过去，窥见她眼中闪烁的光亮。

午饭时间到了，母亲热辣的眼睛始终不离开晓春。为使误会不再加深，我悄悄告诉她实情，她的眼神瞬时暗淡下来，但很快又燃起希望，半下命令半央求道："就找个这样的，今年一定给妈带回来，听见没？"

一个下午的练习，晓春进步很快。她为什么没有学习音乐？如此唐突的话题我至今没有问过她，包括她的父亲，几次话到嘴边，都咽了回去。

暑假开学不久，比赛在县教育局如期进行。我抽签靠前，很快完成所有参赛项目。好奇心驱使，我想看看晓春跳舞。没有比老天更会安排的了，我走进舞蹈室的时候，音响师刚把她的录音带放好，她站在入场口那边挺胸收腹，双手背后，进入某种情绪之中。也就是说，我完整地看了她的舞蹈。在她的设计里，有几个需要扎实的基本功才能完美呈现的动作，这是很多参赛老师的短板，一般人不敢轻易尝试。她也不例外，却又是个例外，形，她能做到七八分，神却能做到十分，整个舞蹈，意境表达得非常到位。曲终人静，我冲着喘息略显急促的她投去赞赏的笑容。为什么不学音乐？彼时，这个问题仍在我心中盘桓。

晓春果然顺利过关，被选派参加市里的比赛。市里专职音乐老师很多，晓春凭借她的专注，顺利闯过初赛，可惜没能进入决赛。她说，不遗憾，自己尽力了。

2

音乐教室和我的宿舍在大门南边那栋楼。宿舍在二楼，教室和部分老师的办公室在一楼。远远地，看见着深蓝色长袖长裙的晓春，背一个蓝白双色帆布大挎包在楼下站着。她时而低头，时而四处张望，还是那样瘦，几乎看不出什么变化。唯一变化的是头发，似乎烫了头，而且是齐肩短发——这是她之前从未留过的发型，两鬓散下来的头发遮住了一部分脸部轮廓。显然她看见我了，无意识地举手捋了捋头发，直直望过来——被她捋过的右鬓暴露在天光下——一个不经意的动作，使她的脸部线条看起来更明朗柔媚了。

"不好意思，让你久等了。"站在廊檐下，我拿出应有的客套。晓春到底憔悴了，原本红润的脸微微发黄，眼睛里那抹明亮的光已无处寻觅，取而代之的是藏在眼镜之后的深深忧郁，甚至她眼中闪过的一丝极力掩藏的焦虑都被我捕捉到了。又一次想起与她初次相见，青春的明艳与活力尽在波光流转间。应该是职业关系，几年之后在她的新家再见时，近视眼镜已经成为她身体的一部分。无可否认的是，眼镜没有遮挡她的光芒，反而为她增添几分成熟女人的韵味。是岁月不饶人，还是生活本身不饶人？眼前的晓春，叫我五味杂陈，难道是我的期望值过高了？其实她的骨相胜于皮相，人前一站，风韵犹存，整体看上去还是比一些同龄人年轻。我的情绪像单元楼里早晨七点过后的电梯，上下之间，拥挤反复，又如风中杂乱的荒草，无头无绪，飘忽不定，最终我确定占据主导的是内疚，但即刻被否定——我没有什么可内疚的，帮不帮忙是我的事情，我不欠她的。况且我不是刻意拖沓，她四月份和我联系时，我刚从镇上调到市里这所学校，一切无头绪，恰在此时，媳妇程垚和我闹情绪。这两年在单位，程垚加班加点，努力表现，为评上主任医师职称积极准备，谁知板上钉钉的事情，到了关键时候，被新调来的一个工龄多她一年的人截和了。领导一再保证，这次是特殊情况，明年肯定跑不了，但她还是闹情绪，两天没上班，我不得不放下一些事情来开导她。多年的夫妻生活，让我掌握了一条重要原则：女人情绪不好的时候，浑身都是逆鳞，无理取闹是常见的发泄方式，只能顺摸好哄，否则后院永无宁日。晓春发过来的歌曲图片，我略看了一眼便放下了。等程垚缓过来，我的工作也走上正轨，已经是两个月后了。晓春又在微信上问，我才想起这事。六月到十月初，正是我最忙的时候，各种党团活动层出不穷，校内校外合唱团的各种排练排得满满的，我告诉她假期抽空看看，不耽误她九月底交稿子和音频就是了，一切都在我的计划之中。

"没事！是我又麻烦你了！"她露出真挚的感激之情与打扰的歉意。

我们一前一后进了音乐教室。两个人这样行走的场景似乎重复过多次，我在前她在后居多。鬼知道，我为什么会想这些。

她怎么了？明明这么重视的事情，此刻却如此心不在焉。我把主歌中的一个音符改到了低八度，她似乎浑然不觉。弹着钢琴，我轻声唱一遍，问她这样可好，她嘴上说着很好很好，大脑却明显在走神儿！是不愿意改还是在想其他事情？

我腾出手去翻页，她也慌忙伸手去翻，显然意识到自己走神儿了。慌乱中，两只手碰到了一起，紧接着她前倾的身体带动左手碰到了我的腰部，难以名状的悸动、兴奋与不安一起袭来。

"你……还好吧？"琴声停顿，偌大的教室，一小团暧昧与紧张的气氛迅速袭满方圆不足一米的范围。我为自己的反应感到一丝羞愧。

"……挺好！挺好！"她迅速站直身子，敷衍与补救中尴尬和慌乱无处安放。

"那就好！"我的声音很低，更像自言自语。

十年前那个夏天，我给她打过一个电话，说过同样的话。那时她离开了小镇，离开了她省吃俭用亲手缔造的楼房，谁也不知道她去了哪里。我们单位组织暑期培训，几个女同事说一个多月没有见到晓春了，不知道她最近怎样。她们都是晓春的舞伴，是在舞厅逐渐建立起的友谊。我说你们经常一起跳舞，你们不知道，我更不清楚了。她们说知道晓春夫妻俩因为跳舞的事情吵得很凶，还有小道消息说俩人办了离婚手续已经几个月了，但仍然住在一起，所以不敢贸然打电话给她。她们一个劲儿鼓动我，说我和她认识时间长，又当过晓春孩子的老师，这个电话应该由我来打，就是她老公凑巧在身边，也不会猜疑什么。经不住几个女人的鼓动，何况自己也真担心晓春，想知道她到底去了哪里。电话接通了，晓春说在城里逛商场，她有些意外，问我有什么事情。我很想问她和谁在一起，还是忍住了，只说了一句"那就好！"几天之后开学，晓春回来上班，宴请了她的几个舞友。几个女同事回来说她出手阔绰，穿着高档，一定是找了个好人家。不久，她把工作调到了市里，我们再也没有见过面。几年后，听说她和第二任丈夫和平分手。前年她加了我微信，但我们仅是偶尔相互点赞的微信好友，从未聊过任何话题。她的朋友圈，除了父母，没见她晒过任何家人或是与她有亲密关系的男性照片。去年有段时间，大概有一个多月没见她发朋友圈，看着她的微信头像，几次想打几行字过去，问问她是不是遇到什么事情了，都忍住了。说到她的微信头像，是一张用她本人的旧照合成的贵妃醉酒图，照片上的她头戴点翠白珠凤冠，身着凤凰于飞绣袍，一条红纱隐于胸前右上，手臂上下兰花翻飞，左后回眸处眼波流转，笑意轻漾，无醉酒之态，却有似静非静欲语还休之神。选择这样的照片作为头像，不知她是否如此觉悟：人生如戏！既入场就要抖擞精神，直到戏的终结！

"副歌这部分，为什么要这样改？感觉比原来的舒缓平淡许多，没有我想要表达的那种热烈与欢快。"短暂的沉默后，她终于说出了质疑与不满，我无法判断这是她犹豫后下的决断，还是刚整理好思绪进入状态。

"你不觉得这样与主歌衔接得更贴切自然吗？"在她面前，在音乐领域，我有足够的自信，语调也逐渐恢复平静，"我们再多唱两遍比较一下？"

"嗯……"她迟疑了一下说，"也好。"

"就这样吧！我信你。"两遍之后，她说。

试唱结束，我们近距离干坐着，暧昧气氛即刻袭来，难免尴尬。我起身走到学生座位第一排坐下，她却拿着歌谱停在原地，不知道是在细琢磨，还是又在走神儿。

"枫儿还好吧？"我想和她聊点别的。枫儿是晓春的孩子，跟着我学了四年电子琴。当年晓春说买不起钢琴，等孩子大些，看他的学习情况再决定是否购置钢琴。晓春对孩子学琴这件事非常重视，要求也很严格。枫儿上初中后，因为学业紧张，我建议暂停一段时间，上高中后再考虑。就是那段时间她走进了舞厅……

"……挺好！孩子长大了！"她的声音里带着极力掩饰的哽咽，仰起的脸却露出了笑容。她去开门，刚才有敲门声。

"金老师果然在这里，主任让把这张表交给你填一下，放学之前必须交上去。"教导处干事小李进来，递过一张上学期的师德考核表，意味深长地看了我们一眼。小李带钩的眼睛既叫人不舒服，又感觉有一丝丝受用。

晓春走了，带着对一首歌的希望走了，当然还有对我的信任。这两年她陆续写过一些小歌，初稿都会第一时间发在朋友圈，修改稿也一次不落，有时还会发她自弹自唱的音频。有几首确实不错，但她只是自娱自乐，没有一首正式录制的歌。这一次，我应该可以帮她圆这个梦了。看着她孤独单薄的背影消失在炽热的阳光下，一头蓬松的卷发在风中凌乱飞扬，突然感到莫名心酸。如果她当初学音乐该有多好！她的人生必定是另一番模样！如果……没有如果，晓春之前的种种，对于我仍旧是个谜。

3

九月十五日，晓春的歌终于在音乐协会的公众号上发出。看她的朋友圈才知道那天恰好是她的生日。她说冥冥中自有天意，这首歌是她收到的最好的礼物。这是一支庆祝建党一百周年的参赛歌曲，之前她在微信里说歌名有点俗，想换一下，结合歌词想来想去，却都是别人用过的，最终决定用原来的。词曲作者都是晓春。她说过要我为第一作曲人，她跟后。我拒绝了——这是她梦想成真的时刻，我怎能掠人之美？何况自己另有曲目参赛。配乐由我的合唱团完成，歌手是一名刚刚毕业的女大学生，我曾经的学生，总体上她的表达流畅婉转，还算令人满意。能不能得奖看天意，我能做的只有这些了。

晓春几次转账过来，要付费。我没收。收了，意味着我们关系疏离，何况这是举手之劳。她又打电话过来，要请我吃饭。我很开心，却又犹豫起来：心里恨不能马上见到她，和她仔细聊聊，听听她这些年的经历与心声，解开我心中的团团迷雾；又担心闲言碎语——小李的眼睛好像一只无处不在的天眼，令我不安，若是捕风捉影的流言传到程垚耳朵里，后院将不得安生。我把见面的时间一再往后推，一直到十月中旬，也就是今天，十月二十二日，周五，我们说好晚上六点在碧春阁见面。早上八点程垚已经准时出发，去省城大医院参加为期十天的微创手术培训。不管与晓春有没有事情发生，程垚远在几百公里之外，终究会安全一些。周五下午也是我最轻松的时刻，只有一节课，没有安排其他活动，这是我多年的习惯，要给自己一个平静安稳的周末时光。至于孩子，上高二，星期天休息一天，平常住校，晚饭时间（六点半左右）打个电话就可以了。午饭后，看到晓春更新的朋友圈：

> 阳光的独白
>
> 夏日的风轻轻碰触胸膛
> 乡村小路溢出水状温柔
> 纯净心灵荡起青春明扬
>
> 《小夜曲》之声静静流淌
> 糅入晴朗天空一些
> 关于星星的秘密，关于
> 萤火虫穿越河流的遐想

隐秘的火花发出毕剥之歌

滑过幽暗纷繁的夜空

消失在远天之外

那个云彩悄悄滑过的夏天

留下轻风拂过寂寞阴凉

听一片绚丽阳光在院子中央

　　——寂寂——独白

　　心中那份淡淡的期待与欢喜顿时升温，变得滚烫起来，甚至伴随一阵短暂的悸动。轻轻点一个赞，望向窗外，太阳一如既往热烈，若没有时间变化和温度的差别，谁也不能否定它就是晓春笔下的那片绚丽阳光。晓春在干什么？倚栏凭窗，沐浴着这万年不变的阳光追寻旧日时光？她是否与我一样，还保留着这样一份年少心境？是否与我一样，对于这次见面有所期盼？答案是肯定的。再看手机，又有一条：

　　　这是你唯一并长期拥有的

生活摧毁一些东西

比如爱情，比如信念

留下一些永恒之物

比如雨雪风霜

比如不可复制的阳光

千疮百孔是世界的本质
逝去的，必然要另一些
来祭奠，比如雨雪
或偿还，比如阳光

勇敢走到时间中去
亲爱的，让炫目的灿烂
把你抱紧一些，再紧一些
这是你唯一并长期拥有的

　　文字下面，配了一张银杏树图片，一张放大的树冠，金黄澄澈，明艳动人。她在街道上，大中午逛街，只是为了感受阳光的温暖？她的心此刻应如这阳光、这银杏树般明澈，却叫人骤生心酸。上帝创造的世界，万事万物有多少惊人的相似之处，草木一月恰似人间十年，这些精灵正处于生命最辉煌灿烂的时刻，也是即将走向衰亡之时。人到中年的我们，何尝不是？只是那份辉煌过于浅薄与可笑。众生平凡如我们，辛苦工作几十年，在单位混个差不多的职称，等到人生的冬天来临，多挣下几个养老金，不至于过分窘迫难挨。对于追求艺术享受与一些虚幻的社会价值，不过是在过于坚硬与紧密的生活之上觅得一点蓬松的欢乐而已。晓春的这点蓬松的欢乐来得多么迟缓！当年她在舞厅呢？也可归属于这点蓬松的范畴吗？忽而觉得时间过于缓慢。再次点了一个赞，觉得应该写句留言安慰她。"你还有我"？不成！容易引发内战。"我在"？还是不行。终于敲下四个字："天天快乐！"

　　闲，又有所期盼，时间便显得慢吞吞却又带着钩刺——每天至少一小时的午休时光，第一次遭遇失眠。挨到预备铃响，夹着课本去上课，发现大好的艳阳天突然阴了脸，课也上得有点心不在焉。第二节没课，教案写不下去，胡乱翻着一本音乐杂志打发时光，四点十分下课铃响，我夹在一群兴奋的高一孩子中，匆匆走出校园。

　　从学校到家，开车需要十分钟。五点十分，我已经冲完澡，坐在沙发上，泡上了一壶茶。看着整洁的家，不可否认，程垚是干练的，家里所有东西都被她归置得井井有条。我却有随意乱丢的毛病，为这，她没少呲儿我，十几年下来，我有所收敛，却总不能叫她满意。今天早上临走时她特意嘱咐我，或说是警告更准确："我不在的时候，不管你有多乱，眼不见心不烦。十天之后我进家门，看到的要和现在一个样！"想这干吗？离十天后还远着呢！端起茶盅，慢慢品——再香的茶也仅止于嗅觉，进入口中终是带着苦味的。

　　一壶茶喝完，五点二十。换上一身新买的西装，照照镜子（除了有演出，我平时很少照镜子），自己不是高挑帅气的那种，但与年轻时候相比，变化不大，挺精神一人！仔细检查头发，没有白的。从去年开始，但凡劳累一些或是连续熬夜，额上就会冒出一两根银丝，程垚瞥见了，大惊小怪，弄得我大有奔暮之慨。要拔掉，她不许，还翻着自己的头皮叫我检查，看看有没有不黑分子。别说，在那厚密的头顶真有两根。为此，她连续煮了一个多月的黑米粥（一周煮一大锅，放冰箱里随吃随取），吃得我倒胃口。嗯，程垚，除了有点强迫症，总体来说是一个好媳妇。与程垚的相识是在与晓春认识后的次年冬天一次朋友聚会上。那天，小我两岁的她被贝斯手原青的妹妹小梅推到了我面前，她并不腼腆，仰头直爽地望向我，个子虽然稍矮一点，但与晓春一样，有一双明亮的大眼睛，顾盼生辉之际，医师的敏锐与灵动的文艺气息扑面而来。就是她了！我打定主意开始追求。从恋爱到婚后，她对我业余时间的瞎忙一直保持支持的态度。一次我调侃说她选错专业了，原本应该学音乐的，这样我们会有更多的共同语言。她说，医学也是一门艺术，是一门比音乐更广博的艺术，不仅研究人的身体，也研究人的心灵，又说距离产生美。为自己老婆鼓掌是家庭和谐的法宝，我深谙此道，应用娴熟。程垚也很懂得享受这样的游戏。但我们彼此太忙碌了，尤其是程垚，白班、夜班、临时手术加班、技术培训……没完没了。长期以来形成的职业习惯，使她的时间观念极强。一次我们陪我妈去医院做检查，她一路小碎步近似于小跑，我们娘儿俩大步流星竟然还跟得有些狼狈。彼时，我对于她的强迫症似乎有所了解了。

一切准备停当，就要出门的时候，突然感觉有点别扭，何必这样正式呢？都是老熟人，如此装扮自己，是不是有点可笑？还是换上那身旧休闲服吧。

五点半准时下楼。天空飘起了小雨，是那种细细的，可以忽略的小雨。开车去饭店十来分钟的路程，如果不堵车，五点五十准能到达。但我临时决定打车去，可以免去停车位紧张的尴尬；天知道，我内心还期待什么，喝点红酒？然后呢？

与出租车司机聊了一路，他说受疫情影响，生意不太景气。以往一到周末，堵车堵得厉害，半夜三更也不缺生意，从酒店、酒吧、KTV出来的人多着呢！钱也好挣。现在，唉——他长长叹了一口气。我固然希望国泰民安，世界一片祥和。可现在明摆着，不堵车才是最大的好事。

下车，看看表，五点四十五，早着呢！正准备去路边溜达一会儿，"A13"，晓春发过来一条信息。

登上楼梯，竟然又一次莫名悸动。

房间很小，卡座上没人。两瓶红酒摆在桌子上——果然！又是一阵小激动。下面压着一张粉色字条："生日快乐！"晓春知道今天是我的生日？

回头，程垚一脸调皮地站在门口。

惊吓谈不上，惊喜真没有。云里雾里的我不明所以，只得随遇而安，与程垚推杯换盏，狠狠庆祝一下自己的四十四岁生日。

看我满脸掩饰不住的困惑，程垚故作不在意，几杯酒下肚，才开始吐露实情："我们一年前联系上的，她半夜挂急诊，我刚好值班。什么病？保密。我看见音乐协会公众号里有她的歌和照片，打电话祝贺她。她说正想请我们夫妻俩一起吃饭，表示感谢。我想，这是考验一下你的绝好机会——二十年前你们的那点弯弯绕绕我都知道。别忘了，我是学医的，太了解男人的身体和心理构造了……她说什么？她没说什么，犹豫了一下，和我统一战线了！"

我木然地看着程垚微醺后的得意劲儿，熟练的赔笑技术此刻有些僵硬。

"还要问她得的什么病？不能说——"程垚拖长了语调，故作一本正经，"这是职业操——守，你知道的。"说罢又抿了一口酒，摆出一副无奈的样子，慢悠悠地说道，"可是谁叫你是我老公呢？告诉你吧……输了好多血，知道吗？晚来一会儿人就没了！为什么她没有陪我演到底？她说……"程垚粉面桃腮，比平时不知多出多少妖娆之态，我怔怔地看着，完全没了往日的骚动，眼前浮现的是晓春魂不守舍的出神状态和她单薄凌乱的背影……她在朋友圈消失的那段日子，原来竟是……

4

日子在不咸不淡中过去，晓春常在朋友圈发一些即兴诗歌与歌曲草稿，我隔三岔五为她点个赞。不为别的，只想告诉她，她并不孤单。

再见到晓春已经是三年以后了。彼时我在市区一所九年义务教育全日制学校任教。这里原本是一所职业中学，由初中部和职高部组成。高考结束后，一次偶然的机缘，我调离原来的学校，来到这里的职高部任教。这个学校最大的好处就是离家近，步行二百米即到。却不想一年后，因为小、初接轨合并，职高部搬到较为偏僻的新校区去了，另一所小学的全体师生搬过来，这所小学就是晓春所在的学校。原就计划在这里安然退休的我，想都没想就留了下来，改教初中。接近知天命之年，觉得这样更好，没了高考的压力，工作相对轻松，反而有充沛的精力把合唱团的工作搞好。

与晓春交谈的机会并不多。晓春现在也教音乐，但小学部和初中部是分开管理的，平时我们很少碰面。每周唯一的一次见面机会是周一的全校例会，容纳二百多人的会议室里，不刻意搜寻，根本看不到彼此的存在。偌大的校园里，课间偶尔相遇，也只是匆忙打个招呼而已。

但我还是想找个机会与她聊一聊。至于那点隐秘的、细小的、在程垚看来是歪心思的想法几乎荡然无存了。人本身就是很奇妙的东西，我也说不清楚这个变化从何而来，是时间的消磨，还是次年程垚的职称问题解决后，她日渐放松的神经和性情的转变？当然孩子考上了理想的大学，也是我们家庭氛围轻松起来的主要原因。又或是每次遇见晓春，她极力隐藏的忧郁神情总叫人心生怜惜，既而摒弃了杂念？总之，我现在只想与她好好聊一聊关于她的现状、未来，当然还有那些谜一样的过去，只要她愿意讲，我都愿意倾听，并且给予安慰。毕竟这一年，我能近距离地感受到她，感受到她与他人之间的疏离与边界感，感受到她的不快乐。

机会还是来了，这是只属于我和她的约会，而且是她主动邀请了我。没有意外，却莫名生出一种默契——晓春大概是知道我的心事的。

"我们现在在一个单位工作，一直担心程垚那里，所以……"晓春先开了口。她缓缓搅动着咖啡，因为有所顾虑，语速过于缓慢，话没有挑明，意思却十分明白了。

"没事的！这两年她的情绪稳定多了，春天的时候还主动跟我聊起你，说今后若有能帮到你的地方，我们会尽力。"看着局促的晓春，我先给出一颗定心丸。程垚的确这样说过，回忆半年前她说话的态度，可信度怎么也有百分之九十。"她甚至四处打听，想帮你再找……"

"这个没必要了。不过，请你替我谢谢她！"晓春迅速打断了我没说出口的话，人也显得轻松自在许多。

我呷了一口茶，微笑着看向她，没有接话。

"你一定很想了解我的过去吧？"晓春也在笑，话语中带着自嘲，"对于八卦，每个人都有一颗与生俱来的好奇心，我也是，这是人的本性。"她出乎意料的调侃把我弄得有点不好意思了，低头喝了一大口茶，没有搭话。

"当然，你与别人不同，你会相信我说的每一句话。"她的补充把我从尴尬中解放出来，抬头再看过去的时候，她的眼睛里已经有了泪水的光芒，"别人，是不需要我说什么的，我也没有说与他们听的欲望。"

我递过去纸巾，晓春接了，却没有用，而是把头仰靠在高高的座背上，硬生生把泪憋了回去。

"你一定好奇，我为什么一定要去跳舞，真如传言说的那样，为了那什么吗？一个人，至于那么浅薄吗？"平静下来的晓春叹了一口气，放慢了语速，"那段时间我经常颈椎疼，严重的时候，坐时间长了就站不起来。医生说不是什么大毛病，肌肉劳损而已，适当锻炼并注意保暖即可。有人建议跳舞，说可以缓解疼痛。我想去就去吧，权当锻炼，省钱又开心，何乐而不为呢？而任何一件事，当你真正投入，并且享受其中的时候，想不坚持都难。我就这样迷上了跳舞，况且还有那么几个固定的舞伴。每天晚饭后，和她们在十字路口会面，一起去舞厅，已经成了生活不可分割的一部分……"晓春目光迷离，似乎陷入对那段生活深深的回忆之中，她时而望向我，时而看向侧面那堵毫不相干的墙，又时不时搅动一下杯子里的液体。

"她们几个你都认识，我打心眼里羡慕她们。后来，李老师的老公买了一辆小轿车，是当时农村很流行也相对便宜的那种，他接送了我们好几回；还有一次，散场出去时下着雨，王艳的老公打着伞站在门外等她……我这里呢？只有无休止的吵闹……"晓春的眼里又一次蓄满泪水。

"你说爱情的实质是什么？"她喝下一口咖啡，突然朝我发问，还没等我回过神儿来，又顾自说道，"无休止地猜疑、控制，难道是爱的体现？"她的眼神犀利起来，言语也是犀利的，带有明显的怨气。

"你体验过与一个看上去还不错的异性说两句话，就被冷暴力三五天的感觉吗？更过分的是，有一次，一个孩子在课堂上拿着打火机玩，差点烧了同桌的长辫子，我没收后，随手放进上衣口袋，下班回家就忘了。谁知道他竟然怀疑是哪个男人的物件，甚至因为那个打火机看上去还算是个高档玩意儿，而对我盘问不休。一次醉酒，他竟然说，我就知道你迟早是要有别人的，是要跟了别人去的……"晓春渐渐激动起来，语速也快了一些，"他说他们车间不安分的女人多的是……我不知该如何向你讲述我当时的感觉，面对他喋喋不休的猜忌，我不是心痛怜惜，而是深深地厌倦与厌恶！"此刻，晓春的眼睛是自然下垂式的，我把纸巾盒子轻轻推到她面前。

"后来的事情你应该听说过一些，我不知道那些谣言从何而来，那么多跳舞的人，为何就我谣言多？我真不知道！可就有人信啊！而且深信不疑！家里的氛围可想而知……"泪水充盈着晓春的双目，她抽出一张纸巾擦拭过后，握在手里，掰裂，撕开，揉团……我确定，她在做这些小动作时是无意识的，我却下意识地伸出手去接过纸团——发现她左手中指第一个关节是有轻微扭曲的……天知道她经历了什么！

"所以后来，我真的出轨了，并且告诉了他，然后我们离婚了。"

我刚刚还在为晓春受的委屈感到憋闷，觉得不值得，这个突然的消息犹如晴天霹雳，让我措手不及，之前做过好多不好的设想，但听她亲口说出来，还是很痛苦。晓春终究是破碎的！这种破碎并不是指传统意义上女性在婚姻关系中不能保持忠诚，而是她整个生活的破碎。

"是你的第二任老公吗？"我轻轻插了一句。

"不是！"

"哦！"按照我对晓春的了解，即便是出轨，与对方也应该是有一些感情基础的，或者说是有"爱"的火花的。她的回答出人意料，我不知道该如何接她的话了。

"那段时间我苦闷至极，突然萌生了一个念头，找一个可以让我不计后果出轨的人，并且理直气壮地告诉他，他所想、所听到的都是真实的。后来，我真的想到了一个人……我不知道当时为什么那么冲动，觉得不这样做好像'对不住他'。"

晓春把最后四个字咬得很重，说这番话的时候，她用两只手捂住了眼镜之下的鼻梁以及两腮中部。如果没有戴眼镜，我想她应该是要捂住眼睛的，也许这样才能掩饰她内心的不安与羞耻感。

她深呼吸了两次，很快把手放下了："知道吗？当我告诉他的那一刻，看着他一脸木然，继而瞪大双眼的愤怒表情，觉得好笑极了！你应该清楚，在那个闭塞的小镇，对于出轨的女人，人们谈之色变，仿佛遭遇洪水猛兽一般，她们永远是人群中的异类。一直以来，我也是这样认为的。却不承想，我如此轻易地把自己送入这个被'正经人'唾弃的群体，过程如此简单，而我，并不觉得这是什么了不得的错误，一切就像从未发生过……"不得不承认，晓春又一次惊到我了，我原以为她会感到羞耻，却只是"我以为"！话又说回来，如果她出轨的对象是我，我还会这样想吗？

"我当时觉得好痛快！我终于如他所愿了……"晓春喃喃着，嘴边却绽开淡淡笑容。看着她眼角溢出的泪花，我好像明白她了，她的出轨，其实是一种叛逆，是对道德高压之下，信任与尊严严重丧失的挑衅！或者说，她仍然渴望一份爱，一份建立在信任与尊重基础之上的，可以让她做自己的爱。

"你……当时，嗯，枫儿和他……你们现在还有联系吗？"我想问那个年长她几岁却不懂得珍惜她的男人是否反思过、后悔过。可这个问题对于晓春来说明显是不好作答的，毕竟他有了自己的新家庭。

"他们……父子关系还可以。我和他联系也仅限于谈论孩子的问题，刚开始我们还是争吵，现在好一点。"晓春像刚刚演完一出大戏，因激动而过于丰富的表情瞬间消失不见，取而代之的是下台后整个人由里到外的松散，甚至带着一丝落寞与黯然。

"与你的第二任老公是怎么认识的？"我承认我无法抑制我的好奇心，我是个凡人，如晓春所说，爱听八卦几乎是每个人的本能，属于物理机制。但我还是暗地里为自己贴上一张善意的标签，我只想了解真相，不会传谣，更不会像其他人那样借此鄙视污蔑对面的她。因为，她是晓春！

"是我出轨的那个人介绍的。"

"啊？！"我几乎要惊叫起来。如果把今天与晓春的谈话比作一次海上航行，巨浪是一个接一个，叫人心潮难平。

"也没什么奇怪的，我找他只是为了出轨而出轨。这一点他也是知道的，只是他没想到我们会离婚。后来，他大概是为了我好，说他认识一个不错的朋友，姓于，爱人去世一年多了，就介绍我们认识了。"

"你们……"

"我和他再无瓜葛。"晓春听懂了我口中的"你们"，也听出了我的言外之意，直接打断，说出了答案，"刚开始，我和老于感情还不错，后来不知他怎么知道了我和他朋友之间的事情，觉得无法忍受，就分开了。其实，自从我们结婚后，他几乎不曾登过我的家门，也算是个有情有义之人。而我对他也没什么挂念，当时只是为了那什么而什么。"

不得不承认，这一刻，我很失望，甚至有些愤怒，对于晓春的草率与不幸。这一次她不再提"出轨"二字，而是用了"什么"这个隐晦的词语，我想，她终归是后悔了吧！

平静下来之后，却只剩下对晓春深切的同情——一个勇敢走出不幸婚姻，独立生活的女人，要背负的东西远比人们想象的多得多，何况是两次。如果晓春真如谣言说的那样唯利是图、见异思迁倒好了，那样她反而能活得轻松一些。事实恰恰相反，她的不屑与不懂得保护自己，使她更容易沦为一些别有用心之人攻击的对象，以至于以谣传谣，越传越离谱。

"你们……我是说老于，你们还有联系吗？"

"有。我们现在应该属于朋友，需要帮助的时候，都会伸把手。当然，他帮我的时候多，毕竟在人脉、社会关系方面他有明显优势。"晓春双手握着咖啡杯，瞟了我一眼，把目光转向窗外，忽而又垂下眼睑，专心看着手里的杯子，"说实话，刚分开时我很难受，时间长了，想开了，就没什么了。说到底，他也是个不错的人。只是人都有自己的执念，若彼此不能妥协，散了，却不一定非要成为敌人。"她抬头看了看我，又很快低下头去，继续把玩手里的杯子，"其实最让人难受的不是失败的婚姻，而是谣言，以及他们在背后给你贴的标签！你觉得你始终是你自己，他们却在恶意传谣和标签之下，自恃高出你一头。你是异类！是众矢之的，逃无可逃！"

"你后悔过吗？"看着她的眼睛，我试图找到一点蛛丝马迹。

"后悔什么？离婚？再婚？不！若说后悔，只有一点，就是因为离婚影响了枫儿的学业。你是知道的，以他的资质，上一类大学是没有问题的……"晓春的眼泪潮水般涌了出来。

我想到三年前的那次见面，当我提到枫儿时，她那颤抖的声音……孩子成为她心中永远的痛，无法愈合的伤口。

"好在孩子也上了大学，现在不是已经工作了嘛！"我安慰她道。

"还行吧！不理想，又能怎样呢？回不去了！我有教育孩子的权利和义务，却无法改变一个人乃至一个家族的认知局限。说到底，还是我耽误了孩子！"晓春又一次深呼吸，努力平复自己的情绪。

"你也别太过自责！婚姻的不幸不是你一个人的责任！"眼前这个女人，就是我认识的晓春，一直没有变！

"婚姻的实质是什么？难道真是爱情的坟墓？还是爱情本身就是一个骗术，一个成就婚姻的骗术？当柴米油盐把那点不靠谱的骗术折腾得体无完肤，当控制欲、猜忌、冷漠成为生活日常，夜色来临，人的那点欲望与动物又有什么区别？"一连串的反问，晓春大概又一次意识到了自己情绪的激动，她端起杯子，抿了一口咖啡，下意识地把身子往后靠了靠。我注视着她，没有插话，我知道，她的话远远没有说完。如果眼前是一个有抽烟习惯的女人，此时，或许是一根烟燃起的最佳时刻。

"反过来说，男女之间那点事固然重要，难道彼此信任、理解，给予对方相对独立的空间，努力为自己与家庭成员创造愉悦的生活环境就不重要吗？"晓春的语速放慢许多，声音也趋于柔和，"说实话，当初如果是他出轨，我肯定也会吵闹，但至少要建立在事实基础之上！"晓春看着我，忽而露出一丝微笑，"我挺羡慕你们的，你和程垚！如果单从一个女人的角度看，我当然更羡慕程垚。现在想想，能在婚姻中不受伤，甚至获得幸福感的，必然是两个成熟的个体：彼此不为外面的声音惑乱，并都能全身心投入家庭建设中去，即便某一方偶尔犯了一点错误，只要心在这个家里，就都可以原谅。当然，不走偏是最好的！可谁又能保证一生一世完美无瑕呢？"

晓春的笑容纯净清澈，我知道，她现在和我一样，心无杂念。但我心底还是迅速设想了一下，假如我早一些认识她，她现在会怎样？或者说，我们的现状如何？会不会争吵、冷战，甚至厌倦？其实这些，我和程垚不是没经历过。试问哪一个人能几十年始终保持好脾气、一味地忍让呢？只是一个懂得认输，一个知道适可而止罢了。

"身体还好吧？"想起程垚讲过在医院救治她的经历，我仍旧为她担心，现代医学技术可以弥合肉体上的伤口，却不能抚平她内心的创伤，"我们都要爱惜自己！"我斟酌着措辞，不想让她因为敏感，回顾那段黑暗的日子。

"挺好的！你放心！"晓春又一次露出了笑容，"还有几首歌需要你帮忙才能出世哟！"她故作乐观的样子，明显有表演成分在，这是一个女人在一次次精神废墟之上勉强支撑起来的一小片草棚。我想我可以为她做一些事情，一些使她身心愉悦的事情。

咖啡和茶都续过了，一个多小时很快过去了，应该离开了。我们先后站起来，朝门外走去，脚步似乎都有些迟疑，终于停在了门口，回家的路，俩人是完全相反的方向。

"那会儿你——"我想抓住最后的机会，却还是问不出口。

　　"我当然想到过你，很奇怪，当时觉得其他人都可以，唯独和你……"晓春微微颔首，抿着嘴唇，眼角竟然露出一丝害羞的神情，"好像那样做是不对的！"她稍微顿了一下，似乎终于摆脱了内心那个让她陷入窘境的小鬼，抬起头，非常真诚地看向我，洒脱地笑了起来，"我们现在，多好啊！"

　　正是仲秋，夕阳宽博坦荡却不热烈，回头望着晓春远去的背影，默默祝福她，愿岁月静好，愿她余生安稳！

2022 年 10 月